zane

Adicta

UNA NOVELA

ATRIA ESPAÑOL

Nueva York   Londres   Toronto   Sídney   Nueva Delhi

ATRIA ESPAÑOL

Una división de Simon & Schuster, Inc.
1230 Avenue of the Americas
New York, NY 10020

Primera edición en rústica de Atria Español, agosto 2014

ATRIA ESPAÑOL *y su colofón son sellos editoriales de*
Simon & Schuster, Inc.

Para obtener información respecto a descuentos especiales
en ventas al por mayor, diríjase a Simon & Schuster Special Sales
al 1-866-506-1949 o a la siguiente dirección electrónica:
business@simonandschuster.com.

La Oficina de Oradores (Speakers Bureau) de Simon & Schuster
puede presentar autores en cualquiera de sus eventos en vivo.
Para más información o para un evento, llame al Speakers
Bureau de Simon & Schuster: 1-866-248-3049 o visite nuestra
página web en www.simonspeakers.com.

Impreso en los Estados Unidos de América

10 9 8 7 6 5 4 3 2 1

ISBN 978-1-4767-6497-9
ISBN 978-1-4767-6498-6 (ebook)

También escritos por Zane

Zane's Sex Chronicles

Dear G-Spot: Straight Talk about Sex and Love

Love Is Never Painless

Afterburn

The Sisters of APF: The Indoctrination of Soror Ride Dick

Nervous

Skyscraper

The Heat Seekers

Gettin' Buck Wild: Sex Chronicles II

The Sex Chronicles: Shattering the Myth

Shame on It All

Total Eclipse of the Heart

The Hot Box

Head Bangers: An APF Sexcapade

Editados por Zane

Honey Flava: The Eroticanoir.com Anthology

Succulent: Chocolate Flava II

The Eroticanoir.com Anthology

Caramel Flava: The Eroticanoir.com Anthology

Chocolate Flava: The Eroticanoir.com Anthology

Sensuality: Caramel Flava II

The Eroticanoir.com Anthology

Z-Rated: Chocolate Flava III

The Eroticanoir.com Anthology

Breaking the Cycle

Blackgentlemen.com

Sistergirls.com

Purple Panties

Missionary No More: Purple Panties 2

Another Time, Another Place

A mis hijos "A" y "E"
¡Mamá los ama!
¡Gracias por venir a este mundo
a través de mí!

agradecimientos

Primero que nada, quisiera agradecer a Dios no sólo por todo lo que me ha dado sino también por todo lo que me ha quitado, pues, sin fracasos y grandes pérdidas, uno jamás puede inspirarse realmente. También me gustaría agradecer a mis padres por traerme a este mundo, alimentar mi creatividad y apoyar todos mis empeños. A mis hijos, "A" y "E", gracias por la motivación diaria para ser cada día mejor, por los momentos de risa y por la paciencia que han tenido mientras me dedico a escribir.

Gracias a Charmaine y Carlita, mis hermanas biológicas, y a mis cuñados Rick y David por su permanente apoyo y estímulo. A mis hermanas del corazón: Doña Pamela Crockett, Shonda Cheekes, Pamela Shannon, MD, Cornelia Williams, Judy Phillips, Sharon Kendrick Johnson, Gail Kendrick, Lisa Kendrick Fox, Doña Michelle Askew, Janet Black Allen, Karen Black, Renay Caldwell, Ronita Jones Caldwell, Martina Royal, Dee McConneaughey y Janice Jones Murray, gracias por prestarme un oído cuando necesito desahogarme, un hombro cuando necesito llorar, y una broma cuando necesito reír.

A la tía Rose, mi tía de 83 años y mayor admiradora, gracias por leer todo lo que te envío y por darme una detallada evaluación. Al resto de mis parientes: tía Margaret, Alan, Franklin, Percy, Carl Jr., tía Jennie y todos los demás, gracias por aceptar tan sinceramente lo que he decidido hacer en mi vida.

A mi agente, Sara Camilli, gracias por tomar en cuenta las docenas de ideas que se me ocurren —a veces a diario— y por detectar algo especial en ellas, a pesar de que muchas son tan disparatadas como mi imaginación. Los discursos motivadores de cada día siempre me relajan y los aprecio profundamente.

A Tracey Sherrod, mi editora en Pocket Books, a su asistente, April Reynolds, y a la editora Judith Curr, gracias por acogerme en la familia de bolsillo con tal gracia, tranquilidad y cariño. Espero que tengamos una relación muy duradera.

A Eric, Wendy y Maxwell Taylor de A & B Books, gracias por relevarme cuando la lucha diaria de despachar cientos —a veces miles— de libros me superó. Tras dejar caer el carrito sobre mi pie en UPS y terminar en la sala de emergencia en muletas, necesitaba a alguien que me diera una mano. Gracias por estar ahí. Eso también va para Learie y Gail, de Culture Plus Books: no tengo cómo expresarles mi gratitud por ser mi red de apoyo y llevar las versiones autopublicadas de mis libros a todos los puestos de ventas y todas las librerías afroamericanas.

A todos los clubes de lectura —tanto en línea como fuera de ella— que han leído uno o más de mis libros como libro del mes, me han entrevistado en sus sitios web o simplemente me han agradecido públicamente, gracias por demostrar el verdadero poder de la publicidad boca a boca. Un agradecimiento especial para R.A.W.SISTAZ por promover no sólo un excelente foro de discusión sobre libros sino también sobre el trabajo de escribir.

A AA-AHA (Autores afroamericanos ayudando a autores): para mí es un honor pertenecer a la Junta Directiva de una organización tan fuerte y pionera, que fomenta la unidad entre los autores en lugar de las divisiones. Espero grandes cosas de AA-AHA y me alegra ser parte de ella así como de la Prolific Writer's Association (Asociación de escritores prolíficos).

A mis colegas autores, especialmente a aquellos que me han contactado y han estado abiertos a establecer redes, les deseo a todos lo mejor porque esto nos afecta en grupo, no sólo a los individuos. Me gustaría agradecer especialmente a los siguientes autores: Carl Weber, Earl Sewell, Karen E. Quinones Miller, Brandon Massey, Gwynne Forster, Deirdre Savoy, William Fredrick Cooper, Linda Dominique Grosvenor, JD Mason, Shonell Bacon, JDaniels, V. Anthony Rivers, D.V. Bernard, Darrien Lee, Eileen Johnson, LaJoyce Brookshire, Delores Thornton, Pat O'George Walker y Eric Jerome Dickey.

Por último, pero definitivamente no menos importante, quisiera agradecer a los miles de lectores que me han apoyado desde el primer día, bloqueado mi buzón de correo electrónico con notas de ánimo y visitado mis dos principales sitios web: EroticaNoir.com y BlackGentlemen.com. Quisiera agradecer a todos los vendedores en las calles, bibliotecarios, propietarios de librerías y a todas las amas de casa, amigas y amigos que han promocionado mis libros. Gracias por leerlos y prestarlos a una docena de amigos, o por llamar a ocho o más personas para hablarles sobre ellos, o por el papel que hayan jugado en mi éxito. Es imposible agradecer a todos y cada uno de ustedes individualmente, pero sepan que su bondad no ha pasado desapercibida.

Paz y mucho amor,

Zane

¡Te amo y es para siempre!
¡Siempre ha sido! ¡Siempre lo será!

—ZOE REYNARD
CIRCA 1999

Adicta

prólogo

Gotas de lluvia descendían por los cristales y el sol era tan sólo una invención de la imaginación. Las oscuras nubes grises lo mantenían prisionero tras su cortina de niebla y el día era frío y deprimente, por no decir más.

Varias veces quise salir corriendo de la oficina, balbucear una excusa a la secretaria al pasar por la recepción en busca del santuario del vestíbulo. Por más que quisiera olvidar toda la sesión de terapia, la alternativa no era aceptable. Necesitaba ayuda desesperadamente y había llegado la hora de enfrentar mis miedos. Cuando era pequeña, mi madre siempre me dijo que el coraje es sencillamente el miedo que ya rezó sus oraciones. A lo largo de los años, he intentado guiarme por esas palabras y, hasta hoy, lo había logrado.

Mi mente comenzó a dar vueltas mientras —de pie, al lado de la ventana— observaba los autos salpicar agua con sus ruedas, sus limpiaparabrisas bailando de un lado a otro como péndulos. La tarde avanzaba, aunque aún no anochecía, y el tráfico laboral de viernes comenzaba a disminuir en el centro de Atlanta. La mayoría de la gente estaba ya sentada en un embotellamiento en la interestatal, ordenando una ronda de bebidas con sus compañeros de trabajo o acomodándose en la seguridad de su hogar para ver las noticias nocturnas en televisión.

Había tenido suerte al lograr una cita, puesto que era mi primera vez y tan sólo esa mañana había llamado para rogar a la doctora que me recibiera. Alguna vez, una amiga había mencionado de paso a la doctora Spencer mientras estábamos en el salón de belleza peinándonos. Tras recurrir a ella para que la ayudara a superar la agonía de haber sido traicionada por su ex esposo y el estresante divorcio que siguió, era una ávida admiradora de la doctora. A mí jamás se me habría ocurrido pedirle consejo pero... allí estaba.

El consultorio de la doctora Spencer luce más o menos como lo había imaginado: iluminación tenue, costosos muebles de cuero —incluyendo el infame diván donde las almas atormentadas revelaban sus profundos y oscuros secretos—, y un amplio escritorio en madera de cerezo con una elegante lámpara en el centro. Las paredes están cubiertas por bibliotecas y un revoltijo de diplomas, certificados y placas adornan la pared entre los dos ventanales, detrás del escritorio.

Noté que me temblaban las manos a pesar de que el consultorio era abrigado y estaba calientito, en total contraste con el frío clima de octubre en el exterior. Se estaba demorando demasiado y mis nervios estaban a punto de estallar. Ansiaba un poco de nicotina, pero no tenía cigarrillos porque había dejado de fumar varios años antes, durante mi primer embarazo.

Cuando me disponía a huir cobardemente, caminando hacia el diván y poniéndome mis guantes negros de cuero, la doctora Spencer entró a la oficina excusándose por haberme hecho esperar. Inicialmente quedé muda y las palabras que se formaban en mi mente no lograban llegar a mis labios.

—Señora Reynard —dijo, más afirmando que preguntando, mientras me ofrecía una bien arreglada mano para saludarme.

Escuchar mi nombre me sacó del trance en el que me había auto inducido.

—Doctora Spencer, es un placer conocerla. —Estreché agradecida su mano. Tan sólo la calidez de su toque me consoló—. Gracias por recibirme tan rápidamente.

Ella se dirigía a su cómoda silla de escritorio cuando me respondió.

—Realmente no es problema. Parece ser que mi secretaria consideró que su situación era bastante urgente, y a mí me alegra ayudar en lo que pueda. —Logré sonreír levemente mientras ella continuaba—. Por favor, tome asiento y póngase cómoda —dijo, señalando una de las dos sillas de cuero situadas frente a su escritorio.

Pude verla mejor cuando se sentó tras de él. La doctora Marcella Spencer era una mujer increíblemente bella y elegante. Las suaves líneas en su rostro traicionaban su edad, alrededor de cuarenta años, a pesar de lo cual transmitía la energía de una mujer veinte años más joven. Su satinada piel color chocolate me recordaba los *brownies* que mi madre solía preparar para los bazares de la escuela, en beneficio de la asociación de padres de familia, y sus ojos parecían perlas negras. Eran hipnóticos.

Llevaba un traje formal color verde oliva, acentuado por una sexy abertura en la parte trasera de la falda. El traje era aún más seductor gracias a los muchos botones que lo revestían. Una bufanda de seda con motivos florales, enrollada en su cuello, le daba un toque de elegancia y los aretes de oro daban a su atuendo un aspecto refinado.

—Bueno, señora Reynard —dijo mientras buscaba algo en el cajón central de su escritorio. Finalmente extrajo una cigarrera chapada en oro y un encendedor que hacía juego—. ¿Comenzamos?

—Doctora Spencer, tengo una solicitud.

—La escucho. —Notó la forma en que mis ojos se desviaban hacia los cigarrillos cuando abrió la cajetilla y extrajo uno de los largos y delgados bandidos del cáncer—. ¿Le gustaría fumar?

—No, gracias. Por fortuna, esa es una adicción con la cual ya no tengo que luchar. —Intentaba parecer relajada, pero no lo estaba logrando.

—Entonces, ¿qué puedo hacer por usted, señora Reynard?

—Si le voy a revelar todas mis esperanzas y sueños, mis miedos y pesadillas, todos los dragones contra los que lucho, me sentiría mucho más cómoda si me llamara, simplemente, Zoe.

—Ah, eso no es problema, Zoe —respondió, dejando escapar una suave risa por sus labios pintados de café—. La mayoría de mis pacientes prefieren que nos tratemos por el primer nombre en nuestras reuniones. Por favor, llámeme Marcella.

—Gracias, Marcella. —Nuestros ojos se encontraron—. Así lo haré.

Ella comenzó a escarbar nuevamente en un cajón, esta vez el superior derecho. Cuando colocó un bloc de notas, un bolígrafo y una grabadora sobre el escritorio, casi salí disparada de mi silla. La realidad de encontrarme en el consultorio de un loquero me golpeó de frente y comencé a temblar nuevamente.

Ella sintió mi incomodidad.

—Zoe, lamento que la grabadora te haga sentir incómoda, pero necesito grabar las sesiones para poder repasarlas después. ¿Me entiendes?

La forma en que me hablaba me recordó a mi maestra de segundo grado, la señora Zachary, la vieja bruja. Me hizo reír.

—Lo entiendo. No que esté pensando en convertirme en estrella de cine o algo así, de manera que el chantaje no es un riesgo. —Comencé a tirar de un hilo en la parte trasera de mi pantalón—. Además, ustedes los doctores hacen un juramento o algo así, ¿verdad?

—Sí, así es. Y todo lo que me cuentes quedará entre tú y yo. Nunca saldrá de esta habitación a menos de que tú me pidas que hable con alguien, tu marido por ejemplo, a nombre tuyo —aclaró a la vez que presionaba el botón de grabación.

—¡Mi esposo! —exclamé y, descruzando las piernas, me puse de pie y comencé a caminar de un lado a otro sobre la gruesa alfombra del consultorio—. Oh Dios, ¿qué he hecho?

—Zoe, ¿te gustaría recostarte en el diván? No tienes que hacerlo. Sólo hazlo si te hace sentir más cómoda.

—Nunca perdía la tranquilidad. Supongo que estaba acostumbrada a ver gente nerviosa.

—No, gracias —respondí, regresando a mi silla—. Estoy lista para comenzar. Sé que el tiempo vale oro.

—Pues no exactamente. Eres mi último paciente del día, así que podemos tomarnos el tiempo que quieras. Pareces estar muy angustiada y me gustaría ayudarte si puedo. —La bondad en sus ojos casi me hizo pensar que ella era mi mejor amiga.

Hablé abruptamente.

—Mi esposo, Jason, y yo tenemos problemas maritales —solté, bajando la mirada. Tan sólo decirlo era humi-
llante.

—Entiendo. Zoe, ¿tú y Jason han buscado algún tipo
de consejería para sus problemas?

Comencé a reír en voz alta, pero era una risa de consternación.

—¡No, diablos, no! Jason ni siquiera sabe que tenemos problemas maritales. —No podía mirarla a los ojos.
Me sentía como una niña esperando el castigo del sacerdote por cometer un pecado mortal, un sacrilegio contra
la Iglesia.

—Zoe, no te entiendo.

—Jason no sabe nada sobre las cosas que hago. Él no
tiene ni idea y, si alguna vez lo supiera, se moriría. —Una
lágrima comenzó a correr por mi mejilla izquierda—. Yo
nunca podría imaginar vivir en un mundo sin él. Tanto
así lo amo.

—Pero, ¿sientes que no puedes hablar con él sobre el
problema? —Se inclinó hacia adelante, dejó su cigarrillo
en el cenicero, apoyó los codos en el escritorio y entrelazó
los dedos.

—No sobre este problema. Ni ahora, ni nunca. —Me
concentré en una minúscula bola de pelusa en la alfombra.
Parecía moverse levemente cada vez que yo parpadeaba.

—Relájate, Zoe. Intentemos hacerlo de otra manera.
—Aspiró otra bocanada de su cigarrillo y luego tomó el
bolígrafo, preparándose para tomar notas—. Cuando mencionaste hace un momento que la nicotina era una adicción
con la que ya no tienes que luchar, me dio la impresión de
que eres adicta a algo más. ¿Es así?

Las lágrimas empezaron a fluir. Me costó un gran esfuerzo controlarme para no comenzar a gemir como una
Llorona.

—¡Sí! ¡Soy adicta!

—¿Drogas? —Negué con la cabeza—. ¿Alcohol?

—No, nada de eso.

—Entonces, ¿a qué eres adicta, Zoe?

Finalmente, la miré con los ojos inundados de lágrimas y pronuncié la palabra antes de que la culpa me impidiera hacerlo.

—¡Al sexo!

La mirada de asombro en su cara reveló su sorpresa. Probablemente estaba acostumbrada a tratar con personas adictas a la cocaína, anfetaminas, el trago o la comida, pero tuve la clara impresión de que la adicción sexual era un terreno totalmente nuevo para ella.

—Marcella, no sé por dónde empezar. Tengo muchas excusas para esto, pero ninguna razón real. Temo que mi adicción al sexo destruirá todo lo que tengo; mi matrimonio, mi relación con mis hijos, todo. —Dejé de mirarla a los ojos y me concentré en el humo que brotaba del cigarrillo, ahora quemado casi hasta el filtro.

Ella sacó un pañuelo del dispensador acolchado que tenía sobre el escritorio y se estiró para entregármelo. Lo tomé agradecida y limpié mis hinchados ojos con él.

—Bien, Zoe, el mejor sitio para comenzar es siempre el principio, así que por qué no comenzamos allí y vamos acercándonos al presente.

Me recosté en la voluminosa silla, dejando que mis hombros se hundieran profundamente en los cojines, y oprimí el pañuelo húmedo en mi mano.

—El principio...

capítulo
uno

La primera vez que vi a Jason, pensé que era un niñito hijo de papi que probablemente se la pasaba sentado frente a un computador Commodore 64, tomando refresco de uva de un frasco de mantequilla de maní mientras veía *Good Times*. No lo soportaba.

Sin embargo, el sentimiento era mutuo porque en nuestra primera interacción física él me hizo un gesto obsceno con el dedo y luego escupió en mis zapatos. Estábamos en quinto grado y, desde el día en que mis padres y yo llegamos en nuestra camioneta Ford, supe que él sería un problema.

Los transportistas llegaron más o menos una hora después de nosotros. Yo estaba sentada en el andén jugando *jacks* cuando el inmenso camión apareció volando en la esquina, prácticamente ladeado. Pensé que, con seguridad, el conductor iba a perder el control del camión y todas nuestras valiosas posesiones terminarían esparcidas por la calle.

Siendo la maravillosa y desinteresada niña que era, mi principal preocupación era que mi Barbie negra no perdiera ninguna extremidad o cualquier otra cosa en el proceso. Las lámparas de mesa, el equipo de ocho pistas de mi padre y los platos de mi madre eran reemplazables, pero no había manera de que yo fuera capaz de reemplazar a mi Barbie.

Ella era mi orgullo y alegría. Incluso le había pintado las uñas con esmalte brillante y le había hecho un vestido muy sexy con los pañuelos rojos que mi madre me obligaba a usar por la noche para que mi cabello alisado no se encrespara.

Aparte de eso, me preocupaba mi máquina de hacer conos de Snoopy y poco más.

Jason y sus padres vivían exactamente enfrente.

Ese día, él estaba en la calle intentando hacer volar un cohete comprado por correo. ¡Tremenda estafa! Durante todo el tiempo que estuve observándolo, el estúpido aparato no se elevó una yarda del piso. Aproximadamente después del centésimo intento, cuando los encargados de la mudanza ya habían descargado medio camión, noté que el imbécil me hacía ojitos.

Yo estaba dibujando una rayuela con tiza rosada en la calle frente a mi casa cuando él se acercó. La gorra Kangol y la chaqueta de cuero de aviador lo hacían ver como un monigote. Lo único que le faltaba era un par de dientes de oro.

—¡Niña, mejor desiste! ¡Voy a acusarte con mi mamá! —Lo fulminé con la mirada, masticando como una vaca un chicle Bubblicious.

—¡Pequeñín, mejor te vas a jugar con tu ordinario e inservible cohete y me dejas en paz!

—¡Niña, ni se te ocurra darme órdenes! ¡Te dejaré con el flacucho trasero en el andén!

—¡Oooooooh, estoy muy asustada! —exclamé, poniendo los ojos en blanco y retándolo.

Entonces, la versión en miniatura de Shaft hizo una señal con el dedo, hizo un ruido asqueroso mientras reunía saliva en su boca, y luego escupió en mis zapatos nuevos de color negro y blanco.

Le di una zurra.

Éramos de la misma edad, pero yo era diez centímetros más alta que él. La leche no comenzaría a favorecer su cuerpo hasta un par de años más tarde.

Dos de los hombres de la mudanza nos separaron.

Accidentalmente rasguñé a uno de los hombres en la nariz porque no estaba dispuesta a cantar victoria antes de tiempo. Entonces fue cuando nuestras madres aparecieron corriendo desde nuestras respectivas casas gritando: "¡Oh, mi pobre bebé!" y cosas por el estilo. Fue muy divertido. Tomaron el control, apretando nuestras cabezas contra sus pesados pechos y examinándonos por todas partes para asegurarse de que no hubiera daños permanentes. Jason y yo tan sólo nos mirábamos con fiereza, como dos luchadores de sumo listos para el segundo *round*.

Mi madre me ayudó a entrar a la casa como si fuera minusválida. De hecho, jamás en la vida me había sentido mejor. Yo había ganado. Jason también regresó a su casa, y eso fue todo.

Mis padres y yo desempacamos esa noche lo estrictamente necesario, pusimos nuestras bolsas de dormir en el piso de la sala y comimos pollo de KFC. Mi padre enchufó su equipo de sonido y yo me dormí escuchando el armónico canto de *Earth, Wind and Fire*. Era sábado.

Empecé la escuela el lunes siguiente. Estaba ansiosa por llegar y conocer a todos los niños nuevos. Comí velozmente un plato de cereal y alcancé a ver unos diez minu-

tos de *Los Picapiedra* antes de tomar mi lonchera y correr
para llegar a tiempo a la parada del autobús.

El autobús estaba a punto de arrancar y yo jadeaba
cuando logré alcanzarlo y golpear la puerta para que el
chofer se detuviera. Cuando subí, el conductor me preguntó quién era. Le expliqué que era una nueva estudiante que acababa de mudarse. Me gruñó y su aliento
casi me hace caer de espaldas por la escalera y fuera del
autobús.

—Asegúrate de que tu maestra ponga tu nombre en
mi lista tan pronto como pueda porque se supone que no
debo andar recogiendo cabezas huecas a las que no conozco. ¡Ahora, busca un asiento, siéntate y quédate callada!

Busqué un asiento vacío y no encontré ninguno en la
parte delantera del autobús, así que empecé a andar hacia
atrás. Todos los niños me examinaban y algunos reían di-
simuladamente. Noté que casi todos los asientos estaban
ocupados, ya fuera por dos chicas o por dos chicos, a excepción del último, en la parte trasera. Un chico y una
chica, evidentemente víctimas de un caso severo de amor
adolescente, estaban sentados allí. Él pasaba el brazo por
sus hombros y ella se ruborizaba.

Estaba a punto de preguntar al conductor si podía
sentarme en los escalones cuando me di cuenta de que el
único asiento disponible estaba al lado de la criatura de
película de horror: Jason. Él dejó de jugar con su GI Joe
tan sólo el tiempo suficiente para lanzarme una sonrisa
de superioridad. Le volví la espalda y me dirigí a la parte
delantera para rogar al conductor que le pidiera a alguien
que cambiara su puesto conmigo, pero volvió a gritarme:

—¡Te estás demorando demasiado! ¡Las clases comien-
zan en quince minutos! ¡Pon tu trasero en un asiento y cállate!

Regresé hasta el asiento y vi que Jason había puesto su morral en el puesto libre a su lado.

—¿Podrías mover eso, por favor?

No me respondió y tampoco me miró, así que tomé su morral, lo lancé a su regazo y me senté. Él estaba a punto de hacer una demostración de pedantería, pero lo detuve en seco. Puse los ojos en blanco y le hice un gesto de negación con la cabeza.

—No digas nada o te daré una zurra peor que la del sábado.

Un par de niños me escucharon y comenzaron a reír y burlarse de él. Él tomó su morral, lo apretó contra su pecho y no me volvió a mirar en todo el viaje hasta la escuela.

Como si las cosas no fueran ya suficientemente malas, en la oficina del director me indicaron mi curso y me dirigí allí: lo primero que vi al entrar fue su estúpido rostro. Nuestra maestra era la Señora Williams y estaba *molesta* por tener que recibir un estudiante nuevo en la mitad del trimestre de otoño. También me gruñó. Tal vez todos estaban siendo malos conmigo a causa de mi brillo con sabor a cereza.

—Pequeña Zoe —me dijo mientras revisaba mis informes escolares—, siéntate allí junto a la ventana y pon atención. Tienes que trabajar mucho para ponerte al día con el resto de la clase.

Al fin un rayo de luz en mi día. En el salón, no tendría que sentarme cerca de Jason. Él estaba en el otro extremo y eso me pareció perfecto. Debía haberse pasado de listo con todo el mundo porque la señora Williams lo hizo poner su pupitre al lado de su escritorio, a varios pies de distancia del resto de la clase. Las maestras siempre hacen que los estudiantes problemáticos se sienten en sus narices, y recuerdo que pensé: "¡Qué bien!".

Mi primer día en la Escuela Primaria Benjamín Franklin transcurrió sin incidentes. Hice un par de nuevos amigos, salté lazo en el recreo, hice una deforme vasija de barro en la clase de arte y aprendí a contar hasta diez en español. Durante el almuerzo, me senté con una niña llamada Brina, que estaba convencida de que ella sería la siguiente Diana Ross. Comencé a molestarla y decirle que no podría ser la siguiente Diana Ross porque esa era yo. Ella retiraba el cabello de su rostro después de cada mordisco de su Twinkie y tuvo especial cuidado en asegurarse de no terminar con un bigote de leche. Pasó el almuerzo alardeando sobre todo, desde su colección de cintas para el cabello hasta las A que sacó en el último boletín de calificaciones.

Jason se descaró y comenzó a lanzarme al cuello guisantes congelados a través del salón. Cometió el error de darle en la mejilla al maestro de Educación Física, el señor Lewis, e inmediatamente fue arrastrado por la oreja hasta la oficina del director.

Cuando subí al autobús esa tarde, tuve la suerte de encontrar un asiento en la parte delantera. Me aseguré de llegar entre los primeros al autobús, empujando a un par de niños tímidos para no tener que sentarme a su lado. Jason subió alrededor de diez niños después de mí. Le saqué la lengua y le mostré el dedo medio. Él intentó acusarme con el conductor, pero no consiguió nada.

—¡Pon tu trasero en el asiento, niñito, y cállate!

Una hora después, cuando él salió de su casa, yo estaba jugando rayuela en la calle. Jason se detuvo en la acera de su lado de la calle y comenzó a decir estupideces.

—¿Sabes qué? ¡Te odio y espero que todo el pelo se te caiga y te salgan granos rojos en la cara!

Me detuve en el número seis con el pie derecho en el

aire, le lancé una mirada glacial y decidí hacerle pagar su comentario.

—Ahhh, ¿sí? Bueno, yo también te odio y espero que la próxima vez que dispares ese ordinario cohete, ¡se te meta por el trasero! —Como una ocurrencia tardía, añadí—: ¡Y espero que se te caiga el pipicito!

Levanté el dedo meñique para reforzar la idea y él abandonó la acera, dirigiéndose a mi lado de la calle para retomar la pelea a puñetazos que habíamos comenzado el sábado anterior. Me disponía a salirle al encuentro a mitad de camino cuando mi mamá apareció en la puerta del frente.

—Zoe, entra ya y aséate para la cena. ¡Ahora mismo!

Alejándome, apoyé las manos en mis caderas y me pavoneé como Greta Garbo. Me volví hacia él e, imitando la voz de la estrella de cine, le dije:

—¡Hasta la próxima, bebecito!

Lo dejé con su trasero —mezcla de Chewbacca de *Star Wars* y Scooby Doo— parqueado en la mitad de la calle, con las manos convertidas en puños y una mirada de odio en su patético rostro.

Intenté mantener la distancia con Jason cuando no estábamos en la escuela, pero mi padre no me lo estaba facilitando. Por alguna extraña razón, ellos dos se apegaron mucho. Tal vez fue porque el papá de Jason siempre estaba trabajando, o tal vez porque mi padre era muy hábil con las manos y Jason lo admiraba por reparar las cosas de la casa y hacer muebles de madera como pasatiempo. Sin importar el motivo, no me gustaba nada que fueran amigotes.

Un sábado en la mañana, me encontraba en mi habitación ordenando mi colección de discos y cantando a alaridos, cuando mi madre me llamó a gritos para que bajara. Yo acababa de sacar del tocadiscos *The Best of My Love* de los Emotions. Cuando mi mamá me interrumpió, yo me disponía a bajar las persianas, poner *Flashlight* de Parliament Funkadelic y bailar por mi habitación haciendo círculos en las paredes y el techo con la linterna que papá me había regalado.

—Zoe, ¿podrías bajar un segundo? —Su voz llegaba claramente por el hueco de la escalera y yo sabía que ella había esperado a que la música se interrumpiera para llamarme. Era la rutina.

—Está bien, mamá, ya bajo —mascullé en voz baja mientras recogía la ropa sucia del canasto de mimbre y la colocaba en la cesta de la lavandería. Era el día de lavar la ropa y yo aún no había hecho nada, así que la arrastré conmigo para evitarme otro viaje.

Tan pronto entré a la cocina, mis ojos se iluminaron al ver una jarra de limonada fresca y helada y el paquete de galletas de chocolate rellenas de Hershey's Kisses enfriándose en la estufa.

—¡Mamá, hiciste mis galletas favoritas! —Dejé caer al suelo la cesta de la ropa y abracé a mi madre—. Eres la mamá más chévere, *espantacular* y súper del universo.

Soltó una leve risita y retiró mis brazos.

—Zoe, déjalo ya antes de que me hagas derramar la limonada.

—Lo siento, mamá. —Me relamí, soñando con lo deliciosas que serían las galletas al pasar por mi garganta y decidí ganarme algunos puntos para poder comer un par antes de la cena.

Recuperé mi cesta de ropa y me dirigí hacia la escalera del sótano.

—Voy a seguir adelante y a poner mi ropa a lavar, y tal vez después pueda ayudarte con la limpieza, a pasar la aspiradora o lustrar los muebles.

Mi madre se acercó a mí, limpiando su mano en el

babero del delantal y colocó su mano derecha sobre mi frente, revisando que no tuviera fiebre.

—¿Esta es mi hija? —preguntó con sarcasmo.

Hice una mueca.

—Sí, mamá. Sólo estoy tratando de hacer mi parte.

Me lanzó una mirada resplandeciente.

—Bueno, hazme un favor antes de ir abajo. —Tomó dos vasos del gabinete y vertió la limonada en ellos. Luego puso cuatro galletas en un plato y colocó todo en una bandeja de madera—. Lleva esta limonada y galletas al garaje, para tu papá y Jason.

—¿Jason? ¿Qué diablos, qué demonios, hace aquí? —Sentí una súbita tensión en la nuca, tenía el cuello más caliente que la olla de papas que mamá hervía en la estufa para la cena—. ¿Por qué tiene que pasarse todo el tiempo aquí?

—En primer lugar, Miss Cosa —me regañó mi madre—, Jason no pasa *todo el tiempo* aquí. Tu papá le está ayudando a construir un *kart*.

—¿Un *kart*? —¡Eso fue el colmo!— Le pedí a papá que me ayudara a construir una casa en el árbol como cincuenta millones de veces, y aún no lo ha hecho.

—Le pediste el favor a tu papá *una vez* y él tiene la intención de hacerlo, pero el roble del patio trasero necesita que le corten algunas ramas para que pueda construirla. Los señores vienen el próximo fin de semana a cortarlas y luego... —Mi madre me miró, probablemente preguntándose por qué se tomaba el trabajo de darme explicaciones—. Olvídalo. Sólo lleva esta bandeja y luego regresa a lavar la ropa sucia y pasar la aspiradora.

—Y, ¿para mí no hay galletas y limonada? —pregunté, haciendo pucheros.

—Cuando termines con tus tareas podrás tomar algunas.

Hice un gesto, de mala gana tomé la bandeja y me dirigí al garaje. ¿Por qué tenía yo que hacer los oficios mientras Jason recibía tratamiento especial como si fuera Shaka Zulu o algo así?

Tan pronto entré al garaje, sufrí un ataque de celos. Ahí estaba mi papá, pasando el tiempo con Jason y repasando los diagramas de construcción del *kart* que ya tenían medio armado en la mesa de trabajo de la parte trasera. Estaban tan ocupados que ni siquiera notaron que entré.

—Señor Wallace, realmente le agradezco mucho su ayuda. Mi papá siempre está trabajando y nunca pensé que alcanzaría a tenerlo listo para el Derby de los Lobatos la semana entrante. —¡Qué lameculos!

Mi padre le dio unas palmaditas en la cabeza como si fuera un dóberman: de hecho parecía uno, debo agregar.

—No es problema, Jason. Amo trabajar con las manos. De hecho, en las próximas dos semanas voy a comenzar a hacer la casa en el árbol para Zoe. Tal vez quieras ayudarme y, cuando esté lista, Zoe y tú podrán pasar tiempo allí.

—¡Eso suena maravilloso! —Podía ver el perfil de Jason y, desde el lado, parecía que no tuviera dientes ya que le estaban saliendo cuatro al tiempo.

—¡Ni cerca! —intervine, dando a conocer mi presencia—. Una vez mi casa del árbol esté lista, será para mí y mis amigas. Tú no eres amigo mío.

—Zoe, ¿qué traes ahí? —Mi padre intentó cambiar el tema antes de que yo acabara zurrando a Jason una vez más.

—Limonada y galletas, papá. —Me acerqué y dejé la bandeja en el capó del Buick Century plateado de mi papá—. Mamá me pidió que las trajera para ti y Alf.

—¿Alf? ¡Estás loca, nena!

Jason realmente quería ganarse otra golpiza.

—Sí, Alf como un extraterrestre anaranjado. —Lo miré directamente a los ojos—. Caray niño, te ves realmente mal sin todos esos dientes.—Me lanzó una mirada enfurecida y puso los ojos en blanco, así que añadí—: ¿Qué tienes en la cara? ¿Un grano o una pelota de golf?

Antes de que Jason pudiera reaccionar, mi padre intervino, intentando proteger a la mangosta.

—Suficiente, Zoe. ¡No seas maleducada con la visita!

—¿Visita? Papi, ese idiota siempre está acá. ¿Por qué siempre tomas partido por él?

Mi papá rio y yo no logré encontrar nada divertido en la situación.

—Sabes, la manera en que ustedes se insultan me recuerda a tu madre y a mí cuando éramos más jóvenes.

Analicé su afirmación, recordando historias sobre la forma en que mis padres se habían conocido cuando niños, cómo crecieron juntos y eventualmente se casaron.

—¡*Guácalaaa, papá eso es un asco*! Jason y yo no nos parecemos a ti y a mamá. Yo no soporto su culo, perdón, trasero.

Mi padre hizo un gesto al escuchar mi lapsus.

—Sí, yo sé que estabas pensando en trasero. —Jason sonreía, satisfecho al ver que me reprendían.

—¿Tú qué miras, imbécil?

Me miró de la cabeza a los pies y otra vez a la cabeza.

—No gran cosa. Eso es seguro.

Mi padre volvió a reír.

—Ajá, ya lo veo. Ustedes dos probablemente acabarán casados, como tu mamá y yo, con dos o tres hijos y una casa parecida a esta.

—Papá, no es nada personal —tenía que corregirlo porque evidentemente estaba alucinando—, pero antes de casarme con este híbrido de gorila y mofeta, me escaparé y me meteré de monja.

—Jajajajajajaja. —Jason soltó una carcajada como si yo acabase de decir algo muy divertido, pero yo hablaba muy en serio—. ¡Nena, sabes que no te vas a unir a ninguna convención!

—¿*Convención?* —Lo señalé con el dedo—. Eres tan estúpido. ¡Es un *convento*, bruto! —Con eso, me volví y regresé corriendo a la casa para informar a mi mamá sobre el deplorable cociente intelectual de Jason—. Mamá, ¿sabes lo que acaba de decir el idiota?

¡Así conocí a Jason Reynard! ¡Así fue mi primer encuentro con mi esposo!

capítulo
dos

Tres años después
Octavo grado

Para cuando llegamos a oc-
tavo grado, la leche definitivamente estaba haciendo su
labor en el cuerpo. En el cuerpo de Jason, claro. En los tres
años transcurridos desde nuestro primer encuentro —o
desencuentro, si así lo prefieres— la hostilidad entre nosotros había persistido. Las únicas diferencias eran físicas.
Yo había cambiado dramáticamente de la alta, desgarbada
y flacucha niña de aquella época; ahora tenía tetas y un
trasero como una cebolla. Ya sabes, el tipo de trasero que
supuestamente hace llorar a los hombres cuando lo ven.
Tal vez había crecido unas cuatro o cinco pulgadas más
pero sólo llegué a cinco pies con cuatro pulgadas. Por su
parte, Jason se estiró como un árbol. Para entonces ya
medía seis pies y seguía creciendo.

Ambos teníamos trece años y la pubertad nos estaba
atropellando. Yo estaba encaprichada con un chico, Mo-

hammed, un musulmán. Me fascinaba escucharlo cuando me recitaba los principios islámicos. A mis ojos, él era un *verdadero* hombre, un hombre que respetaba a sus mujeres aunque tuvieran sólo trece años. Él era mayor que yo, tenía dieciséis años y un auto. Todas mis amigas me envidiaban. Sin embargo, mis padres lo odiaban. Los aterrorizaba la idea de que un chico se aprovechara de su pequeñita. Pero no era así, aunque mis padres y amigos no lo supieran. De hecho, Mohammed me respetaba *demasiado*: las pocas veces que intenté besarlo al estilo francés, me dio un beso inocente en los labios y me mandó a casa.

Jason se había conseguido a una putica. Nunca olvidaré a esa anoréxica larguirucha. Su apellido era Chandler y provenía de una familia de clase alta. Se creía una diosa porque lucía las ropas más finas y todas las semanas la peinaban en el salón de belleza. Cuando le hablaba mal de ella a Brina, que por entonces era mi mejor amiga, me respondía:

—¡Ay, niña, estás celosa! ¡Quieres a Jason para ti! ¡Admítelo, atraviesa la calle y ve por él porque me estás poniendo nerviosa!

—¡Diablos, no! —Era siempre mi respuesta.

Fue un viernes por la tarde en octubre cuando entendí que Brina había dejado pasar su vocación de vidente. Era un día muy bello para esa época del año. Yo estaba afuera, frente a la casa, saltando lazo con Brina, que había regresado en el autobús escolar conmigo para pasar la noche en casa junto con otras niñas del barrio. Yo acababa de saltar en medio de los lazos, haciendo el doble holandés, cuando me tropecé y caí de rodillas. La causa no fue falta de habilidad con los lazos... fue el bello trasero de Jason, quien estaba cortando el césped del jardín.

Conducía el nuevo tractor cortacésped de su padre,

el último grito de la moda para el jardín, y estaba sin camisa. Noté que se estaba dejando crecer una barba de candado. Su cabello negro y ondulado, junto con sus almendrados ojos, brillaban al sol.

Mientras me levantaba del suelo y limpiaba mis rodillas, no pude quitarle los ojos de encima. Las niñas lo notaron y comenzaron a canturrear:

Zoe y Jason
Sentados en el árbol
B-E-S-Á-N-D-O-S-E
Primero viene el amor,
luego el matrimonio,
luego Zoe con un cochecito de bebé

Gracias a Dios él no podía oírlas por encima del ruido de la podadora. Me habría muerto. En ese preciso momento sucedió la cosa más extraña y sé que parece increíble. Observar a Jason, sus músculos, su rostro... *todo* él, hizo que mis calzones se mojaran. Cuando entré a la casa, algo asustada porque eso nunca me había sucedido, fui al baño y descubrí que estaba sangrando. De alguna forma, mi recién descubierto amor adolescente por Jason trajo consigo mi primer ciclo menstrual. ¡Qué lata!

Más tarde ese día, Brina y yo fuimos a una fiesta de cumpleaños en casa de nuestro amigo Eugene. Brina se quedaría a dormir en mi casa, de manera que mi mamá nos podía dejar y volver para recogernos. La madre de Brina era madre soltera y tenía que trabajar hasta tarde esa noche.

La fiesta fue divertida. No obstante, yo estaba deprimida porque Mohammed no podía ir y Jason estaba allí con su *cosa*. No bailamos mucho porque los padres de Eugene eran algo retrógrados y no querían que la fiesta

se fuera en manoseos. Sin embargo, cometieron un error
fundamental: le regalaron a Eugene el juego Twister...

Alguien envenenó el ponche con alcohol y la fiesta se
prendió. No recuerdo exactamente cómo sucedió, pero
en algún momento entre ver *Beach Blanket Bingo* en la
televisión y jugar mímica, Jason y yo terminamos juntos
en la colchoneta de Twister. ¡Chandler estaba hecha una
hiena! Creo que ella también era medio vidente y consciente de algo que yo aún no entendía. Ella sabía que yo
le gustaba a Jason tanto como él a mí.

No obstante, yo lo descubrí durante el juego. Jason
tenía que poner una mano en el rojo, yo un pie en el azul,
y su pelvis terminó apoyada en mi trasero. Antes de que
la aguja cayera en el siguiente color, su pene estaba tieso
y la gigantesca —elefantina— toalla sanitaria que mi
madre me había dado estaba el doble de empapada que
antes de comenzar el juego. Sin embargo, no estaba empapada en sangre... sino con mis jugos vaginales.

Salté como un resorte de la colchoneta en medio del
juego —no porque no disfrutara la sensación de su polla
en mi trasero, sino por miedo a que él descubriera que
llevaba una toalla sanitaria—. La maldita era tan grande
que estaba segura de que él la descubriría y eso me avergonzaba terriblemente.

Mi madre se tomó su tiempo para ir a buscarnos y,
cuando finalmente llegó, huí de la casa como alma que
lleva el diablo, queriendo olvidarme de todo el episodio.
Regresamos a casa y Brina estaba cepillando mi largo cabello castaño que me llegaba hasta los senos.

—Zoe, ¿qué te pasa?

—¿Qué te hace pensar que me pasa algo? —le ladré
e inmediatamente lamenté mi tono. Aunque Brina era mi
mejor amiga, me avergonzaba contarle lo que había sucedido.

—¡Te has estado comportando de forma extraña, eso es todo! —respondió mientras sujetaba mi cabello con una hebilla gigante—. ¿Es porque tienes tu primer periodo? No sufras por eso. Yo los he tenido durante casi dos años y no es tan grave.

Me levanté del banquillo acolchado de mi tocador, apagué la luz de mi mesa de noche y me metí en la cama.

—No es nada, en serio. Descansemos un poco.

Brina se metió en la cama y se durmió inmediatamente ya que estaba más entonada que yo. A mí me costó más trabajo dormirme y, una hora después, me encontraba sentada al lado de la ventana observando la luna y las estrellas. Comencé a imaginar que Jason observaba la misma luna y las mismas estrellas desde la ventana de su habitación, pero lo más probable era que él estuviera todavía afuera, besuqueándose con Chandler. La sola idea de que la manoseara era devastadora. No era fácil aceptar que estaba loca por mi mayor enemigo... pero eso era exactamente lo que había sucedido y me prometí que, de alguna manera, me ganaría su amor y lo haría mío. Comenzaba a amanecer cuando regresé a la cama que compartía con Brina para simular que había estado allí todo el tiempo.

Al día siguiente, olvidé toda la pendejada de ganarme el corazón de Jason. Creo que tuvo algo que ver con la forma en que me sonrió con suficiencia y succionó entre los dientes cuando salí de casa y me dirigí a la tienda a un par de manzanas.

Lo ignoré y seguí caminando. Me sobresalté cuando lo escuché acercarse rápidamente en su monopatín, otro de los juguetes que mi padre le había ayudado a hacer.

—¡Zoe, detente, niña!

Puse los ojos en blanco sólo para darme gusto pues aún le estaba dando la espalda.

—¡Tengo prisa, Jason!

Podía escuchar que había acelerado aún más.

—¡Dije: detente, nena!

Me volví y lo miré con furia. ¡Diablos, lucía muy bien!

—¿Qué quieres?

Me alcanzó y con el talón hizo saltar el monopatín hasta su mano, luego lo colocó debajo del brazo. El sol reflejado en sus ojos era fascinante. Lo deseaba y, al mismo tiempo, no lo soportaba. Estaba *perpleconfundida*.

—¿Te puedo hacer una pregunta?

—Acabas de hacerlo, bobo —le gruñí y me crucé de brazos, repitiendo los ojos en blanco para que esta vez él los viera.

Suspiró frustrado.

—Ayayay, carajo, entonces, ¿te puedo hacer otra pregunta?

—Acabas de hacerlo, bobo —repetí, riendo ante la ingenuidad de mi comentario.

Él me miró como si quisiera darme una bofetada.

—¡Niña, no me enredes!

Bajé la mirada hasta el reloj Swatch rojo y amarillo que me había puesto porque combinaba perfectamente con los pantalones rojos y la blusa amarilla que llevaba.

—¿Vas a hacer la pregunta hoy? Porque yo tengo cosas que hacer...

—¿A dónde vas? ¿A casa de Brina?

—¿Brina? Brina vive como a cincuenta millones de manzanas de acá. No voy a caminar hasta allá. ¡Por favor!

—Entonces, ¿a dónde vas?

Por primera vez noté la gravedad que había adquirido la voz de Jason. ¡Hombre, me estaba sobrecalentando!

—A la tienda a comprar algo. —Jason soltó una carcajada como si yo acabara de contar una broma de Eddie Murphy—. ¿Qué tiene de gracioso?

—Nada —respondió, riendo aún—. Sólo me preguntaba si ese *algo* que necesitas de la tienda tiene que ver con lo que pasó anoche en la fiesta.

—¿Como qué?—Me pregunté de qué diablos estaba hablando—. ¿De qué diablos estás hablando?

Él bajó la mirada a la acera, rompiendo el contacto visual.

—Fue inevitable notarlo cuando jugábamos Twister.

—¿Notar qué? —Me estaba enojando porque entendí que mi mayor temor se estaba haciendo realidad.

Me miró a los ojos y habló abruptamente:

—¿No tenías anoche una de esas toallas de sanidad?

¡Eso fue! Le di una bofetada en el maldito rostro y seguí mi camino.

—¡Primero que todo, no es tu problema, y, segundo, es una toalla sanitaria no de sanidad, idiota!

—¿Por qué me pegas? —Sentí que su voz temblaba, pero se lo merecía—. ¡Zoe, siempre estás pegándole a alguien!

Me volví y le hice un gesto con el dedo.

—¿Por qué te preocupa lo que yo tenga entre las piernas? —Tan pronto lo dije, me arrepentí. Sonaba tan, tan sexual...

—Ahora que lo mencionas, tengo otra pregunta —exclamó sonriendo.

—Ohhh, maldita sea, ¿ahora qué?

Saltó nuevamente sobre su monopatín para alcanzarme.

—¿Puedo hacerte la pregunta?

—¡Acabas de hacerlo, idiota!

Me tomó por el codo derecho y yo sentí que las rodillas se me derretían.

—Zoe, mírame.

Lo miré. ¡Mierda, mierda y mierda, era divino!

—¿Quieres estar conmigo?

—¿Qué? —Desgraciado, maldito bizcocho, de hecho me estaba pidiendo que fuera su chica, su mujer, su nena.

—Sabes a qué me refiero Zoe. —Era obvio que mis evasivas lo hacían sentir frustrado—. ¿Quieres o no?

—Tú ya tienes una mujer y yo tengo un hombre. —Él volvió a bajar la mirada a la acera, mascullando algo que no entendí—. Además, ¿estás hablando de que nos besemos y todo eso?

Sin mirarme a los ojos, me dio un fugaz beso en los labios. Yo estuve a punto de desmayarme.

—Sí, besarnos e ir juntos a sitios, tú sabes. —Levantó las cejas y supe que se refería a aquella cosa loca.

—¡Uyyy, diablos no! ¡No, no quiero estar contigo! —Seguí mi camino echando chispas por las orejas. No porque me lo hubiera pedido y no porque no quisiera aceptar. Estaba furiosa porque todo parecía indicar que él y Chandler lo habían hecho y, sólo pensar en ello, me enfermaba.

Lo escuché gritar a mis espaldas.

—¡No importa Zoe! ¡Tan sólo bromeaba con tu puto trasero! —Solté una carcajada y aceleré el paso. Tanteé el borde de mi sujetador para asegurarme de que los tres dólares que mi mamá me había dado para comprar unas toallas sanitarias de elefante no se hubieran caído.

capítulo
tres

¿Alguna vez te has sentido tan terriblemente avergonzada y apenada que deseaste que la tierra te comiera y morir?

Exactamente así me sentí yo el lunes siguiente en la Escuela Secundaria George Washington Carver. Aún cuando era lunes, yo lo nombré afectuosamente el Día del Infierno.

Allí es donde Jason intentó mantenerme todo el día. Llegó a la escuela obviamente dolido por mi rechazo a andar con él y le contó a todo el que quiso oírlo que yo tenía mi periodo.

Hoy en día, entiendo que no era un insulto tan terrible. Después de todo, los periodos son periodos, y todas las mujeres los tienen ya que todas tienen una chocha. Los periodos son una realidad de la vida.

No obstante, en octavo grado yo era incapaz de verlo así. Para mí fue una experiencia traumática que todos los chicos me señalaran mientras caminaba por los atestados corredores entre una clase y otra.

Las chicas no se portaron mejor: reían a mis espaldas

como si ellas no tuvieran el periodo todos los meses o, para las de desarrollo más lento, como si nunca fueran a tenerlo. ¡Terneras descaradas!

Para la hora del almuerzo, yo luchaba con una migraña y contemplaba la opción de agarrar a Jason en el parqueadero y darle una zurra frente a todos los estudiantes.

Tomé mi bandeja de bazofia. Eso era el almuerzo de la escuela: bazofia. Una de las cadenas de noticias locales hizo una investigación sobre los almuerzos de las escuelas y descubrió que la mayoría de los prisioneros en Estados Unidos recibían comidas más nutritivas que los estudiantes de escuela. Eso es una vergüenza, pero creo que era cierto aunque yo nunca hubiese estado en una cárcel.

Normalmente me sentaba en el centro de la cafetería, pero no ese día. Ubiqué mi trasero en una mesa vacía en un rincón, con la esperanza de hacerme invisible.

Tras dar un mordisco a la hamburguesa con queso que había preferido sobre la pizza de pepperoni y el emparedado de huevo, la escupí en la servilleta. Era incomible: sabía más a rata que a res. Me pregunté si la ciudad de Atlanta había inventado un turbio y solapado método para deshacerse de la sobrepoblación de roedores.

Eché una mirada hacia los mostradores de comidas y vi a Brina de pie allí, inspeccionando el lugar para ubicarme. Ese semestre no teníamos ninguna clase juntas en la mañana, pero siempre, sin importar lo que pasara, almorzábamos juntas. Me puse de pie el tiempo suficiente para hacerle señas con los brazos. Una vez que vi que me había visto, me senté apresuradamente.

Se acercó y dejó caer su bandeja frente a mí; luego pasó las piernas una a una sobre el banco para sentarse.

—Zoe, ¿por qué estás sentada tan lejos? —preguntó

confundida—. Todos los demás están en nuestra mesa de siempre.

—¿No has oído nada? —susurré, desviando la mirada e intentando no llorar.

—¿Oír qué?

—El cabrón de Jason ha estado diciéndole a todos en la escuela que tengo mi periodo y que el viernes, en la fiesta, tenía una toalla sanitaria —solté apresuradamente, avergonzada de sólo pronunciar las palabras.

Brina casi se muere de risa. Se rio tanto que tuvo que tomar un sorbo de su té helado para no hiperventilar.

—Brina, esta porquería no tiene nada de graciosa —le dije en un siseo, lista para azotarla por traicionarme... Si yo estaba molesta, más le valía a ella estarlo también.

—Lo siento —exclamó seriamente, sosteniendo su barriga y respirando profundamente para calmarse—. Pero no eres la única niña en la escuela con el periodo. Como te dije la otra noche, yo los he tenido durante dos años.

—Esa eres tú —le respondí de mala manera cruzándome de brazos—. ¡Además, cuando comenzaron tus periodos, no tenías a un cabrón corriendo por la escuela informándole a *todo el maldito mundo*!

—¡Tienes razón! ¡Error mío! ¡Jason debería estar avergonzado de hacerte esto! Le diré lo que pienso de él cuando me lo encuentre.

—¡No, déjalo así! ¡Ese es mi problema! ¡Se va a arrepentir mucho! —Un gesto de preocupación cubrió el rostro de Brina—. Brina, ¿qué te pasa?

—Nada.

—Odio cuando la gente me responde "nada". Dime en qué estás pensando.

—Es sólo que cuando mis periodos comenzaron yo también estaba muy avergonzada. Por eso nunca hablé

de ello, ni siquiera contigo. A la única persona a la que
le conté fue a mi madre, para que me diera toallas. Sin
embargo, ella ni se enteró. Esa noche estaba borracha.
Tan sólo me lanzó una bolsa de Stayfree y se encerró en
su habitación.

Quedé muda. Hacía un año que había comenzado
a sospechar sobre la madre de Brina y el alcohol, pero
nunca le había preguntado nada. Era la primera vez que
Brina hablaba del tema y lo admitía.

Me incliné sobre la mesa y tomé su mano.

—¿Quieres hablar sobre eso?

—No —respondió abruptamente, rasgando el plástico
en que venían empacados los cubiertos—. ¡No hay nada
de qué hablar!

Decidí dejarla en paz. Permanecí sentada, pretendiendo estar totalmente concentrada en mi plato de *succo-
tash*, pero en realidad buscaba otro tema de conversación.
Quería hablar de cualquier cosa excepto de Jason, y Brina
quería discutir cualquier tema que no fuera su mamá.

—Zoe, amiga, ¿qué sucede? —Sentí un olorcillo y supe
quién era sin necesidad de mirar sobre mi hombro. ¿Acaso
el día podía empeorar? ¡Diablos, sí, acababa de empeorar!
—¡Vaya, vaya, vaya... no hay palabras para expresar lo
bien que luces, nena!

Lyle Harris era, sin duda, el chico más feo de la escuela. Nunca habíamos hecho una encuesta sobre el tema,
pero créeme que así era: era un adefesio. Flacucho, bajito,
de rostro amarillento y lleno de granos, y se creía extra
en la película *House Party* desde que se había rapado los
lados de la cabeza. Para colmo de males... apestaba. Podías olerlo a una milla de distancia. Estaba conmigo en
la clase de geometría y el maestro, el señor Wilson, siempre tenía que abrir una ventana para ventilar un poco el
salón y deshacerse de los vapores naturales de Lyle.

Ni siquiera me tomé el trabajo de mirarlo.

—¿Qué quieres, Lyle?

Se sentó a mi lado en el banco y casi me desmayo. Brina se tapó las narices. Yo quería vomitar.

—Escúchame, Zoe —dijo, pasando sus mugrosos dedos por mi brazo—. Escuché que ya eres una mujer. Una *verdadera* mujer.

Retiré con brusquedad su mano.

—¡Mantén tus garras lejos de mí, Rin Tin Tin!

Brina se rio y yo la imité.

Él abrió los brazos y el aire acondicionado central atrapó el hedor de sus sobacos y lo sopló en mi dirección.

—Bien, ¿así quieres tratarme nena?

Lo ignoré.

—Tan sólo quería ser tu amigo. Me preguntaba si te gustaría ir al cine o algo este fin de semana. Lanzan *Lethal Weapon* y pensé que tal vez querrías verla.

Entonces le lancé una mirada iracunda, aunque era desagradable.

—¡No puedes hablar en serio! Además, tus sobacos ya me están embistiendo. ¡Esos chicos malos lanzan alaridos!

—Hablo muy en serio. —Me sonrió y casi vomito el contenido de mi estómago, esta vez en serio. Sus encías eran negras—. Quiero conocerte mejor y ¡a tu bello trasero!

Brina dejó de reír.

—Lyle, ¿por qué tienes que escoger el día de hoy, entre tantos, para joderme? —le ladré—. No tengo humor para tu comedia.

—Como ya te dije, escuché que ahora eres una mujer. Pensé que para el fin de semana ya te habrás deshecho de las toallas y podríamos hacer cositas.

¡Eso fue demasiado! Obviamente, el tipo no sabía con quien se estaba metiendo. Levanté mi bandeja y le lancé todo su contenido a la asquerosa cara.

—¿Por qué demonios hiciste eso?

—¡Te advertí que me dejaras en paz! —respondí, poniéndome de pie—. ¡Ven Brina, desaparezcamos! ¡El aire está muy contaminado por aquí!

Nos alejamos. La gente se burlaba de él sin compasión, pero no sentí remordimiento. Se lo había buscado.

Cuando salíamos de la cafetería, vi a Jason y a Chandler sentados en una mesa con su pandilla.

—Espera Brina —dije, jalándola de un codo—. ¡Tengo algo que resolver!

—¡Ohhh no, Zoe! —Brina intentó arrastrarme en la dirección contraria—. Déjalo ya. Jason ya se divirtió y el día terminará pronto. Mañana, nadie se acordará del tema.

A medida que nos acercábamos a la mesa, escuché a Chandler presumiendo de que se presentaría al equipo de porristas al final de la semana. Estaba convencida no sólo de que la escogerían, sino también de que la nombrarían capitana del mismo.

—Soy tan bonita que la señorita Weeden me escogerá de capitana—alardeó. Otras dos chicas de la mesa desviaron la mirada, probablemente deseando callarla a bofetadas. Yo sentía lo mismo. Era la mocosa más engreída de la escuela. La mayoría la toleraba, pero realmente muy pocos la querían. Se inclinó y besó a Jason en los labios.

—Bebé, ¿vendrás a los entrenamientos y me darás ánimos? Sé que este año volverás a ser capitán del equipo de baloncesto. Seremos la pareja estrella de la escuela.

—Humm, no sé —respondió Jason—. Realmente tengo que hacer varias cosas en casa los miércoles en la tarde. Mi madre lleva meses pidiéndome que lije y pinte los postigos.

—¿Por qué no lo hace tu papá? —preguntó Chandler, haciendo pucheros para ganárselo.

—Sabes que mi papá siempre trabaja hasta tarde —contestó—. Además, me gusta trabajar con mis manos.

El papá de Zoe me ha enseñado muchísimo sobre cómo construir cosas.

Chandler hizo una mueca y puso los ojos en blanco.

—¿Zoe?

—Sí —respondí yo. Todos me vieron al mismo tiempo. Todas las miradas estaban puestas en mí, pero yo estaba perforando a Jason con la mía.

Brina intentó por última vez hacerme entrar en razón.

—Vamos, Zoe —insistió, halándome del brazo—. No vale la pena. Podrías meterte en problemas. Lyle ya está enfurecido. Jason y tú pueden resolver esto en casa.

Jason se puso de pie tratando de parecer amenazador, y preguntó:

—¿Tienes algún problema conmigo, Zoe?

Quería lanzarle todos los insultos existentes. Quería maldecirlo, pero cuando me miró, sólo pude pensar en lo seductores que eran sus labios. Le di una bofetada.

Chandler saltó.

—¡Oh, no, no acabas de golpear a mi hombre!

Jason tenía la mano sobre la boca.

—¡Zoe, estoy harto de ti y de tus golpes! ¿Qué te dije el sábado?

Vi una gran oportunidad y decidí aprovecharla.

—Sí, ¿qué me dijiste el sábado?

—¿El sábado? ¿La viste el sábado? —preguntó Chandler con expresión perpleja.

—Sí, vivimos uno frente al otro. ¿Recuerdas? —Sus ojos saltaban de ella a mí, tal vez tratando de decidir de cuál de las dos encargarse primero. Luego me clavó la mirada de sus muy sexis ojos—. El sábado te dije que dejaras de golpear a todo el mundo.

—¿Eso fue antes o después de que me pidieras que fuera tu novia? No recuerdo bien.

Jason quedó boquiabierto. Acababa de noquearlo.

Chandler parecía tener problemas para respirar y a sus estiradas amigas no se les ocurría nada que decir. La había avergonzado maravillosamente.

Brina intervino.

—¿Jason te pidió que fueras su novia? —Se sonrojó de oreja a oreja, como si se lo hubiera propuesto a ella—. ¡No me contaste eso, neeeenaaaa!

Cordell, el mejor amigo de Jason, decidió intervenir también.

—¿Le pediste a esa niña ser tu novia? —Lanzó una mirada a Chandler, que seguía luciendo despistada, como una puta en la iglesia, y soltó una estruendosa carcajada—. Ayayay, Chandler, aterriza. ¡Te la jugó!

Yo había previsto que Jason negaría todo, de manera que yo podría recitar la conversación palabra por palabra y humillarlo profundamente. Para mi gran sorpresa, no lo hizo.

—Te *pedí* que salieras conmigo y tú me rechazaste, ¿verdad?

Jason y yo nos mirábamos boquiabiertos, mientras Cordell continuaba acosando a Chandler.

—¡Diablos, siempre supe que esos dos se gustaban!

Yo buscaba algo que decir. Quería decirle que sí deseaba ser su nena, en parte porque quería dar una lección a Chandler pero, sobre todo, porque estaba muriendo por sentir sus manos sobre mí.

Las palabras abandonaron mi boca antes de que yo las evaluara.

—¡Desde luego, te dije que no!

Él bajó la mirada, evidentemente dolido. Tenía tantas ganas de estirar mi mano y acariciar su mejilla... pero recordé a Lyle y su "Escuché que ahora eres una mujer".

—Te dije que no y tú decidiste venir a informar de mi

vida íntima a toda la escuela —persistí—. Eso fue muy infantil, incluso viniendo de ti, Jason.

—Lo siento Zoe —rogó, incapaz de mirarme a los ojos—. Tienes razón. No debí hacerlo. Estaba furioso.

Hoy día sigo sin entender de dónde salieron, pero un segundo después las lágrimas rodaban por mis mejillas.

—Te odio, Jason. ¡Tan sólo aléjate de mí! —Comencé a retroceder para alejarme de él y casi tropiezo con un morral que había en el piso junto a la mesa—. ¡Aléjate de mí! ¡Aléjate de mi casa y aléjate de mi papá! ¡Te odio!

Abandoné la cafetería corriendo y con Brina pisándome los talones. Busqué refugio en el baño de niñas, donde lloré recostada en un lavamanos mientras Brina me acariciaba la espalda.

Ninguna de las dos dijo nada durante unos minutos.

—Zoe, sé que estás molesta, pero tú y yo sabemos que Jason quiere estar contigo. No hay que ser genio para adivinar que tú también lo quieres; entonces ¿por qué no dejan toda esta tontería y se juntan, *finalmente*?

Observé su reflejo en el espejo a través de mis ojos inundados de lágrimas.

—¡Jason está con Chandler!

—Sí, pero acaba de probar claramente que la dejaría en un segundo para estar contigo. Probablemente, ella está allá afuera enloqueciéndolo.

No pude evitar reír al imaginar la escena. Esperaba que lo estuviera volviendo papilla frente a todo el mundo. Se lo merecía después de lo que me había hecho.

—Brina, ¿olvidaste que yo estoy con Mohammed? —pregunté, comprendiendo que hasta yo me había olvidado de él.

—No lo he olvidado, pero tú y Jason son el uno para el otro. ¡Ya deja de hacerte rogar!

Reí. No, ella no estaba burlándose de mí con esa frase tan trillada.

—Mira, no me siento muy bien —le confesé, mirándola a los ojos—Creo que voy a ir a la enfermería a pedir a la enfermera que me deje ir a casa.

Brina apartó un mechón de cabello que bailaba en mi cara.

—¿Estás bien?

—Sí, son sólo retortijones de estómago —respondí—. Después de todo, tengo el periodo.

Ambas reímos. Para cuando Brina se fue a clase, ya me sentía mucho mejor, pero igual fui a la enfermería y me hice la enferma. Había soportado suficientes dramas para un solo día.

Mi madre me recogió. Lucía preocupada.

—Amor, ¿estás bien? —preguntó, acariciando mi brazo—. ¿Quieres que vayamos a ver al doctor Hill?

—¡Mamá, no es para tanto! Sólo un cólico por mi periodo.

Ante eso, su preocupación se disipó un poco.

—Está bien. Entonces, vamos a casa para que te metas a la cama. Te haré una sopa caliente y una taza de té con limón.

—¡Gracias, mamá! —Encendí el radio y oprimí los botones de la memoria hasta que sonó una música decente, no esa basura clásica que mi mamá siempre oye en el auto.

—No hay problema, nena —dijo, dándome unos golpecitos en la rodilla mientras abandonábamos el parqueadero—. No todos los días mi bebé tiene su primer periodo. Este es un evento importante.

Pensé en el imbécil de Jason anunciándolo a todo el mundo y murmuré:

—Si tan sólo supieras...

Esa noche, mi papá me subió la bandeja de la cena con *roast beef*, papas, zanahorias y verdura.

—¡Hola, princesa!

—Hola, papá. —Estaba feliz de verlo. Verlo siempre mejoraba mi ánimo—. ¿Qué tal estuvo tu día?

—Bastante bien —respondió, poniendo la bandeja en mi mesa de noche—. Hemos tenido algunos problemas para colocar las vigas del último piso, pero en la mañana lo lograremos.

—¡Qué bien! —Eché una mirada a la bandeja y vi un ramo de narcisos junto al plato—. ¡Oh, papá, me trajiste flores!

Él me lanzó una de sus sonrisas cinematográficas.

—De hecho, esas las envió Jason.

—¡*Jason*! ¡*Ese cabrón*! —Me cubrí la boca al notar que se me había ido la mano.

—Zoe, ¿qué te he dicho sobre las blasfemias?

—Lo siento papá. —Hice un puchero—. Es que Jason logra hacerme sentir enferma. ¡No te imaginas lo que me hizo hoy!

—Sí, lo sé. Él me lo contó *todo*.

—¿Lo hizo?

Mi papá asintió, intentando suprimir una sonrisa. Mi primer periodo se estaba convirtiendo en el gran evento del maldito siglo. Yo ni siquiera quería que mi papá se enterara.

—Uh-huh, me suena a otra peleíta de amantes.

Lo golpeé suavemente en un brazo.

—¡Lo odio, papá!

—Odio es una palabra muy fuerte. —Recogió las flores y me las ofreció—. Además, él no puede ser tan malo. Me mandó traerte estas flores y sus disculpas.

—*¿Disculpas?*

—¡Así es! Jason está muy arrepentido de haber hablado de tus asuntos privados por toda la escuela.

—Pues no quiero oír nada de él —ladré—. Puede hacerse a la idea de que jamás le volveré a dirigir la palabra.

—¿En serio?

—¡Sin duda!

Mi papá saco un arrugado pedazo de papel de cuaderno del bolsillo de su camisa y lo dejó en la cama, a mi lado.

—Entonces debe ser capaz de leer la mente porque te envió una carta.

No dije más. Realmente no encontraba nada que decir. Parte de mí moría de ganas de leer la carta con la esperanza de que me declarara su amor. La otra parte temía llevarse una decepción.

Mi papá me dio un beso en la mejilla y se dirigió a la puerta.

—¡Buenas noches, amor!

—¡Buenas noches, papá!

Vaciló un instante cuando ya estaba en el vestíbulo.

—Por cierto, si decidieras hablar a Jason, él y yo estaremos en el garaje un par de horas más.

Casi me desmayo.

—*¿Él está acá? ¿Ahora? ¿En esta casa?*

—Sí, no lo dudes. Estamos trabajando en la vitrina que le prometí a tu madre para el comedor.

Tras esas palabras, cerró la puerta y escuché sus pasos en la escalera.

Estuve unos momentos ahí sentada, intentando sumergirme en el episodio de *Miami Vice* que pasaban en la televisión.

A pesar de lo atractivo que era Phillip Michael Thomas en aquellos días, todo fue inútil. Necesitaba saber qué decía la nota. Desdoblé con lentitud el papel, alisando las arrugas poco a poco.

Zoe:

Sé que estás furiosa conmigo. Lo que hice estuvo mal. Por favor perdóname. Es sólo que me gustas mucho y tú heriste mis sentimientos el otro día. Probablemente te tiene sin cuidado, ya que me has odiado desde que te mudaste acá. Chandler estaba furiosa conmigo hoy, pero a pesar de ello, le conté la verdad. Le dije que quiero estar contigo. Me dijo que debería seguir con ella pues tú nunca querrás salir conmigo. ¿Es cierto? ¿Todavía estás saliendo con el tal Mohammed? ¿El musulmán del carro andrajoso? Si es así, te dejaré en paz. Y, sea como sea, por favor acepta mis disculpas. Nos vemos mañana en la escuela y tal vez podamos ir a patinar o al cine este fin de semana. Puedo pedir a mamá que nos lleve y vuelva a buscarnos.

Con amor, siempre, Jason

Tal vez no me lo creas, pero juro que no respiré en por lo menos cinco minutos. Jason y yo íbamos a estar juntos. ¡Al carajo, Mohammed! ¡Al carajo, Chandler! Mañana mismo aceptaría sus disculpas y le diría que sí quería estar con él, o el estado de Georgia se quedaría sin perros.

Todos los perros deben haber emigrado al sur con los pájaros porque nunca tuve la oportunidad de aceptar las disculpas de Jason. Estaba resuelta a hacerlo. Me puse el atuendo más provocativo que pude encontrar en mi guardarropa de niña de trece años. Eran unas apretadas mallas rosadas y unos ajustados pescadores negros. Me dirigí a la escuela al día siguiente con la misión de atrapar a mi hombre, Chandler o no Chandler.

Planeaba llevar aparte a Jason en la hora del almuerzo y decirle que sí quería salir con él, sin importar a dónde quisiera llevarme. Me rocié colonia olor a algodón de dulce, me puse brillo labial con sabor a cereza y me cogí el pelo para lucir mayor y más sexy. Incluso doblé mis medias tobilleras tanto como pude para exhibir un poquito de pierna.

Me dirigía a la cafetería para poner en práctica mi plan cuando el consejero académico, el señor Turner, me tomó suavemente por la muñeca y me pidió que lo siguiera a su oficina. No imaginaba para qué quería hablar conmigo. Luego, concluí que sería por haber lanzado la bandeja de comida a la apestosa cara de Lyle el día anterior. Estaba lista para defenderme, pero quedé paralizada cuando, al entrar a la oficina, vi a mi madre sentada en una de las sillas metálicas café y llorando desconsoladamente.

La escuché a medias mientras me explicaba la muerte de mi padre. Recuerdo haber oído las palabras *viga de acero*, *obra* y *soltada por accidente*. No parecía real. Al fin y al cabo, mi padre había llevado a mi cuarto una bandeja de comida la noche anterior, había bromeado sobre Jason y me había entregado su carta. Recordaba su sonrisa, la ropa que llevaba puesta y su olor... todo. No obstante, en un abrir y cerrar de ojos, él ya no estaba y mi vida nunca volvería a ser la misma.

Irónicamente, fue la muerte de mi padre lo que cerró la brecha entre Jason y yo. Jason se había encariñado mucho con mi papá durante los años que lo conoció, y quedó devastado por la noticia. Fue a casa esa noche y, mientras los adultos intentaban consolar a mi mamá, él me consolaba a mí. Nos sentamos en las escaleras de la entrada y él me abrazó durante horas. Nos bañamos mutuamente en lágrimas y hablamos sobre nuestros mejores recuerdos de mi padre. Jason dijo que estaba resuelto a terminar la vitrina que habían comenzado a construir juntos y cumplió su palabra un mes después. Mi madre aún la tiene y la aprecia mucho.

El día del funeral de mi padre fue lluvioso y deprimente. Varios de sus amigos y familiares llegaron desde cerca y lejos. Para mí, todo fue borroso. A duras penas sobreviví al servicio, especialmente cuando su hermano —el tío Winslow, pastor de Houston— hizo el sermón de alabanza. Habló largamente sobre sus travesuras de infancia. Escuchar cosas que desconocía sobre mi padre, me entristeció al punto de hacerme encerrar en mí misma. Al lado de la tumba, Jason sostenía una de mis manos y Brina la otra. Cuando llegó el momento de irme en la limosina con mi madre y los demás miembros cercanos de la familia, solté sus manos y jamás miré atrás. Tan sólo quería estar a solas con mi tristeza.

Durante meses estuve encerrada en mí misma hasta donde fue posible. Iba a casa directamente después de la escuela; abandoné todas las actividades extracurriculares y pedí a mi mamá que dijera que estaba ocupada siempre que Brina, Jason o alguien más me buscaban. Pero Jason fue el más persistente. No aceptaba un no por respuesta. Iba a visitarme con frecuencia y nos comportábamos civilizadamente el uno con el otro, lo cual era maravilloso. Era la única persona de mi edad a la que soportaba cerca (tal vez porque estaba locamente enamorada de él).

Ahora mi madre estaba sola, al igual que la madre de Brina, y tuvo que aceptar un segundo empleo para cumplir con las obligaciones. Me sentía muy mal por ello, pero aún no tenía edad para conseguir un empleo verdadero. Siempre que podía, hacía de niñera en el vecindario; estar con bebés y niños pequeños era chévere porque no me hacían preguntas. Además, me hice otra promesa a mí misma: juré que un día cuidaría de mi mamá y me aseguraría de rodearla de dinero y comodidades.

El verano llegó y una noche me senté en la escalera del frente. Era una noche clara y las estrellas eran preciosas. Siempre me fascinaron las estrellas y, esa noche, estaba tan concentrada en ellas que no vi a Jason acercarse hasta que estuvo a menos de diez pies de mí.

—¿Qué haces, Zoe? —Se sentó en el escalón siguiente al mío y apoyó el codo junto a mi muslo.

—Observo las estrellas. —Me deslicé un poco en el escalón, alejándome de su mano, porque el menor toque me hacía desearlo con locura—. Algunas veces cierro los ojos e imagino que floto entre las estrellas. Siento como si no tuviera peso y es una sensación muy extraña, pero me relaja. ¡Es increíble! —Le lancé una mirada y noté que me observaba como si estuviera loca de remate—. Lo siento, Jason. Sé que debo sonar como una total estúpida.

—No, ni poquito. Zoe, cuéntame más sobre ellas. —Jason sintió que yo dudaba—. Por favor, de verdad me interesa la astronomía.

Durante los siguientes diez o quince minutos, le señalé todas las constelaciones que conocía, incluyendo la Osa Mayor y la Menor. Me sorprendió que realmente pareciera interesado en ellas.

—¿Ves esa estrella brillante allá? ¿La Estrella Polar? —Señalé como si la punta de mi dedo pudiese posarse directamente en ella.

—Sí. La veo. Es muy linda... como tú. —Me sonrojé y escondí mis manos entre las piernas, cerré las piernas y pretendí observar un auto que transitaba por la calle.

—Me pregunto si será mamá. —Sabía que no era ella, pero intentaba cambiar de tema. Ni siquiera estaba lista para que me dijeran "linda". Una vez el auto pasó frente a nosotros, continué—: No, no es ella. Igual, bauticé esa estrella con el nombre de papá: Peter.

—¡Eso es maravilloso!

—Gracias. —Jason se movió y se sentó a mi lado en el mismo escalón, presionando su pierna contra la mía. Instantáneamente comencé a temblar y mi rodilla comenzó a oscilar. Años después, cuando empecé a entender mejor mi sexualidad, comprendí que inconscientemente estaba friccionando mi clítoris porque estaba excitada—. Un día, voy a tener un niño y se llamará Peter.

—Tal vez podamos hacerlo juntos —dijo y comenzó a acariciar mi pierna con sus dedos. Intenté levantarme pero me detuvo y rodeó mis hombros con su brazo—. No huyas de mí, Zoe. Hablemos.

—¿Sobre qué? —Estaba congelada como una paleta. En ese momento, no habría podido moverme aunque mi vida dependiera de ello.

—¿Cuál de esas estrellas es la nuestra?

—¿Nuestra?

—Sí, nuestra. Escojamos una para que sea nuestra propia estrella, una estrella especial. ¡Para siempre! —Lo miré directamente a sus sexys ojos almendrados y ansié besarlo, pero no me atreví—. ¿Qué te parece esa de allá? ¿La ves?

No tenía ni idea a cuál se refería porque estaba demasiado ocupada observándolo a él.

—¡Sí!

—¡Bien! Entonces esa será nuestra estrella. La estrella de Jason y Zoe.

El beso comenzó tan repentinamente que me cogió desprevenida. Fue el primer beso francés de mi vida y nunca lo olvidaré. Su lengua era gruesa y suave; penetró en mi boca después de abrirla con dificultad. Una vez logré relajarme, fue maravilloso, sobresaliente, milagroso, lo máximo.

—¿Quieres que entremos? —Tras unos momentos, Jason dejó abruptamente de besarme e hizo la sugerencia. Yo seguía allí sentada con la boca abierta y su dulce saliva en mis labios. Él se puso de pie, me tomó de la mano y me levantó—. Ven, vamos un rato adentro.

Nos encontrábamos en la puerta besuqueándonos como locos, mis brazos sobre sus hombros y sus manos en mis caderas, deslizándonos lentamente al interior de la casa, con su duro pene presionando mi húmedo sexo a través de los jeans, cuando mi mamá parqueó el auto en la entrada.

Hicimos nuestro mejor esfuerzo para disimular la situación. Jason metió las manos en los bolsillos traseros del pantalón y yo me crucé de brazos para que pareciera que simplemente estábamos allí conversando despreocupadamente.

—Hablaremos más tarde —exclamó Jason alejándose de mí. Saludó a mi madre con un gesto de la mano cuando ella descendía del auto.

—¡Hola, mamá! ¿Tuviste un buen día en el trabajo? —Me hice a un lado para que ella pudiera entrar con la bolsa de mercado que traía—. Déjame llevar eso a la cocina.

—¡Perfecto! —Me entregó la bolsa y yo me dirigí a la cocina. Casi logro llegar a ella antes de recibir la advertencia—. Por cierto Zoe, ¡vi lo que hacían!

Me volví, preparándome para inventar algo, pero ella ni siquiera me estaba mirando. Estaba examinando el correo del día, así que seguí mi camino.

Mientras guardaba la comida, comencé a preguntarme qué habría pasado entre Jason y yo si mi madre no hubiese aparecido en ese momento. Me pregunté si él tendría *experiencia*, y recé con el alma para que no fuera así. Quería ser su primera mujer.

Ya en la cama y tras asegurarme de que mi madre estaba profundamente dormida, me masturbé por primera vez. No sabía muy bien qué hacer y, aún hoy, sigo sin saber si realmente llegué o no. Lo único que sé es que pensar en Jason y tocarme al mismo tiempo, me hacía sentir muy bien.

———

Bueno, finalmente tenía a mi hombre y a Chandler fuera de circulación. Jason le dijo la verdad... que él y yo éramos uno. A ella le dolió, pero a mí no me importó. Ese verano fue el mejor de toda mi vida. Jason y yo pasamos casi todos los días juntos. Sin embargo, nunca hicimos lo prohibido. Resultó ser que Jason era virgen y aún no estaba listo para hacerlo, así que no lo hicimos. Solíamos cogernos de la mano y abrazarnos y besuquearnos. Él no dejaba que sucediera nada más, así que comencé a masturbarme con frecuencia.

Di por hecho que masturbarse siendo tan joven tal vez era extraño, pero no tenía ni idea de que había razones subyacentes para ello. Lo que no sabía entonces, pero ahora tengo dolorosamente claro, es que mi batalla contra la adicción sexual ya había comenzado.

capítulo
cinco

Las cosas funcionaban de maravilla entre Jason y yo. ¡Imagínate! Mi alma gemela había estado allí, en mis narices, todos esos años y yo no me había dado por enterada.

Yo seguía totalmente devastada por la muerte de mi padre —Dios sabe que nada ni nadie podría reemplazarlo jamás—. No obstante, Jason me ayudó a superarlo. Pasábamos juntos cada minuto que podíamos. Después de la escuela, hacíamos los deberes juntos a menos de que Jason tuviera que ir al entrenamiento. Si tenía que ir, yo me sentaba en las graderías a esperarlo.

Chandler no resistía verme allí. Me tenía sin cuidado, eso era problema suyo. Me sorprende que no se haya vuelto bizca a punta de voltearme los ojos para un lado y otro todo el tiempo. Un par de veces estuvo a punto de caer de rabo en medio de sus prácticas de porrista porque se distraía intentando humillarme.

Mientras tanto, Mohammed seguía intentando. Tengo que reconocerlo... él no desistía del amor con facilidad. Intenté emparejarlo con Brina, pero ella no estaba interesada. Se había enamorado locamente de Cordell. Yo le rogaba a Jason con frecuencia que lo convenciera de invitarla.

A veces, nos juntábamos todos e íbamos al centro comercial o a patinar en hielo en el Hotel Omni Internacional. Odio que hayan cerrado la pista de hielo hace unos años. Me habría encantado ir con Jason y los niños, y recordar los viejos tiempos.

Cordell y Brina finalmente se enredaron. Gracias a Dios, pues ella me estaba enloqueciendo con su preocupación por quién le gustaría a él.

Odiaba cuando Jason viajaba a jugar a otras partes porque no podía ir con él. Incluso pensé en rogar para que me admitieran en el equipo de porristas —aunque no me interesaba— para estar con él.

Yo quería llevar las cosas más allá, pero Jason estaba satisfecho con besarnos y manosearnos con la ropa puesta. Esa noche en la puerta de mi casa, quedé convencida de que él era *experimentado*. Me engañó por completo, cosa que me hizo feliz porque significaba que Chandler no podría presumir de que se había acostado con él.

Yo estaba cada vez más frustrada. Cada vez que Jason rechazaba mis propuestas sexuales, me obsesionaba aún más con la idea de convencerlo de ir hasta el final. Él permitía que los besos y las caricias se hicieran muy apasionadas, luego se ponía de pie y me dejaba jadeando y desanimada en el sofá.

Comencé a preguntarme si el problema era yo. La mayoría de los chicos de su edad se pasaban la vida tratando de acostarse con alguien para poder alardear sobre ello frente a sus amigos... pero Jason no. Él no tenía ninguna intención de invadir mi dulce pucha.

Yo estaba dispuesta a soportarlo, a pesar de mi deseo

enloquecido, hasta que una noche de sábado Brina me
llamó por teléfono después de la una de la mañana.

—Brina, ¿por qué me llamas tan tarde? —susurré en
el auricular para evitar despertar a mamá—. A mi madre
le dará un ataque si se despierta.

—¡Por eso tienes tu propia línea telefónica, boba!
—respondió riendo, pero a mí no me pareció gracioso.

—Brina, ¿qué sucede? ¿Pasa algo malo, amiga? ¿Es
tu madre?

—No, ella ni siquiera está aquí —me respondió sarcásticamente—. Probablemente esté sentada en un tabu-
rete de bar, coqueteando con uno de esos asquerosos tipos
que suele traer.

No supe qué responder a eso, así que cambié de tema.

—Entonces, ¿qué pasa?

—Nada malo, Zoe. —Rió—. De hecho, todo es espectacular.

Me senté en la cama y encendí la lámpara de la mesa
de noche.

—Bueno, ahora que ya estoy totalmente perdida, ¿te
importaría explicarme?

—¡*Lo hicimos!* —gritó en mi oído.

—Maldita sea, ¿hicieron qué?

—¡Cordell y yo hicimos lo prohibido! ¡Tuvimos sexo!
¡Tiramos!

—¡Oh no, estás mintiendo! —le grité, sin importarme
ya si mi madre se despertaba—. ¡Dime que estás mintiendo! ¡Confiesa!

—Mierda, no estoy mintiendo. —Soltó otra risita—.
¡Lo hicimos y fue *deliciooooooso*!

—¿Tú y Cordell tuvieron sexo? —Me estaba costando
trabajo entender. Jason y yo llevábamos meses juntos y ni
siquiera nos habíamos desnudado, y ahora esta pendeja

me llamaba para vanagloriarse y ellos sólo llevaban un par de semanas juntos.

—¡Ufff, sin duda lo hicimos!

—Tengo que colgar Brina. —No puedo describir lo que sentí, pero estaba herida y ya no quería hablar más con ella.

—¡Zoe, espera! ¡Quiero contarte todos los detalles! ¡Paso a paso o, mejor, chupada a chupada!

¡Ya era suficiente!

—¡Brina, te llamo mañana! ¡Después!

Con eso, colgué el teléfono. Sabía que era incorrecto, pero... ella estaba muy entusiasmada, queriendo compartir su primera experiencia sexual conmigo, y yo la desprecié. No pude evitarlo. Lloré hasta quedarme dormida, con la luz encendida, preguntándome por qué demonios Brina podía recibir algo de cariño y yo no.

Al día siguiente, salí y me senté en la escalera, luciendo unas gafas negras, un jersey negro de cuello alto y jeans negros... como si estuviera de luto. Hasta mis medias eran negras.

Jason apareció en la puerta de su casa pocos minutos después y atravesó la calle. Estaba comiendo un *muffin* de chocolate Hostess y, antes de sentarse, me ofreció la mitad.

—No, gracias —murmuré, no queriendo reconocer su presencia.

Él se sentó a mi lado en el escalón.

—¿Qué te sucede? Te encantan los *muffins* de chocolate.

—No tengo hambre, eso es todo —respondí, con la mirada fija en sus pies enfundados en un par nuevo de Pumas blancos.

—Ahhh, entiendo. Es ese momento del mes, ¿cierto?

Levanté levemente mis gafas de sol para poder lanzarle una mirada de furia y poner los ojos en blanco.

—¿A ti qué te importa si es ese momento del mes? ¡Igual, no hacemos nada!

Jason carraspeó y comenzó a moverse inquieto. Acabó de devorar el *muffin* y se hizo el que observaba fascinado a una ardilla que trepaba el roble del antejardín.

—Ya sabes que Cornell y Brina tuvieron sexo anoche, ¿no?—preguntó finalmente, rompiendo el silencio.

¡Mierda, Brina no estaba mintiendo!

—¿Cordell te contó?

—Sí, llamó temprano esta mañana para presumir.

—¿Cómo se atreve a hablar por ahí de la vida privada de Brina? —ladré, entrando automáticamente en mi función de autoprotección—. Mierda, es casi tan malo como tú.

—¡Un momento! ¿Acaso Brina no te llamó a contarte? No pareces muy sorprendida por la noticia.

Intenté no sonreír al caer en cuenta de que me estaba condenando yo misma.

—Tal vez lo hizo. ¿Y qué?

—¿Cómo puedes criticar a Cornell por contarme si Brina te contó a ti? Demonios, lo más probable es que te haya llamado segundos después de que él saliera. Al menos él esperó hasta esta mañana para llamarme.

¡Guau, Jason podía leer a Brina como un libro abierto! Entrelacé mis brazos con los suyos...

—Amor, y nosotros, ¿cuándo lo vamos a hacer?

—Zoe, ya te dije que no estoy listo para hacerlo. Quiero que esperemos —me respondió, soltándose de mis brazos.

—Esperar, ¿cuánto tiempo? ¿Hasta que tengamos cincuenta años?

Era obvio que estaba molesto. Comenzó a resoplar y morderse las uñas.

—¡No seas ridícula! O acaso, ¿eres tan maniática que no puedes esperar al momento adecuado?

—¿Maniática? —levanté la mano para abofetearlo, pero me frené. Estaba haciendo un sincero esfuerzo por prescindir de la violencia—. ¿Cómo puedo ser maniática si nunca hemos hecho nada?

—¡Pues entonces tal vez debas buscar a Mohammed!

—Tal vez deba hacerlo. Él es un verdadero hombre. A diferencia de ti, él sí me desea —contesté, usando una descarada mentira. Mohammed ni siquiera me besaba en la boca, no había riesgo de que quisiera poseerme con su polla.

Jason se levantó, probablemente sólo para poder mirarme por encima del hombro.

—¡Zoe, no tienes ni idea de lo que quiero! ¡No sabes nada de mí!

—¿Y Chandler sí?

—¡Chandler no me acorralaba como tú lo estás haciendo! ¡Eso lo tengo claro!

Yo hiperventilaba, temblaba y estaba al borde de explotar.

—¡Tan sólo desaparece de mi vista Jason! —Él no se movió... seguía ahí—. Me parece haberte dicho que desaparezcas. ¿No fui clara?

—Entonces, ¿qué estás diciendo? —¡Diablos, no tenía ni idea de lo que estaba diciendo! ¿Cómo se atrevía a preguntarme eso?—. ¿Estás terminando conmigo?

Ese fue el momento en que hice la mayor estupidez de mi vida.

—Sí, así es —respondí.

Él se alejó y me dejó ahí sentada, sintiéndome aturdida. Al día siguiente, se arregló con Chandler; a la semana siguiente yo regresé con Mohammed en represalia y la farsa continuó por dos años.

Hice débiles intentos para recuperar a Jason, pero él no estaba interesado. Inclusive me desmoroné, le pedí disculpas de todo corazón y le pregunté si al menos podríamos ser amigos. Me respondió que me dedicara a ser amistosa con Mohammed. Nunca tuve sexo con Mohammed; él aún no reconocía la existencia de su polla. La situación no me molestaba mucho porque yo estaba enamorada de Jason Reynard y no había nada que pudiera hacer. Tan sólo salía con Mohammed para poner celoso a Jason.

Brina y otras chicas descubrieron un agujero en la pared de los vestidores y solían espiar por él con la esperanza de ver penes colgantes. A mí no me interesó el asunto, hasta que un día Brina gritó que podía ver el trasero de Jason. Le di un empujón, como si fuera uno de los *linebackers* de los Atlanta Falcons. Miré por el agujero, rezando para que Jason se volteara para poder ver su *otro lado*. Sin embargo, nuestra maestra de educación física —la señorita Price— me interrumpió y me reprendió fuertemente cuando descubrió a qué me dedicaba. Docenas de chicas habían estado espiando por ese agujero durante semanas sin que las atraparan y, tan pronto yo eché un vistazo... me pescaron. ¡Qué mierda!

capítulo
seis

———

La primavera llegó y, con ella, la Feria Escolar en Central. Yo no quería ir porque Mohammed había estado luciéndose y parecía más preocupado por instruirme sobre el Islam que por quitarme los pantalones. Como ya lo he dicho, eso no me importaba. De hecho, había llegado al punto en que tan sólo tenerlo cerca me sacaba de quicio. La noche del viernes antes de la feria, lo llamé y le dije en pocas palabras que no quería ir con él.

—¿Por qué no quieres que te lleve? —Sonó patético cuando entendió que estaba a punto de acabar con él—. Hace meses me pediste que fuera contigo a la feria de tu escuela, y ahora, ¿te echas para atrás en el último momento? Se suponía que yo reemplazaría al Hermano Jabrail mañana por la tarde en la congregación, pero cambié *todos* mis planes sólo para poder estar contigo.

Mohammed no consiguió hacerme sentir culpable. En ese momento vi con abrumadora claridad que Mohammed no había sido para mí más que un gran desperdicio de tiempo. Escuché su cantaleta largo rato y, finalmente, resolví alejar el auricular de mi oído y concentrarme en otros pensamientos. Estaba sentada en el sofá de la sala cuando unos faros me cegaron a través de las cortinas. Deslicé una de las cortinas a un lado y eché una mirada para ver si era mi mamá que regresaba temprano del trabajo; quería contarle de la A que había sacado en el examen de cálculo. No era mi mamá, pero vi las luces traseras del Camaro de Jason antes de que las apagara. Cuando se bajó del auto, lucía como Adonis, como un dios. Llevaba su chaqueta de béisbol de las Ligas Negras y unos jeans Levi's tan ajustados que quise estirar la mano y darle una palmada en el trasero. La idea me trajo a la memoria una cantidad de recuerdos deliciosos, incluyendo el atisbo de su trasero desnudo a través del agujero en el vestidor de las niñas. Las cosas podrían haber sido tan distintas si yo no me hubiera sobrepasado aquel día en que terminé con él. Habían pasado casi dos años y él seguía sin tratarme, excepto para lanzarme comentarios cínicos, miradas impasibles y maltratos.

—Zoe, ¿estás ahí? —Diablos, ¿por qué no se callaba de una vez y dejaba de lloriquear? Yo estaba ocupada soñando con un hombre de verdad—. ¿Zoe? Ahh, ¿y ahora sencillamente me vas a ignorar y listo? ¡Magnífico!

Observé a Jason cerrar la puerta del auto con un pie, pues tenía las manos ocupadas con unas bolsas de Kroger que sacó del asiento trasero. Sabía que tenía unos treinta segundos para salir antes de que él entrara a su casa y quedara fuera de mi alcance. Mi mamá había mencionado que los padres de Jason estarían fuera el fin de semana y le habían pedido que lo vigilara, así que sabía que estaba solo. Había llegado el momento de actuar.

—Hummm, Mohammed, tengo que colgar. —Repasé el repertorio de excusas que frecuentemente usaba para deshacerme de él, intentando asegurarme de que la que iba a usar ahora no sonara falsa—. Mamá estará aquí en pocos minutos y tengo que limpiar la cocina antes de que llegue. Hablamos la semana entrante. Paz.

—Pero Zoe, ¿y entonces qué pasa mañana?

Click. Suficiente de eso. Salté del desgastado y raído sofá y arreglé rápidamente las mangas de la blusa blanca que llevaba sobre unas mallas negras aterciopeladas y zapatos negros de plataforma. Fui directamente a la puerta, deteniéndome medio segundo para sonreír al espejo y asegurarme de que no tuviera restos de comida entre los dientes.

Estaba resuelta a ser la reina de la sutileza y el desenvolvimiento, pretendiendo que precisamente en ese momento salía a buscar aire puro o algo. Cuando vi a Jason meter la llave en la chapa y encender las luces del vestíbulo, descarté la idea.

—¡Jason, espera un minuto! —Escuché mi voz y entendí que estaba gritando, entrando en pánico, así que me controlé y repetí—: Espera un segundo.

Incluso desde el otro lado de la calle, pude ver que sus ojos se entrecerraban. Probablemente asumía, automáticamente, que sólo quería decirle alguna pesadez. Para ser honesta, yo no tenía ni idea de qué le iba a decir, pero sabía que lo necesitaba. Lo deseaba. Tenía que ser mío o más me valdría cortarme las venas con un cuchillo de plástico de KFC, tomar una sobredosis de ExLax o algo así.

—¿Qué quieres, Zoe? —preguntó, dejando en el piso las bolsas que llevaba.

—¿Qué te hace pensar que quiero algo? —respondí, acercándome a él, vacilante—. Tal vez sólo quiero decir hola.

Sonrió alegremente y me sentí algo mejor. Normalmente, me habría gruñido.

—Ahhh. Hola.

Para entonces me encontraba en la puerta de su casa y me sumergí en sus ojos, preguntándome cómo era posible que el pequeño bribón con el que solía pelearme en la calle se hubiese convertido en semejante bizcocho.

—¿Algo más? —preguntó, comenzando a empujar la puerta como si estuviese listo para cerrármela en las narices si mi gemela malvada entraba en acción. Pero él sabía que lo deseaba. Era obvio. Sencillamente estaba regodeándose en la gloria de saber que él controlaba mi confuso corazón.

Titubeé y me mordí el labio inferior, buscando qué decir a continuación. Él se sonrojó y se recostó contra el marco de la puerta; me sorprendió descubrir lo alto que era. Yo medía cinco pies y seis pulgadas y llevaba unos zapatos con plataformas de tres pulgadas y aún así parecía que estaba al lado del famoso Green Giant.

—¿Cuánto mides?

Sonrió y soltó una risita leve.

—¿Viniste hasta acá a esta hora de la noche para preguntarme eso? ¿Cuánto mido?

—No, pero sentí curiosidad. No había notado que fueras tan gigantesco.

Jason puso los ojos en blanco pero supe que mi interés en su cuerpo lo halagaba.

—Si tienes que saberlo, nena, mido más o menos seis pies con cinco pulgadas.

—¿Seis pies y cinco pulgadas? ¡Diablos! —Por algún motivo, ese dato me obligó a mirar sus pies. Bajé la mirada y descubrí que tenía el par de Nike más grande que hubiera visto en mi vida. Brina y las otras chicas solían hablar de cómo los pies de un chico están directamente relacionados con el tamaño del pene. Nunca les había puesto atención, ya que el tamaño del pene nunca me interesó... claro, hasta el día en que recé a todos los ángeles para que Jason se volteara en la ducha del gimnasio. De regreso a su rostro, mi mirada se posó en su entrepierna. Los ojos casi se me salen cuando noté el tamaño del bulto que escondía tras la tela. No sólo era inmenso, también era mucho más grande que hace unos años, cuando solíamos restregarnos el uno contra el otro. O llevaba un coco en el bolsillo o Jason estaba muy contento de verme.

—Oye, mira, voy a hacerme un perro caliente. ¿De acuerdo? —Debí hacerlo sentir incómodo porque su sonrisa desapareció y se convirtió en un puchero. Me pregunté si sabía que había estado analizando su péndulo.

—Está bien. —Comencé a girar, pero se me ocurrió una idea—. ¿Te importaría si me quedo a comer uno de esos perros calientes? Mamá está trabajando hasta tarde otra vez y yo estoy *muerta de hambre*. —Me froté la barriga para respaldar el argumento—. No hay nada en la nevera y yo no tengo un auto, como tú, que puedes ir hasta Kroger o conseguir comida rápida.

Estaba mintiendo vilmente, sabiendo que menos de una hora antes me había tragado el delicioso pastel de carne y el puré de papas con salsa que mi mamá me había preparado antes de irse al trabajo.

Jason me miró titubeante, como si evaluara la idea de permitirme entrar a su casa cuando sus padres no estaban.

—Está bien, entra —dijo finalmente, haciéndose a un lado. Debió haberse preguntado si yo enloquecería y lo apuñalaría con un cuchillo de carnicero porque agregó enfáticamente—: Pero tan pronto comamos debes irte, porque tengo muchas cosas que hacer antes de la feria mañana.

—¿Qué tienes que hacer para la feria? —lo interrogué, intentando parecer despreocupada.

Recogió las bolsas y se dirigió a la cocina. Yo cerré la puerta de la casa y lo seguí.

—El equipo de baloncesto patrocina algunas de las actividades este año y, como soy el capitán, tengo que ayudar.

—¿En serio? ¿Qué tipo de actividades? —Dejó las bolsas de mercado en el mueble de la cocina y yo volví a quedar fascinada con la solidez de su trasero. Lucía diez veces mejor de cerca que a través del agujero en el vestidor.

No notó que lo observaba porque estaba ocupado guardando los huevos, el tocino y la leche en la nevera.

—Tendremos una caseta de besos, esa es una. No tengo intención de hacerlo, pero ¿sabes cómo funciona?

—¿Caseta de besos? ¿En serio?

—Sí, ¿no lo sabías?

—No.

Jason me lanzó una mirada de desconcierto.

—Me sorprende porque Chandler y otras de las porristas lo harán con nosotros.

La sola mención del nombre de Chandler me hizo estremecer. Maldita sea, ¿por qué esa estúpida anoréxica no desaparecía? Yo incluso me había hecho porrista para estar cerca de Jason pero él tan sólo se había burlado. Las demás niñas del equipo eran íntimas de Chandler y me mantenían alejada, excepto durante las actividades obligatorias.

—Nadie me dijo nada, lo cual no me sorprende teniendo en cuenta que Chandler me aborrece.

Jason puso agua de la llave en una olla de aluminio y encendió el fogón de gas.

—Chandler no te odia. No seas paranoica. ¿Qué te hace pensarlo?

Se comportaba como si fuera una gran revelación.

Jason sabía perfectamente que Chandler no me soportaba. No sé por qué intentaba desmentirlo.

—Lo que sea, Jason —gruñí—. Entonces, ¿siguen saliendo juntos?

Abrió el paquete de salchichas Oscar Mayer y las dejó caer en el agua hirviendo, luego se sentó frente a mí en la mesa abatible de color blanco adornada con individuales de flores.

—¿Por qué quieres saberlo? De hecho, ¿por qué tantas preguntas hoy? ¿Estás escribiendo un libro o algo?

Lo miré arrepentida.

—No, no estoy escribiendo un maldito libro. Tan sólo quería saber porque...

—Porque ¿qué? —me interrumpió en la mitad de la frase y por fortuna, pues estaba a punto de hacer una estupidez y pedirle que saliera conmigo como unos años antes. Podía oír su pedante respuesta en mi cabeza: "¿Salir contigo a dónde?".

—Olvídalo. —Decidí cambiar de tema—. Y tus padres, ¿cuánto tiempo estarán fuera y dónde andan?

—Dale. Otra maldita pregunta.—El idiota se burló de mí en mis narices y finalmente encolericé. Mi gemela malvada salió a relucir.

—¡Caray, si no puedo hacer una pregunta idiota, más me vale irme con mi trasero a otra parte! —Me levanté de la mesa como un resorte y me dirigí a la puerta caminando atropelladamente sobre mis plataformas.

Jason me siguió de cerca.

—Espera, Zoe. Lo siento. Mis padres están en Carolina del Norte visitando a algunos parientes. ¿Está bien? Cálmate, amiga.

Mierda, acababa de llamarme "amiga". Una palabra afectuosa. Todo el mundo sabía que su significado era especial. Tal vez no antes de los años 80, pero cuando Jason lo dijo, era un sinónimo aceptado de "nena", "cielo", "mi amor". Yo era su "amiga". ¡Caray!

Me volví y pestañeé seductoramente, intentando no sonrojarme, pero comprendí que perdía mi tiempo.

—¿Y tu perro caliente? ¿Qué vas a cenar?

Quedé consternada. ¿Cómo se atrevía a alimentar mis esperanzas para luego dedicarse a hablar de unos malditos perros calientes? Respiré profundamente.

—Comeré salchichas y galletas.

Abrí la puerta con violencia y salí, mascullando palabrotas.

—Espera. En realidad, ¿por qué me preguntaste sobre Chandler y yo?

Ni siquiera volteé a mirarlo.

—Tengo que irme. Tengo que ir a arreglarme el cabello y alistarme para la feria.

—Entonces, ¿vas a ir?

—Sí, voy a ir. —No quería contarle que la señorita Rankin, la directora, nos había pedido a Brina y a mí hacer de payasos. ¡Chandler y el resto de sus desvergonzadas amigas pasarían el día besando chicos y yo tenía que hacer de payaso!

Jason aún estaba hablándome cuando cerré de un golpe la puerta, pero no me importó. Estaba destrozada, humillada e, incluso, excitada. Me quité los zapatos, entré corriendo a la sala y sepulté la cabeza en una almohada, para llorar.

Mi mamá me despertó un par de horas más tarde.

—¿Qué sucede, mi amor? ¿Por qué estás acostada en el sofá y a oscuras?

Miré a mi mamá y quise contárselo todo, pero ella tenía suficientes problemas, incluyendo, entre otros, tener dos empleos para poder mantenerme.

—Estoy bien, mamá. Estaba cansadísima cuando regresé de la escuela.

—¿Segura, mi cielo? —insistió, frotando mi espalda. Busqué consuelo en sus caricias.

Me puse de pie, le di un beso en la mejilla y sentí el aroma del agua de rosas que siempre se echaba detrás de las orejas. Siempre olía muy femenina, incluso después de un largo día.

—Me voy a acostar. Hasta mañana.

Me encontraba a mitad de camino en las escaleras cuando me preguntó:

—¿A qué hora te recoge mañana Mohammed para ir a la feria? Me aseguraré de que te levantes a tiempo.

Vacilé buscando una excusa lógica para justificar que no vendría. Luego recordé que había mencionado la congregación.

—Ahhh, no, no irá. Tiene que asistir a una congregación musulmana, así que iré con Brina.

—Hummm, está bien. Hasta mañana, Zoe —contestó mi mamá con un dejo de decepción en la voz.

Subí a mi habitación, dejé un mensaje en el contestador de Brina pidiéndole que me recogiera al día siguiente, me dejé caer en mi cama y comencé a berrear nuevamente hasta quedarme dormida.

Al día siguiente me levanté alrededor de las ocho, todavía desolada y confundida por mis sentimientos con respecto a Jason y los de él con respecto a mí. Cuando bajé a la cocina, mi mamá estaba haciendo unas tortillas de queso y jamón. Olían delicioso y yo debía estar muerta de hambre o dispuesta a comprobar si comer hasta estallar me haría olvidar mi complicada e inexistente vida amorosa.

—¿Te sientes mejor hoy, amor? —Mi mamá acarició el cabello, que llevaba a la altura de los hombros, mientras yo devoraba la tortilla como Wilbur en *Charlotte's Web*.

Me limpié la boca con una servilleta y tomé un sorbo de jugo de naranja para evitar escupir comida al responderle.

—Estoy bien, mamá. Anoche estaba cansada porque la semana de escuela fue larga.

Ella se sentó a mi lado y sopló suavemente para enfriar su café. El vapor empañó sus gafas y recordé que eso solía enfermarme de la risa cuando era más pequeña.

—Sí, sé que la señorita Rankin las tuvo, a Brina y a ti, trabajando duro para la feria. —Tomó un sorbo de su Maxwell House y sonrió cuando su droga legal comenzó a hacer efecto—. ¿Alcanzaron a hacer todos los afiches?

—Sí y quedaron muy bien. —Me di una palmada en la frente—. Te lo iba a contar anoche... ¿sabes qué?

—¿Qué, amor?

—¡Saqué A en mi examen de cálculo! No, no, borra eso. Tu bebé saco *A plus*.

Sonreí orgullosa mientras ella digería la información.

—¡Zoe, eso es fantástico! ¡Valió la pena pedir a Jason que te diera clases! —exclamó, acariciándome un hombro.

Fruncí el ceño. Era el colmo que le diera todo el mérito a Jason. Le había pedido a Jason que me diera una maldita clase de cálculo y ahora mi madre lo hacía parecer como si él solito hubiese hecho resucitar mis neuronas. De hecho, todo había sido un ardid para que él me pusiera atención. Sus habilidades matemáticas no eran nada especiales.

—Lo hice yo sola. Jason no presentó el examen por mí.

Ella notó mi tono.

—Lo sé, nena. No quise decir eso. Es sólo que...

Me puse de pie y me dirigí hacia las escaleras.

—Tengo que ir a arreglarme. Brina me recogerá pronto.

Escuché a mi mamá diciendo:

—¡Zoe, no quise decir eso! ¡De verdad que no!

Brina llegó en su autito veinte minutos después y yo ni siquiera me había vestido. Tomé una rápida ducha y luego me demoré examinando cada característica de mi cuerpo en el empañado espejo de detrás de la puerta del baño. Tenía que reconocer que no sobresalía en el departamento de tetas, pero mi trasero no estaba mal. ¡Nada mal!

La mayoría de los chicos de la escuela buscaban chicas con bonitos traseros, pero evidentemente Jason no, ya que mi mamá podría haber freído las tortillas en el plano trasero de Chandler.

No estaba cien por ciento segura de que siguieran saliendo juntos y el muy escurridizo había evitado responder mi pregunta la noche anterior. Pero estaba resuelta a descubrirlo ese día, de una u otra manera. Para cuando el sol cayera esa noche, yo estaría más feliz que una perdiz o más deprimida que una puta en misa.

La noche anterior no me había acondicionado el pelo y lo tenía totalmente crespo, como si fuera a presentarme en una audición para el papel de Kizzy Kunte en la serie *Raíces*. Por fortuna, una vez llegara a la escuela, me pondría el temido disfraz de payaso y cubriría mi melena con una peluca multicolor.

Brina tocaba la bocina histéricamente, así que me puse apresuradamente unas bermudas blancas. Está bien, eran más como los *shorts* de Daisy Duke. Saqué todas mis camisetas del cajón de arriba hasta que encontré la roja con las letras *R.E.C.* en el frente y la frase "Recupera el control" en letra pequeña en la parte inferior. Me gustaba alardear de mis tetas aun cuando no tenía muchas. Metí los pies en unas sandalias de cuero rojas y bajé las escaleras.

—¡Nena, mueve tu lento trasero! —exclamó Brina tan pronto atravesé la puerta y salí al implacable sol. Era un lindo día para una feria escolar. La señorita Rankin hacía hasta lo imposible, a excepción de danzas tribales y conjurar hechizos vudú, para asegurarse de que no lloviera, y lo lograba. No había una sola nube de tormenta a la vista.

—¡Diablos, ya estoy acá! ¡Siempre estás apresurando a alguien!

Subí al auto y eché una mirada a Brina. Sin importar qué tan atrevida intentara verme, ella siempre me superaba. Llevaba puesto un vestido negro, sin mangas, imposible-más-apretado-a-menos-de-que-sea-tu-piel y unas zapatillas de cuero negras. Además, su cabello lucía maravillosamente. Me sentí inmediatamente celosa. Sabía que debería haberme echado acondicionador en las greñas y puesto una bolsa plástica antes de acostarme. Me veía como una de esas horrendas muñecas troll sentada al lado de la maldita Cenicienta.

—¿Qué diablos te pasa, nena? Vamos a una feria, no a la discoteca.

Brina entornó los ojos y me hizo la seña del dedo. Le subí el volumen al radio, a pesar de que había más estática que en unas medias de seda recién salidas de la secadora, y comencé a llevar con la cabeza el ritmo de Cheryl Lynn y su teoría de "Tienes que ser real".

—Mierda, esa es mi canción —proclamé.

—T-o-d-a-s las canciones que suenan son tu maldita canción —exclamó Brina soltando una risita. Tenía razón porque cualquier día yo tenía por lo menos veinte canciones favoritas, pero rara vez me sabía sus letras. Curiosamente, las únicas canciones que alguna vez logré aprenderme fueron las que odiaba. ¿No es el colmo?

Brina comenzó a seguir el ritmo a la par conmigo mientras revisaba por última vez sus labios en el espejo para asegurarse de que el lápiz de labios siguiera allí. Finalmente arrancó. Viajamos hasta la escuela con el control de bajos del equipo vuelto tan a la derecha como era posible sin que se nos rompiera una uña. En cada semáforo, cuando meneábamos las caderas con el ritmo, el auto se tambaleaba de lado a lado.

Vi el Camaro de Jason en el instante en que ingresamos al estacionamiento. Me pregunté si estaría por ahí, cogido del brazo de Chandler y si la habría recogido en la mañana. Cuando me levanté, su auto ya no estaba... había revisado.

Brina me lanzó algo a la cara y bloqueó mi visión. Lo retiré de un tirón y vi que era un vestido de baño azul marino. Lo sostuve, mirándola con desconfianza.

—Y esto, ¿para qué?

—Uppps. Se me olvidó decirte. La señorita Rankin me pescó ayer saliendo de clase y me preguntó si tú y yo podríamos sentarnos hoy en la cabina de chapuzones, así que te traje un vestido de baño de repuesto.

Coloqué las manos en la cadera y exclamé:

—¡La cabina de chapuzones! ¿Y qué diablos pasó con los payasos?

Brina apagó el auto y abrió su puerta. La seguí fuera del auto.

—También quiere que seamos payasos, pero haremos turnos en la cabina. Ella se iba a encargar de la cabina, pero tiene un resfriado.

Me llevé las manos a la melena.

—No puedo estar en la cabina de chapuzones. Mi pelo es un desastre y contaba con la estúpida peluca de payaso para esconder mis greñas.

Nos dirigimos hacia la cancha de fútbol americano, donde se realizaba la feria.

—Zoe, tu pelo no se ve nada mal. De hecho, se ve realmente bonito.

Me crucé de brazos y me detuve brevemente, zapateando con mi pie derecho en la gravilla del estacionamiento para digerir la estupidez que acababa de decirme.

—¡Claro! Sabes que mi pelo es un absoluto desastre.

—Eso crees, pero está liso. ¿Sabes cómo son las cosas? —Se detuvo y me enfrentó—. Siempre que tu pelo está asquerosamente sucio, más pesado que una tonelada de ladrillo y cogido arriba, los chicos te lanzan piropos.

Tenía que reconocer que tenía algo de razón. Eso siempre sucedía.

—Es cuando pasas ocho malditas horas en el salón de belleza bajo un secador, escuchando a viejas idiotas quejarse de los hombres, los niños y otras mujeres, cuando tienes que rogar un piropo para tu cabello a alguien.

Reí porque lo que decía era cierto.

—Está bien, como sea, pero quiero hacer el turno de la cabina primero. Más tarde tengo algo que hacer.

—Algo... ¿cómo qué? —preguntó, abriendo los ojos exageradamente.

Bajé la mirada a la gravilla, pateé algunas piedras y me sonrojé.

—Sólo algo.

—¿Acaso ese algo tiene un nombre que comienza por J? —Reí—. Oye, ¿y qué pasó con Mohammed? Pensé que venía. Me sorprendió recibir tu mensaje pidiéndome que te recogiera hoy.

La tomé de un brazo y comencé a arrastrarla hacia la cancha de fútbol. De repente, sentía la necesidad de salir de toda esa sórdida situación, de una u otra forma.

No tenía ni idea de cómo iba a manejar la situación, pero tenía que hacerlo.

—Vamos Brina. Más tarde te lo explicaré todo.

Diez segundos después de sentarme en la tabla que hacía las veces de banco en la cabina de chapuzones, ya estaba lamentando haber dejado que Brina me convenciera de esa idiotez. Primero llegó el comentario de un mocoso escandaloso, dienti-torcido, pecoso y con cresta:

—¡Oye, Youngen, mira su pelo! —Sus pequeños secuaces, todos de octavo grado o menores, me señalaban y reían. Los ignoré con la esperanza de que siguieran su camino a jugar en alguna de las otras cabinas. No tuve suerte.

Cinco minutos después, era yo la que me burlaba de ellos. No lograban golpear el blanco metálico de la cabina. Tomaron turnos, gastándose los dólares que sus mamás probablemente les dieron para deshacerse de ellos por el día.

—¡Caray, Youngen, ni siquiera te acercaste! —El dientitorcido se carcajeaba y daba palmadas en la espalda a su amigo después de que ese simulacro de pigmeo se desvió más de medio metro del blanco y la pelota de béisbol terminó en el cubo de la basura.

—Ni que lo hubieras hecho mejor —respondió Youngen, intentando salvar su orgullo.

—Personalmente, pienso que todos ustedes deberían irse a casa y levantar unas cuantas pesas porque, desde acá, ¡todos parecen enanos larguiruchos! —les dije entusiasmada.

No sabían cómo reaccionar ante los insultos de una *niña*. Se miraron unos a otros, perplejos y finalmente decidieron ir a desperdiciar algo de dinero en otra cosa.

—¡Vamos Youngen, esto está aburridísimo!

Una hora más tarde estaba deseando que me hicieran

tomar un chapuzón, pero no tenía éxito. Al menos cincuenta personas lo habían intentado y solamente tres o cuatro de ellas habían golpeado alrededor de los bordes del blanco... ninguno siquiera cerca.

Hacía un calor terrible allí. Además, el sol caía sobre mí a través del techo de vidrio de la caseta y se hacía diez veces peor. Me sentía como si estuviera sentada en un sauna. Por mi mente pasó el recuerdo de una vieja película en la que un niño usaba una lupa y los rayos del sol para incendiar un grillo.

Cuando ya estaba convencida de que mi reseca greña se incendiaría en cualquier momento como un arbusto seco y yo quedaría luciendo como una víctima de la cacería de brujas en Salem, Jason, Chandler y toda su pandilla se acercaron a la cabina. Ella tenía los brazos alrededor de la cintura de Jason. ¿Cómo se atrevía?

Chandler se burló de mí.

—¡Miren quién es! Era obvio que la pondrían ahí en lugar de la señorita Rankin. Media escuela estaría fascinada de hacerla caer al agua.

Jason pasó la mirada de Chandler a mí y yo decidí ser sarcástica.

—Ella no me odia, ¿verdad Jason?

—Chandler, ya déjala —le ordenó, a la vez que retiraba los brazos de su cintura.

—¿Qué te pasa? Después de lo que te hizo, ¿ahora te pones de su parte? ¡No puedo creerlo! —exclamó ella poniéndose melodramática.

El rostro de Jason adquirió una expresión de culpabilidad. Después de todo, tenía que salvar su imagen frente a todos sus amigos.

—No, cómo se te ocurre —proclamó—. De hecho, observen cómo la mando al agua en un par de segundos.

Todos rieron y Chandler lo hizo con superioridad,

mirándome como si acabara de ganarse la lotería. Jason pagó por las tres pelotas de béisbol y lanzó la primera antes de que yo tuviera tiempo de prepararme. Golpeó la parte inferior del blanco, pero yo no caí.

—Ja, ja, Jason —me burlé—. Se me olvidaba que eres ciego de un ojo y no ves un culo por el otro.

Sus amigos comenzaron a dar alaridos.

—¡Vamos, hombre, no te dejes!

Los ojos de Jason se entrecerraron con gesto malicioso, una mirada que yo bien conocía, y lanzó la segunda pelota. No se acercó siquiera al blanco.

—Vaya, eso fue impresionante. Ahora sé que hice lo correcto cuando te abandoné como a una plaga. ¡Patético!— exclamé bostezando exageradamente.

—¡CABRONA! —gritó Chandler.

—Hay que ser una para reconocer otra, idiota — respondí sonriendo.

—Ya, esperen. Todos retírense. Es mía —exclamó Jason con avidez. Era evidente que volvería a errar el tiro.

Lo siguiente que supe fue que mi trasero se sumergía en el agua helada. Los pude escuchar muriéndose de la risa antes de salir a tomar aire. Jason tenía los brazos en el aire, las manos empuñadas en señal de triunfo y daba brincos como si acabara de noquear a Ali. Sus amigos chocaban sus cinco con él y le daban palmadas en la espalda, mientras Chandler le daba un gran abrazo.

—¡A la mierda, Jason! —Estaba avergonzada, molesta y totalmente enamorada del idiota, pero temía reconocerlo.

—A la mierda tú —bramó él cuando el grupo ya se alejaba.

El dienti-torcido y sus amiguitos pasaron frente a la cabina mientras yo intentaba subir de nuevo a la banca.

Llevaban las manos llenas de algodón de azúcar, animales de peluche y salchichas empanadas.

—¡JAAAAA! ¡JAAAAA! ¡Al fin lo lograron!

Los ignoré y dejé que disfrutaran a costa mía. Regresé a la banca, me encorvé, cubrí mis ojos con las palmas de las manos y escuché la desesperante música de carnaval.

Brina me reemplazó en la banca un par de horas después. Nunca me imaginé que podría estar tan contenta de ponerme un disfraz de payaso... cualquier cosa era mejor que la cabina de chapuzones. Después de que Jason me mandó al agua, se desató una reacción en cadena y terminé ahí por lo menos veinte veces más antes de perder la cuenta.

La señorita Rankin, a quien no se le notaba ningún síntoma de resfrío, me dio una rápida lección sobre cómo hacer perritos y otros tiernos personajes con globos y me mandó a hacer mi oficio. Lo pasé muy bien caminando y entreteniendo a los niños pequeños, que eran la mayoría ese día.

Llevaba puesto un vestido rojo, blanco, azul y amarillo, y una peluca blanca, azul y morada; maquillaje blanco y labial rojo alrededor de los labios y unos inmensos zapatos de payaso. Todo iba muy bien hasta que...

...Vi la caseta de besos. Decir que estaba muy molesta al ver a todas esas zorras haciendo fila para besar a Jason sería el gran eufemismo del año. Por algún motivo desconocido, había igual cantidad de chicos haciendo fila para besar a la puta de la Chandler. Aparentemente las porristas y los jugadores se estaban turnando en la caseta. Jason y Chandler estaban en su turno.

Me sentí celosa aún cuando podía ver, desde mi puesto

de observación a unas 30 yardas, que él tan sólo estaba dando picos. Algunas de las niñas tímidas, problemáticas y feas parecían a punto de desmayarse cuando él les daba un beso en la mejilla.

Mi corazón dejó de latir. Contemplé la idea de ir al edificio de la escuela y llamar a Mohammed para que fuese a buscarme, pero sabía que volver con él otra vez no sería suficiente. Eso no había funcionado la primera vez y tampoco funcionaría ahora. Tenía que hacer algo. A grandes males, grandes remedios.

Compré un boleto para la caseta de besos y me ubiqué al final de la línea de niñas que esperaban para besar a Jason. ¡Qué diablos! Era tan absurdo o coherente como todo lo que había estado haciendo últimamente. Cuando finalmente llegó mi turno, Chandler me reconoció a pesar de mi disfraz y se lanzó a rescatar a Jason.

—Vamos Jason, ya es el turno de Lisa y Deon.

Jason pareció despertar cuando entendió que era yo. Sonrió de oreja a oreja.

—¿Quieres que te bese?

Chandler intentó arrastrarlo de un brazo, pero él se la sacudió esperando ansioso mi respuesta.

—¡Jason, vámonos ya mismo!

La miró furibundo.

—Chandler, aclaremos algo: no eres mi dueña, ¿entendido? —Volteó a mirarme—. Le hice una pregunta a Zoe y quiero una respuesta.

Solté una sonrisa traviesa y le mostré mi boleto.

—Compré un boleto.

—Jason, más te vale que no beses a esa mujerzuela. —Chandler se estaba poniendo histérica y todas sus secuaces estaban listas para lanzarse sobre mí a la menor señal.

—Aléjense —les ordenó Jason con amargura. Me miró

directamente a los ojos y se mordió el labio inferior para controlar otra sonrisa—. Entonces bésame.

Una mesa plegable separaba a los protagonistas del beso; probablemente era idea de la señorita Rankin para desalentar cualquier manoseo si alguien se excitaba demasiado. Yo no podía alcanzarlo si él no se inclinaba y, dado que él no cedía, me arrodillé sobre la mesa y lo agarré por el cuello del suéter.

Me dio un pico. Un maldito pico en la frente, como los que solía darme mi abuela. Yo había cerrado los ojos previendo un profundo y apasionado beso. Los abrí decepcionada.

Él sonreía.

—Bueno, ya tienes tu beso. Ahora piérdete.

Solté el cuello del suéter y todos soltaron la carcajada. Estaba a punto de bajarme de la mesa y huir, pero algo me invadió. Volví a agarrarlo del cuello, halé su cara hacia la mía y saqué mi lengua. Me rechazó.

—¡Bésame, Jason! —Le rogué con los ojos y luego lo vi. Una luz en sus ojos me indicó todo lo que necesitaba saber antes de decir lo que quería decir—. Lamento la forma en que te traté. Te quiero de vuelta. Quiero que estemos juntos y prometo que todo será diferente de ahora en adelante.

Chandler entró en pánico e intentó arrancar mis manos de su cuello, pero él la empujó.

—Jason, ¿qué es esta idiotez? Después de la forma en que te trató, ¿la vas a recibir de vuelta como si nada?

Chandler debía ser vidente porque yo aún esperaba su decisión.

La mirada y la voz de Jason se suavizaron.

—¿Qué te hace pensar que todo podría ser diferente?

Me lancé al vacío. Allí, frente a todo el mundo. Vi velozmente y noté que todas las miradas estaban posadas en mí. Incluso la señorita Rankin estaba recostada contra otra de las casetas, sonriéndome y levantando las cejas para darme ánimo.

Tomé aire y hablé abruptamente.

—Porque te amo, Jason. Siempre te he amado. Quiero casarme contigo y hacer un hijo llamado Peter, mirar todas las noches *nuestra* estrella mientras estoy en tus brazos. —No podía descifrar la expresión de su rostro, pero tenía que decirlo todo de una vez—. Siempre te he amado, incluso cuando nos comportábamos como si nos odiáramos mutuamente. Lamento todas las cosas que he hecho, pero nadie es perfecto. No sé qué más decir. Yo sólo...

Apoyó un dedo en mis labios y susurró:

—Shhhh, está bien, linda. Nunca esperé que fueras perfecta. Nunca esperé que fueras sino tú misma porque es a ti, la verdadera Zoe, a la que amo con locura.

Me tomó por la nuca y me besó, me besó *de verdad*, y yo pensé que acababa de morir y subir al cielo. Podía escuchar aplausos y gritos de aliento; también a Chandler maldecir y alejarse zapateando, pero nada de eso importaba. Jason estaba siendo afectuoso y yo sabía que, a partir de ese momento, todo sería perfecto.

capítulo siete

Nuestro último año de escuela llegó y seguíamos sin tener sexo. Jason y yo habíamos sido novios durante más de tres años y la situación me estaba matando. Hacíamos muchas prácticas: besarnos, acariciarnos y todo eso. Él me chupaba los senos y metía sus dedos en mi vagina con frecuencia, pero se rehusaba a poseerme. Siempre decía que quería esperar hasta que estuviéramos casados. Planeábamos casarnos tan pronto nos graduáramos, asistir a la misma universidad y vivir felices por siempre.

Todas mis amigas vivían celosas, convencidas de que yo vivía plenamente satisfecha, pero a decir verdad yo era la que moría de celos. Ellas tenían mejor sexo que yo. Brina seguía en ello con Cordell. Mierda, incluso mi mamá tenía sexo. Tenía un nuevo hombre, Aubrey, que me causaba sentimientos encontrados. Extrañaba terriblemente a mi papá. Nadie ni nada podría reemplazarlo nunca, pero al mismo tiempo mi madre merecía ser feliz, así que yo lo aceptaba.

Mirando atrás, veo que todas las señales de incom-
patibilidad sexual entre Jason y yo estaban allí desde el
primer día. No podía ver el bosque detrás de los árboles.
El amor, sin duda es ciego y te hace ver en las personas
cualidades que no existen. Solía decirme yo misma que
las cosas mejorarían con el tiempo. Me convencí de que
una vez fuéramos sexualmente activos, nuestra vida sexual sería insuperable. Estaba más que lista para entrar
en acción y leía todos los libros y manuales que encontraba sobre cómo satisfacer sexualmente a un hombre.

Una parte de mí se pregunta si casarme con Jason fue
lo correcto. Luego pienso en cuánto nos divertimos juntos, lo cariñoso que fue cuando mi papá murió, lo romántico que era cuando estábamos de novios, y me parece
que valió la pena. Además, lo amo realmente y desde la
noche de nuestro baile de graduación supe que ese amor
jamás moriría.

Yo estaba ataviada con un sexy vestido rojo, sin tirantes y
abierto en la parte trasera, dejando ver mis bien definidas
piernas. Jason, con su esmoquin negro, lucía demasiado
sexy para describirlo en palabras. Mi madre nos había tomado algunas fotos en la sala antes de salir corriendo a su
trabajo.

—¡Tengo algo para ti! —Jason me entregó un tubo
largo, con tapa en los dos extremos. Puedes pensar que
soy estúpida, pero yo esperaba una pulsera de flores o
algún otro regalo típico como ese. En su lugar, recibí un
tubo.

—¿Qué es, amor? —pregunté, intentando disimular
mi decepción. Él la notó inmediatamente.

—Sentémonos un segundo, Zoe. —Tomó mi mano y
me llevó a la inmensa y acolchada silla en que mi papá

solía leerme cuando era niña. Se sentó y me sentó en su regazo—. Ahora, princesa, ábrelo y mira lo que es.

Cada vez más curiosa, quité la tapa de uno de los extremos del largo tubo de cartón. Metí la mano y extraje varias hojas de papel. Me tomó un momento entender que eran planos. Jason tenía un gran interés en la arquitectura y pensaba estudiar eso.

—¿Planos, amor?

Pasó su brazo por mi cintura, me apretó contra él y me besó suavemente en el hombro desnudo.

—No cualquier plano. Ábrelo. —Me ayudó a extenderlo y agregó—: Quería hacer algo muy especial para ti.

—¿Para mí? ¡Ohhhh, el complot aumenta! —Metí mi lengua en su boca y le di un largo y apasionado beso—. Amor, no sabía que ya supieras hacer planos.

—Bueno, no son perfectos, no están totalmente a escala, pero sí, sé hacer planos.

—¿Y de qué son estos planos? —Podía ver las formas básicas, pero en esa época entendía de planos tanto como de japonés.

—Zoe, son los planos de la casa de nuestros sueños.

—¿En serio? —Sonreía tan ampliamente que parecía que tuviera más dientes que unos trillizos.

—En serio, princesa. Un día, cuando estemos casados, te voy a construir esta casa para que criemos a Peter en ella y vivamos felices por siempre. —Lo abracé con todas mis fuerzas. Él comenzó a señalarme ciertas cosas en el plano—. Estas son todas las claraboyas. Prácticamente toda la casa tendrá techo de vidrio para que podamos ver las estrellas desde todas las habitaciones. Para que podamos ver *nuestra* estrella.

¡En ese momento supe que mi amor era de por vida! Después de eso, sucedieron tres cosas significativas: nunca llegamos al restaurante a reunirnos con nuestros amigos para cenar, nunca llegamos al baile e hicimos el amor por primera vez. Los planes de esperar hasta después del matrimonio se convirtieron en un borroso recuerdo.

Yo estaba tan abrumada por los planos que el corazón parecía querer abandonar mi pecho. Era la cosa más romántica del mundo para mí. El simple hecho de que Jason hubiese gastado tantas horas diseñando el lugar donde quería construir nuestra vida, hizo que mi amor y admiración por él aumentaran, hizo florecer mi deseo de hacer algo igualmente especial por él, me excitó.

—Jason... —Comencé a forcejear con su corbatín, intentando deshacerlo.

—¿Sí, amor? —Me tomó por las muñecas, intentando detenerme—. ¿Qué haces? En veinte minutos tenemos que encontrarnos con Brina, Cordell y los otros en el restaurante.

Me levanté de su regazo y me ubiqué entre sus piernas, colocando cuidadosamente los planos en la mesa de centro.

—Que se jodan. —Tras tomar sus dos manos y obligarlo a levantarse de la silla, agregué—: Mejor aún, jódeme.

Jason respiró profundamente, intentando encontrar una respuesta.

—Zoe, estás loca. —Me empujó suavemente a un lado con su pecho para poder dirigirse a la puerta—. ¡Ven, amor, vámonos! ¡Vamos a llegar súper tarde!

—Yo no voy a ninguna parte. —Finalmente tuve el valor para mantener mi posición—. No saldré de esta casa hasta que me hagas el amor.

Se volvió a mirarme con expresión de perplejidad.

—Zoe, ¿por qué haces esto? Acordamos esperar hasta que estemos casados para hacer el amor.

Caminé hasta él, estiré los brazos y pasé mis manos

alrededor de su cintura, de manera que estaba tan cerca de él como era posible. Su cuerpo era deliciosamente cálido y yo ansiaba sentirlo dentro de mí.

—Jason, ¿no me deseas?

No lo miré a los ojos por miedo a ver el rechazo en ellos. En lugar de eso, apoyé la cabeza contra su pecho, teniendo especial cuidado de no manchar con pintalabios su impecable camisa blanca.

—Princesa, sabes que te deseo. No seas ridícula.

Mientras acariciaba con las yemas de los dedos su columna vertebral, bajé la voz hasta susurrar, sin ningún motivo aparte de que parecía lo apropiado para el momento.

—Entonces, ¿por qué no podemos hacer el amor aquí mismo? ¿Ahora mismo? Hemos esperado tanto. Me está enloqueciendo.

—Lo sé, amor, pero ya no falta mucho. Nos graduaremos en unos pocos meses.

Sentí su polla hincharse entre sus pantalones y recé para que estuviera luchando una batalla pérdida. Seguía sin mirarlo. Podía sentir su fresca respiración en la nuca y me alegraba que me tuviera en sus brazos.

—No hago más que pensar en estar contigo, Jason. No puedo concentrarme en nada.

—Hagamos una cosa. Vamos a la cena y el baile y veremos qué sucede después. Tu madre no regresará hasta mañana, así que tenemos mucho tiempo para estar juntos.

En ese momento lo miré directamente a los ojos.

—¿Me prometes que haremos el amor esta noche?

Las temidas palabras salieron de su boca:

—Veremos, princesa.

Odio ese *veremos*: generalmente significa no. Mis padres me respondían eso cuando, siendo pequeña, les pedía un nuevo y extravagante vestido o juguete. También lo decían cuando quería hacer algo que obviamente no me correspondía. Por ello, cuando Jason lo pronunció, me hirió como un cuchillo.

Comencé a llorar y las lágrimas no eran fingidas. Mi frágil e hipersensible naturaleza, que siempre había estado allí pero se había triplicado tras la muerte de mi padre, salió a relucir. Solté a Jason y usé las manos para recoger la cola del vestido de manera que pudiese subir corriendo las escaleras. Entré a mi habitación, cerré de un portazo y me lancé sobre la cama, sepultando el rostro en la almohada. Él llegó detrás de mí. Podía escuchar sus pisadas en el vestíbulo.

Jason abrió la puerta y sentí que el colchón se hundía cuando él se sentó a mi lado, segundos antes de comenzar a acariciar mi espalda con sus fuertes y cálidas manos.

—Mira, amor, si realmente significa tanto para ti y no quieres esperar, entonces podemos hacer el amor. Podemos hacerlo ya mismo. No quiero verte así de triste. Me parte el corazón.

Volteé la cabeza para no verlo y mi pintalabios manchó la almohada al cambiar de posición.

—Jason, sencillamente no lo entiendes. Yo no debería tener que rogarte para que me hagas el amor. Se supone que es algo que ambos queremos hacer.

Comenzó a pasar sus dedos por mi cabello.

—Ambos lo deseamos. Yo tan sólo quería respetarte y esperar, pero no te equivoques, sin duda te deseo.

Tras esas palabras, ambos guardamos silencio por lo que pareció una eternidad. Él pasaba sus manos desde mi pelo hasta la cintura y yo intentaba controlar mi llanto que, eventualmente, se convirtió en una respiración acelerada.

—Zoe, ¿estás bien?

—Sí, estoy bien. —Me volví boca arriba para poder

mirarlo. Él limpió con su dedo el maquillaje corrido alrededor de mis ojos. Todo el pintalabios había quedado untado en la almohada.

—¿Estás listo para ir al baile?

No me respondió, pero se puso de pie y fue hasta la biblioteca a poner una cinta de melodías dulzonas que me había regalado para que lo recordara la vez que sus padres se lo llevaron de la ciudad por una semana. Siempre fue un romántico: me regalaba cintas con canciones románticas, tallaba corazones con nuestros nombres en todos los árboles de su jardín y el mío, me llamaba tarde en la noche para escuchar mi respiración cuando me quedaba dormida con el teléfono en la mano, me prestaba su chaqueta del equipo de baloncesto.

Finalmente había dejado de crecer cuando alcanzó seis pies con cinco pulgadas de estatura; era el capitán del equipo de baloncesto y habían llegado a las finales estatales dos años seguidos. Tenía la piel más suave que he visto en un hombre y sigue teniéndola así. Mi esposo siempre ha sido excelente, pero nunca tan maravilloso como la primera noche que hicimos el amor.

—Zoe, baila conmigo. —Luciendo sexy y gallardo, estiró su mano hacia mí cuando comenzó a sonar la primera canción. La tomé y permití que me levantara de la cama y me tomara en sus brazos. Bailamos, nuestros cuerpos meciéndose suavemente bajo la luz de luna que entraba a mi habitación por la ventana.

Antes de que terminara la primera canción, Jason repasó el contorno de mis labios con sus dedos y nos besamos. Nos habíamos besado cientos de veces antes, pero ese beso fue diferente. Fue como si intercambiáramos nuestras almas. Nos convertimos en una entidad a medida que nuestras lenguas se entrelazaban en su propia danza.

Jason me alzó en sus brazos, me llevó hasta la cama y me soltó con suavidad. Se montó encima de mí y yo le quité la chaqueta.

—Te amo, Jason.

—Y yo a ti, Zoe. —Tomó mi mano y besó la palma mientras yo me ponía de lado para que pudiera bajar la cremallera del vestido y deslizarlo por las curvas de mi cuerpo hasta deshacerme de él.

La forma en que me desvistió fue muy provocativa. Era tan dulce y cuidaba tanto de mí, como si fuera un bebé recién nacido. Cuando terminó, yo le devolví el favor. Una vez estuvimos desnudos, nos sentamos en la cama frente a frente y colocamos una mano sobre el corazón del otro, sintiendo la coincidencia en el ritmo de nuestros latidos. Fue la experiencia más intensa y excitante.

Comenzamos a besarnos de nuevo con él acostado sobre mí y, por primera vez, nuestras partes íntimas se encontraron sin ropas de por medio. La calidez de su cuerpo agitó mi corazón y la piel me hormigueó.

La expectativa de hacer el amor durante horas era abrumadora. Había esperado tanto tiempo este momento, me lo había imaginado tantos miles de veces —no, millones— en mi mente. Esperaba que exploráramos cada pulgada del otro con nuestras manos y lenguas, hiciéramos el amor en todas las posiciones conocidas por el ser humano y cayéramos inconscientes de puro cansancio.

Pero lo que sucedió fue un total desastre. Primero, Jason se puso nervioso porque no teníamos un condón.

—Zoe, ¿cómo nos cuidaremos?

—Estará bien. Tan sólo sal tan pronto sientas que te vas a venir. —Yo estaba siguiendo la curvatura de su pecho con la lengua, sabiendo que mi feminidad finalmente sería confirmada en cualquier momento.

—Hummm, no sé, Zoe. Tal vez deberíamos esperar hasta tener alguna protección.—Intentaba alejarme de él pero al mismo tiempo no se resistía muy firmemente a mis avances.

—Jason, ¿quieres que te ruegue? ¿Es eso?

—¡No! ¡Diablos, no!—Comencé a mover mi mano de arriba abajo sobre su grueso y largo miembro, frotando los jugos que escapaban de ella con mi dedo pulgar—. Me aseguraré de quitarme a tiempo.

Me la metió y el dolor al romper el himen fue infernal. Dos minutos y unas treinta embestidas después, él se quitó y yo quise gritar de desesperación. Estaba allí tendida pensando: "¿Eso es todo lo que tendré?".

Jason me dijo que me amaba y yo le correspondí. Luego, sencillamente nos quedamos ahí acostados, en un silencio de muerte, con su cabeza apoyada en mi seno izquierdo. Pasó una hora completa y ninguno de nosotros mencionó el baile ni ninguna otra cosa. Yo estaba deprimida y Jason estaba... No tengo idea de qué sentiría Jason. Me levanté y busqué un cigarrillo en mi bolso. Fumar era un vicio que había cogido para mitigar el estrés cuando papá murió. Y, después de mi primera experiencia sexual, estaba sumamente estresada: estresada, decepcionada, humillada y deprimida.

Antes de caer dormido, Jason expresó su preocupación.

—¡Cielos, Zoe, espero no haberte dejado embarazada!

—No seas idiota, Jason. ¡No hay riesgo de que esté embarazada! ¡Nunca!

capítulo
ocho

¿Qué puedo decir? ¡Nunca digas nunca!

Quienquiera que haya dicho que no puedes quedar embarazada teniendo sexo sólo una vez, mintió vilmente porque así me sucedió. El colmo, ¿no?

Por una parte, realmente no era tan grave ya que Jason y yo de todas maneras planeábamos casarnos en unos meses. Por otra, todos los planes que habíamos hecho para el futuro salieron disparados por la ventana. Todo, a excepción del matrimonio mismo, tenía que ser replanteado.

Yo sabía que mi madre se enfurecería cuando lo supiera, pero para mi sorpresa, nos informó que siempre había sabido que sucedería. Los padres de Jason reaccionaron casi de la misma forma. Supongo que ninguno de ellos se sorprendió porque todos asumían que llevábamos años teniendo sexo y era sólo cuestión de suerte que no hubiese sucedido antes. Nuestros amigos también se lo tomaron bastante bien. Al parecer, todo el mundo

—a excepción de Jason y yo— había estado previendo mi embarazo.

En lugar de un matrimonio por todo lo alto, optamos por una pequeña ceremonia en el jardín trasero de casa de mi mamá el fin de semana siguiente a nuestro grado del Central High School. Yo tenía tres meses de embarazo y aún no se notaba. Brina fue mi dama de honor y Cordell fue el padrino de Jason. Esa fue la última vez que los vimos juntos porque se pelearon mientras Jason y yo estábamos de luna de miel. Ni siquiera hoy día aceptan hablar sobre lo que sucedió.

Fue una pintoresca, romántica e íntima ceremonia a la cual asistieron únicamente nuestras familias y amigos cercanos. Nuestros padres se juntaron para mandarnos una semana a las Bahamas como regalo de grado y matrimonio.

Nuestra luna de miel resultó ser la culminación de días de diversión y noches de represión sexual. Desde la noche del baile, Jason y yo no volvimos a tener sexo hasta después del matrimonio. Para ser franca, aunque ansiaba estar cerca de él en todo sentido, no estaba deseando sufrir otra decepción sexual. En la luna de miel... eso fue exactamente lo que sufrí: de hecho, fue una serie completa de decepciones sexuales. Es un sentimiento muy extraño amar a alguien más que a nada en el universo y, a pesar de ello, sentirse horrorizado cuando te toca. No me malentiendas: Jason nunca mató el deseo; pero tampoco lo avivaba. No en la forma en que yo necesitaba que me excitara.

Dicen que una mente desperdiciada es algo terrible, pero también deberían decir que un cuerpo desperdiciado es una tragedia. Especialmente cuando es un cuerpo como el de Jason. Mi esposo es más que guapo. De hecho, no puedo pensar en una palabra que lo describa justamente. No es ni la sombra del pequeño idiota con el que me peleé a puñetazos el día que nos conocimos. Para empeorar las cosas, tiene una verga exquisita... el problema es que no sabe usarla.

Yo había estado trabajando de tiempo parcial después de la escuela en una empresa de comidas rápidas, y Jason trabajaba con el departamento de recreación del condado. Ambos planeábamos asistir a la universidad y uno de nosotros lo hizo: Jason. Yo decidí trabajar tiempo completo como asistente administrativa y, durante todo el embarazo, trabajé en el consultorio de un dentista.

Jason tenía una beca de baloncesto estatal y seguimos con el plan. Desde luego, estudió arquitectura. Cuando salía de la ciudad a causa de los partidos era deprimente, pero Brina y mi madre se esforzaban por mantenerme animada. Sin importar lo horrible que era nuestra vida sexual, cuando él salía de la ciudad, yo quedaba privada de la satisfacción de estar cerca de él.

De hecho, a medida que mi embarazo progresaba, me volví más reprimida sexualmente y la desesperación se instaló en mi vida. La simple masturbación ya no era suficiente, así que comencé a jugar con aparatos. Cualquiera que se te ocurra, yo lo tenía escondido en una caja guardada en un closet donde Jason no podría encontrarlo: todo, desde vibradores hasta bolas de geisha. Mi fascinación con el sexo se estaba convirtiendo rápidamente en una obsesión.

—¡Jason!

—Sí, amor. —Acariciaba mi mano y con la otra me limpiaba el sudor de la frente con una toalla húmeda.

—¡Jason!

—Sí, Zoe.

—¡Te odio! —Retiré sus manos de mí e intenté levantarme de la cama de hospital para poder patearlo, pero la siguiente contracción llegó y me pateó a mí de adentro hacia afuera.

—Zoe, cálmate y haz los ejercicios de respiración que nos enseñaron en la clase de Lamaze. —Se acercó a mí nuevamente con sus mimos y comenzó a respirar rápidamente, como si la demostración fuese a quitarme el dolor.

—¡Jason, te odio a ti y al maldito doctor y a las malditas enfermeras! —Callé el tiempo suficiente para apretar los dientes y pujar. El dolor era insoportable, diez mil veces peor de lo que había imaginado. Me levanté un poco de la almohada, luciendo como una ballena intentando hacer abdominales, para poder mirar a los ojos al doctor que estaba sentado entre mis piernas manoseándome la chocha—. ¡Doctor Henry, lo odio!

Todos se burlaron de mí, incluso Jason. ¡Desgraciados atrevidos! Todos, incluyendo a mi madre, me habían advertido sobre el parto. Me dijeron que era lo más parecido a la muerte que una mujer podía llegar a conocer. Si lo que dijeron no era verdad, es que no había un solo perro en todo el estado de Georgia.

La maestra de Lamaze había advertido a todos los padres que sus esposas y novias podrían enfurecerse con ellos durante el parto. El pobre de Jason tuvo que soportar mi ira porque yo estaba más que furiosa. Estaba dispuesta a asesinarlo por poner algo tan grande dentro de mí... algo que exigía que me rasgara el alma para salir.

La maestra de Lamaze también nos dijo a las mujeres que lleváramos a la sala de partos un animal de peluche o algún otro objeto reconfortante para calmarnos durante el alumbramiento. Jason me compró un inmenso oso de peluche y lo bautizó Casanova Brown.

Jason lo tomó de la silla del rincón y me lo trajo.

—Mira, amor, Casanova quiere acompañarte.

Comenzó a moverlo de un lado a otro, como si fuera un bailarín. Intentar concentrarme en el maldito juguete me produjo náuseas. Se lo arrebaté y lo lancé con tal fuerza que golpeó en la cabeza a una enfermera que ingresaba a la habitación.

El resto del parto fue similar. Maldije repetidamente a todos, sin importarme lo que pensaran de mí. Es increíble que incluso a la mujer más tímida no le importe cuántas personas observan su pucha durante el parto como si fuera un blanco de tiro. Por lo menos una docena de personas entraban y salían de la habitación, y a mí me tenía sin cuidado.

Siete horas y cincuenta y seis puntos más tarde, nació nuestro hijo: Peter Jason Reynard, quien recibió el nombre de mi padre como siempre lo habíamos planeado Jason y yo. Después de escuchar todas las estadísticas —6 libras y 11 onzas, 53,3 centímetros, 20 dedos y saludable—, me sentí satisfecha y me desmayé.

Me desperté en la sala de recuperación con Jason frotándome la barriga. Debía estar muy contento de que mi cuerpo volviera a la normalidad porque hacer el amor a una ballena azul, aunque sólo fuera por dos minutos a la vez, debía haber sido bastante frustrante.

—¡Te amo Jason! —Acaricié su mejilla, la misma en la que lo había golpeado durante el parto, con mi mano derecha—. ¡Lamento haber dicho que te odiaba y lamento aún más haberte golpeado!

—Sé que me amas, princesa, y es de por vida —respondió, soltando una carcajada.

—¡Siempre ha sido así y siempre lo será! —Nos besamos y luego él se recostó a mi lado en la cama y cayó dormido en mis brazos. La enfermera nos despertó un rato después para revisar mis signos vitales.

Tras el nacimiento de nuestro hijo, hubo varios sucesos importantes en nuestra vida: algunos muy buenos, otros muy malos, pero, juntos, siempre los superamos.

El primer problema emocional se presentó cuando la madre de Jason descubrió que tenía cáncer de seno. Su padre se retiró de su cargo en el gobierno estatal, una jubilación prematura, y se trasladaron a Carolina del Norte, donde ambos habían nacido.

Luego, mi madre resolvió casarse con Aubrey. Yo quedé desolada, pero no tenía más opción que aceptarlo. Jamás había imaginado que las cosas entre ellos fueran tan en serio y quedé aturdida cuando se presentó en mi apartamento llevando un anillo.

No había acabado de recuperarme de ese golpe, cuando mi amor se lesionó en un partido desgarrándose totalmente los ligamentos de la rodilla. En lugar de tener un bebé para cuidar, ahora tenía dos: uno pequeño y uno grandote. Ambos encantadores. Yo solía tomar fotografías de Jason y Peter cuando dormían; Peter acomodado en el pecho de su padre, sus corazones sincronizados. Observarlos a ambos juntos en la cama me dio la idea de fundar Shades.

Shades es mi empresa. Nació de la nada y respaldada por oraciones, pero el año pasado me produjo más de medio millón de dólares. Ver a mi hijo profundamente dormido sobre su padre me dio la idea de hacer mi propio almanaque en celebración del papel del padre afroamericano. Tantas mujeres afroamericanas están criando solas a sus hijos que es una bendición ver a un hombre cumplir con su responsabilidad.

Pedí a mi nuevo padrastro un poco de dinero en préstamo —que es propietario de una pequeña empresa de contratación—, encontré algunas personas dispuestas a posar por un salario racional e hice un almanaque para el año siguiente. La portada era una foto de Jason y Peter con el pecho desnudo y luciendo gorras de los Atlanta Braves. Usando el computador que los padres de Jason le regalaron para sus estudios universitarios, comencé a promocionar los almanaques en Internet y sucedió un milagro. Se vendieron como arroz.

El primer año no hice una fortuna, pero entre el almanaque y mi trabajo en el consultorio del dentista sí produje suficiente para vivir. Jason mantuvo su beca aún cuando su carrera deportiva había llegado a su fin, y la escuela secundaria en la que estudiamos —Central— lo contrató como entrenador de baloncesto. Era perfecto porque podía asistir a la universidad en la mañana y trabajar en la tarde cuando las clases terminaban.

El segundo año produje tres calendarios: uno de padres afroamericanos y sus hijos, uno de familias afroamericanas y un almanaque afroamericano de vestidos de baño, con alumnos de la universidad. Entonces fue cuando el negocio cogió vuelo. Lo comencé en un momento en el cual los almanaques con imágenes de mujeres afroamericanas bellas eran escasos y aparecían esporádicamente. Fue como vender botellas de agua helada a personas estancadas en medio del desierto a 110 grados.

Para acortar la historia, Peter y nuestra cuenta bancaria crecían con cada año que pasaba. Dejamos nuestro apartamento y nos trasladamos a una casa de tres habitaciones para que yo pudiera usar una especie de oficina. Al año siguiente, Jason se graduó *summa cum laude* y consiguió un excelente empleo con la principal firma de arquitectos de la ciudad.

Cuando Peter tenía cinco años, Jason cumplió la promesa que me hizo la noche del baile de graduación: construyó la casa de nuestros sueños. Tiene 4500 pies cuadrados, cinco habitaciones, cuatro baños y está en un conjunto cerrado. Tiene más de dos docenas de claraboyas, así que siempre puedo ver las estrellas.

Estábamos apenas decorándola cuando yo volví a quedar embarazada. Cuando el doctor Henry pronunció la palabra *mellizos*, quise desmayarme, pero tuve que mantener la compostura el tiempo suficiente para sostener a Jason, que prácticamente se desplomó. La conmoción fue pasando y la emoción tomó su lugar. Convertimos una de las habitaciones de invitados en cuarto de bebés y comenzamos a comprar todo por duplicado.

Obviamente, cuando comenzó el trabajo de parto, estuve lista para maldecir nuevamente a todo el mundo. Esta vez Jason estaba listo para la batalla y se puso una máscara de árbitro de béisbol... más por bromear que para protegerse. Debo reconocer que la máscara era terriblemente divertida y ayudó para que me distrajera del horrible dolor. También llegó a la sala de partos con refuerzos: llevó a mi mamá para que lo acompañara en la batalla.

De alguna manera, logré parir a Kyle Michael y Kayla Michelle ampliando la familia de tres a cinco miembros en un instante. Tras un breve periodo de recuperación, regresé al trabajo y decidí ampliar mis ventas en Internet. Me convertí en marchante de arte afroamericano, comerciando con todo tipo de obras de artistas emergentes que tenían la visión pero no la habilidad para vender.

Ahora, mi arte se vende no sólo en la red sino también en tiendas de departamentos de todo el país. Jason se está convirtiendo rápidamente en uno de los arquitectos más solicitados de la ciudad y hace poco se ganó una comisión del 5 por ciento sobre un complejo de negocios de $2,1 millones. Financieramente no nos podría ir mejor, teniendo en cuenta que alguna vez pensamos que todas nuestras esperanzas y sueños habían sido destruidos por no usar un condón la primera vez que hicimos el amor.

capítulo
nueve

Miré el reloj, descubrí que eran casi las ocho de la noche y comencé a entrar en pánico una vez más.

—Marcella, se está haciendo tardísimo. Jason se va a morir de angustia.

Ella echó una mirada al pequeño reloj de cristal de su escritorio.

—Tienes razón, Zoe. Es tarde. Hemos conversado tres horas completas.

—Sí. No quiero ni pensar en la cuenta. —Reí—. No importa cuánto cueste, valió la pena.

Reuní mi bolso, el abrigo y los guantes, y extendí la mano para despedirme.

—Muchas gracias por recibirme. Llamaré a tu secretaria para fijar una cita la semana entrante.

—Fue un placer, y no olvides pedir la cita. —Nos dimos la mano y me dirigí a la puerta—. No tuvimos oportunidad de discutir el origen de tu adicción. ¿O sí?

—No. Aún no has escuchado la parte realmente macabra. Quería asegurarme de que entendieras mi amor por Jason, cuánto significa para mí y por qué representa mi vida entera. —Bajé la mirada y comencé a juguetear con mis guantes para ponérmelos, pero había comenzado a temblar nuevamente—. Ahora tengo que regresar a casa e inventar una mentira más para mi marido. Mentiras y más mentiras y más mentiras. Parece que no hago más hoy en día.

—Entiendo que tengas que irte, pero ¿te puedo hacer una pregunta antes?

—¡Claro!

—¿Sobre qué exactamente le mientes a tu marido? —Sus ojos estaban abiertos de par en par y parecía haber dejado de respirar a la espera de mi respuesta. Supongo que todo el asunto parecía algo extraño, teniendo en cuenta que ni siquiera le había dicho lo que hacía de mí una adicta al sexo.

—Bueno, te hablé de que Jason no es un amante muy apasionado o experimental... —afirmé retóricamente.

—Sí, me dio esa impresión. ¿No podrías trabajar en eso? Para mí es evidente que amas mucho a tu esposo.

—Amo a Jason más que a la vida.

Me sonrió, intentando hacerme sentir cómoda.

—Zoe, el hecho de que tu marido no te haga ver fuegos artificiales en la cama y sientas que tu vida sexual es incompleta, no quiere decir que seas adicta sexual.

Abrí la puerta de su oficina, di unos pocos pasos en el vestíbulo y me volteé nuevamente. Por primera vez en la vida, iba a ser honesta con alguien sobre lo que había hecho. Por primera vez, iba a divulgar mi más profundo y oscuro secreto; uno sobre el cual algunas personas sabían detallitos pero que nadie entendía realmente. Si había la más mínima posibilidad de que la doctora Marcella Spencer pudiera ayudarme, tenía que arriesgarme... sin importar las consecuencias. La alternativa era continuar en el sendero de destrucción en el que me encontraba, caminando directamente hacia el infierno. Las palabras fueron apenas audibles porque las susurré.

—¿Tener tres amantes, aparte de mi marido, constituye adicción sexual?

La sonrisa desapareció rápidamente de su rostro y fue reemplazada por una mirada de asombro. Se veía nerviosa. Le tomó un momento recuperar el control mientras yo luchaba por no llorar. Nunca bajamos la mirada.

—Sí, yo diría que eso definitivamente hace de ti una adicta sexual.

—Me lo imaginaba. —Desvié la mirada hacia la puerta de la sala de espera, lista para huir de allí antes de estallar en llanto—. Mira, de veras tengo que irme. Jason va a estar histérico si no llego a casa pronto.

Ella se recostó en la puerta de su oficina, cruzando las manos.

—Lo entiendo, Zoe. Retomaremos el tema la semana entrante.

—Bien. —Con eso, salí de allí. Intenté alejarme con aire despreocupado, como si acabara de hablarle a alguien sobre la agenda de la siguiente reunión de la asociación de padres de familia. Una vez estuve en el ascensor, presioné el botón del estacionamiento y me deshice en llanto... comencé a dar alaridos como un bebé en medio de una rabieta. A medida que el ascensor descendía, pateé y golpeé las paredes, limpiándome las lágrimas con las mangas de mi vestido y deseando con el alma que todo fuera una pesadilla de la que me despertaría en cualquier momento. Pero sabía que no era así. Era demasiado real y la única culpable era yo misma.

Mientras esperaba a que mi Mercedes negro se calentara, moví el espejo retrovisor para darme una buena mirada. Quería ver cómo luce una tramposa, asquerosa, canalla y mentirosa puta.

—¡Observen a la puta! —exclamé en voz alta y comencé a reír. Estaba allí con el maquillaje untado por toda la cara y mi piel acaramelada bañada en lágrimas. Estaba allí con el labial carmín manchando mis temblorosos labios. Me odié en ese momento. Cerré los ojos y recé para que alguien me lanzara un salvavidas.

—Zoe, amor, ¿dónde estabas? —La temida pregunta, y yo ni siquiera había llegado a la puerta de la cocina.

Entré a la cocina, donde Jason estaba sentado con los chicos comiendo una pizza de pollo de Pizza Hut, y dejé mi maletín encima del mesón.

—Amor, siento estar llegando tan tarde a casa. Tuve un problema con uno de los distribuidores y fue necesario hacer una reunión de emergencia.

—¿No podías llamar?

Por mi mente comenzaron a desfilar todo tipo de excusas y coartadas. Me quité el abrigo y lo dejé sobre uno de los bancos del mesón.

—Para serte honesta, Jason, estaba tan estresada con el problema que el tiempo se me pasó y, antes de que supiera, ya eran más de las ocho.

—Princesa, tienes un teléfono celular. Podrías ser más considerada y tomarte un minuto para llamar y así yo no me preocuparía. —Jason se levantó de la mesa y comenzó a recoger los platos sucios para llevarlos al lavaplatos. Yo estaba allí sirviéndome un vaso de agua—. Algunas veces no te entiendo. Es como si no te importara si yo sé dónde estás o no.

Algo estalló en mi interior.

—Peter, lleva a los mellizos a su habitación y ponles una película de dibujos animados, por favor.

Observé a Peter salir con sus hermanos. Peter se detuvo sólo el tiempo suficiente para hacer una pregunta.

—Papá, ¿podemos ver la nueva película que nos compraste? ¿La de la Cenicienta negra?

—Claro que sí. Ponla. —Jason estaba arremangando su camisa blanca y alistándose para lavar platos. Tan pronto los chicos estuvieron lejos, yo retomé el tema.

—Mira, Jason, realmente hoy no soporto esta carajada. He tenido un día muy largo. Lo haces sonar como si nunca estuviera en casa y eso no es cierto. —Estaba ahí de pie, volteando los ojos, con las manos en la cadera y eso acabó de enfurecerme—. Mierda, si de ti dependiera, yo no saldría jamás de la maldita casa. Me quieres en la cocina, descalza y embarazada, ¿no?

—Hummm, ahora estás exagerando. —Cerró el grifo y comenzó a alejarse mascullando algo, así que lo seguí a su estudio—. ¡Yo nunca dije nada de eso, Zoe, y lo sabes!

Fue hasta el equipo de sonido estéreo en una de las estanterías empotradas y puso un CD de Nancy Crawford. Siempre escucha música suave cuando crea sus obras maestras, diseñando algunos de los edificios más hermosos e imponentes que uno pueda imaginar.

—Me estás crucificando por esperar una llamada. Una simple llamada para decirme en qué andas. ¡Si yo hiciera lo mismo, me volverías loco con la cantaleta!

Jason tenía razón y yo estaba avergonzada. Una vez más, yo estaba usando mis sentimientos de culpa por mi estilo de vida "alternativo" como fundamento para pelear con él. Antes de que yo empezara a serle infiel, nunca habíamos peleado, pero ahora las pequeñas discusiones eran cada vez más frecuentes. La infidelidad tenía que terminar. Un hombre menos bueno me habría abandonado, me habría traicionado, habría abusado de mí. Gracias a Dios, su amor por mí contrarrestaba su frustración.

Se sentó en su mesa de dibujo y comenzó a hacer garabatos. La mina de su lápiz se rompió cuando la presionó con demasiada fuerza a causa de su enfado. Pasé detrás de él y comencé a masajearle los hombros. Podía sentir la tensión en ellos y eso me avergonzó aún más, sabiendo que yo era la causa de todo.

—¡Lo siento, amor! Tienes toda la razón. Debí llamar. No hacerlo fue algo irresponsable y poco considerado.

No dijo una palabra, tan sólo tomó otro lápiz y comenzó a dibujar nuevamente. Yo moví lentamente mis manos de sus hombros a su pecho y acaricié sus pezones por encima de la camisa. Él agarró mi mano izquierda y la besó.

—Está bien Zoe. Simplemente odio que peleemos.

—Lo sé, amor. Yo también.

Jason giró la base de su silla de dibujo para quedar frente a mí y me miró a los ojos.

—Lo único que he querido hacer en la vida es hacerte feliz.

—¡Y lo haces! Me haces *muy* feliz. —Coloqué las palmas de mis manos en sus mejillas y le di un largo y húmedo beso—. Te amo y es para siempre.

—¡Siempre ha sido y siempre lo será! —Reímos y luego él comenzó a besarme en el cuello mientras yo miraba las estrellas por una de las claraboyas.

Hubo una pausa larga e incómoda. Yo trataba de decidir si debía mencionar a Marcella. Opté por soltar una indirecta y ver si caía en saco roto.

—Hoy conocí a una doctora genial. Una hermana. —Me alejé un poco de él para poder ver su expresión. No había allí nada más que una mirada de indiferencia—. Su nombre es Marcella Spencer.

Jason tomó otro lápiz y se dedicó a garrapatear uno de sus planos.

—Qué bien, nena.

Fui hasta el equipo de sonido y eché una mirada a los discos. No buscaba nada específico, pero me fijé si había algo nuevo.

—¿Qué tipo de doctora es? —preguntó Jason—. Tal vez le puedo mandar clientes.

—Humm, de hecho, es psiquiatra. —Esperé la reacción.

—¿*Psiquiatra?* —Jason se comportaba como si yo hubiese dicho que era prostituta o algo peor. Como si la palabra tuviera cuatro letras en lugar de diez—. ¿Dónde diablos conociste a una *psiquiatra*?

—Gracias a una amiga mutua. —Eso era sólo medio falso, ya que había escuchado hablar de ella a la señora del salón de belleza—. Es muy simpática y aterrizada. —Jason rio, como si yo estuviese bromeando—. ¿De qué te ríes?

—De nada. Simplemente me sorprende que ese tipo de personas puedan vivir honestamente —afirmó enfáticamente, meneando la cabeza.

—¿Cuáles personas?

—Los psiquiatras. Loqueros. Doctores de la cabeza —respondió en tono sarcástico—. En serio, Zoe. ¿Qué tipo de persona paga a otra para que escuche sus ridículos problemas?

Me sentía ofendida, pero no lo iba a enfrentar confesándole que yo estaba pagando y dispuesta a pagar lo que fuera si me podían ayudar.

—Muchas personas necesitan terapia para diferentes problemas, Jason. No puedo creer que seas tan cerrado.

—Bueno, pues gracias a Dios ninguno de nosotros está chiflado. Le mandaría algunos clientes si fuera internista o cardióloga o pediatra o algo normal, pero ¿a una *psiquiatra*? ¡No hay manera! Todos mis amigos están cuerdos. Tal vez vivan estresados, pero están *definitivamente* cuerdos.

Encogí los hombros y fui hasta la ventana preguntándome si debía huir de la habitación antes de comenzar a llorar de desesperación. ¿Cómo le iba a contar un día que estaba yendo a donde el psiquiatra?

—¿Sabes qué, princesa? ¡Tengo excelentes noticias!

Respiré profundamente y me volví a mirarlo.

—¿Qué, amorcito? —pregunté, obligándome a sonreír.

Se puso de pie, caminó hasta mí y pasó sus brazos en torno a mi cintura.

—Hoy conseguí un contrato gigantesco. La ciudad quiere que diseñe el nuevo centro cívico.

—¿En serio? —Estaba aturdida. Siempre había sabido que mi hombre era el mejor, pero últimamente tenía una buena racha, pues acababa de terminar la nueva sede de la YMCA—. ¡Eso es maravilloso!

Nos dimos un largo y apasionado beso. Podía sentir mis calzones humedecerse. Cualquier manifestación de afecto de Jason me excitaba.

—Tengo una excelente idea.

—¿Cuál? —me interrogó, con una sonrisa maliciosa.

—¿Por qué no traes una botella de champaña mientras yo subo y me pongo algo más cómodo?

—¡Hummm, suena prometedor! —exclamó, dándome un beso húmedo en los labios—. Pero, ¿y los niños?

—Sabes tan bien como yo que lo más probable es que ya estén profundamente dormidos en la cama de Peter.—Ambos reímos. Era la rutina normal de los niños los viernes, como si hubiesen trabajado doce horas diarias toda la semana—. Quiero estar contigo. Quiero que esta sea una noche muy especial.

—Todas las noches contigo son especiales.

Lo miré a los ojos, deseando que todo fuera diferente entre nosotros. Si tan sólo fuera más receptivo a mis necesidades... Salí dando saltos como Caperucita Roja de camino a la casa de su abuelita, sonriendo de oreja a oreja, y con la esperanza de que él jugara el papel del Lobo Feroz y me devorara, como en el cuento. Sabía que no había ninguna posibilidad de que eso sucediera, pero la esperanza es lo último que se pierde.

—Te veré arriba.

———

Cuando me levanté al día siguiente, Jason ya se había ido a jugar su ronda sabatina de golf con sus dos compañeros de la firma de arquitectos. Eran más de las nueve. Me sorprendió que todos los niños siguieran dormidos, un lujo maravilloso, pues normalmente se levantaban al amanecer.

Los rayos del sol invadían nuestro paraíso a través de las claraboyas del techo. El sol es el único inconveniente serio de tener una casa con docenas de claraboyas. Es hermoso, pero a veces puede convertirse en un estorbo. Sin embargo, mientras me permita ver mis estrellas en la noche, no me quejaré. Además, cuando llueve, es muy estimulante sexualmente. Pero claro, casi todo es sexualmente estimulante para mí.

Desafortunadamente, nuestra proclamación de amor eterno de la noche anterior en su estudio, fue seguida de otra decepción sexual. Cuando él se quedó dormido, me deslicé hasta el baño, me senté en la encimera y me masturbé con el consolador que mantengo escondido detrás de los utensilios de aseo, en el cajón inferior.

Estar ahí acostada pensando en eso me estaba deprimiendo, así que decidí levantarme. Llamé a Brina, mi cómplice, y le pregunté si podía llevarse a los niños un rato. Como era de esperarse, estaba levantada y dispuesta a todo. Resolvimos encontrarnos en su casa más o menos una hora más tarde. Me duché rápidamente y me vestí. Desperté a los niños, que ya se habían bañado la noche anterior, los alisté, dejé en la puerta de la nevera una nota para Jason y me dirigí a casa de Brina.

Cuando llegamos, ella no estaba lista. Mientras golpeaba la puerta, pude escuchar el agua corriendo en la ducha. En lugar de esperarla, decidí tomar la llave que ella siempre tenía escondida encima de la lámpara de emergencia del corredor del edificio. Los mocasines que llevaba puestos me estaban matando y quería darle un respiro a mis pies. Los chicos y yo entramos como una tromba a su casa. Les puse dibujos animados en la televisión y entré a la habitación de Brina precisamente cuando ella comenzaba a secarse.

—¡Nena, muévelo!

Ella dio un salto, obviamente sorprendida de que ya estuviéramos adentro.

—¡Maldita sea, Zoe, casi me matas del susto!

—Lo siento, hermanita. No pretendía asustarte. —Observé su cuerpo cuando dejó caer la toalla al piso. No porque pensara que era sexy, Dios sabe que sólo me gustan los hombres, sino porque sus brazos, hombros y costillas estaban cubiertos de cardenales. Inmediatamente cerré la puerta de la habitación, previendo la conversación que tendríamos.

—Brina, ¿estás totalmente chiflada? ¿Sigues permitiendo que el maldito Dempsey te golpee?

Ella comenzó a ponerse ropa más rápidamente que una modelo cambiándose entre desfiles.

—Zoe, él no lo hace a propósito. Algunas veces tiene un mal día en el trabajo y las cosas suceden. Tú sabes.

—Claro, suceden... y cuando me lo encuentre, ¡va a saber las cosas que pueden suceder si él se mete con mi mejor amiga!

Estaba enfurecida. No podía creer que ella le estuviera permitiendo a ese enano impotente darle zurras. Dempsey era un personaje con el que Brina se encontraba en un club nocturno... la primera señal de que no tenía nada que hacer con él. Además, pasaba el 90% del tiempo desempleado, bebía más vodka del que puede tomar todo un equipo de fútbol ruso, y tenía cinco hijos de cuatro mujeres diferentes; era una pésima excusa de hombre, una de esas malas hierbas sobre las que TLC habla todo el tiempo: ¡un bastardo sexualmente reprimido, infantil, obsceno e inútil!

Brina estaba casi totalmente vestida con una sudadera negra, comparable a los jeans y suéter que yo llevaba para mi escapada sabatina. Encendí la televisión de su habitación con la esperanza de que los chicos no escucharan nuestras voces. Luego, me dediqué a torturarla.

—Brina, déjame decirte algo. Eres demasiado buena para ese putero. Es un maldito desperdicio.

—Zoe, por favor, no comencemos con esto otra vez. Tan sólo demos una vuelta como habíamos planeado.

—¿Dar una vuelta? ¡Lo que tenemos que hacer es dar una vuelta por la maldita sala de emergencias! ¡Mírate! —Caminé hasta ella, intentando consolarla, pero ella se encogió de dolor. Con el dedo índice presioné una de sus costillas y ella cayó sobre la cama retorciéndose de dolor—. Hermanita, creo que tienes una costilla rota.

Tomé el teléfono, pero ella me arrebató el auricular.

—¿A quién vas a llamar? ¿A Jason?

—Diablos, no. Jason está jugando golf y, de todas maneras, él no puede hacer nada. Voy a llamar una ambulancia y luego a la policía para que presentes una denuncia contra ese desgraciado. ¡Vamos a acabar con esto ya mismo! ¡Hoy!

Brina y yo comenzamos a luchar por el teléfono y, accidentalmente, casi la golpeo en la cabeza antes de lograr quitárselo.

—¡Zoe, no puedes llamar a la policía! ¡Me matará, hermanita!

Vacilé un segundo, digiriendo sus palabras, y luego dejé el auricular en su sitio. Mi voz pasó de un grito a un susurro cuando me senté a su lado en la cama.

—¿Matarte?

Comenzó a llorar. Le alcancé un pañuelito de la mesa de noche.

—Brina, ¿te ha amenazado con asesinarte? —No recibí respuesta. Se sonó los mocos de la nariz y simuló no haber escuchado la pregunta—. Igual, ¿dónde anda?

—Dempsey se fue a casa, tomó el autobús a Alabama para pasar el fin de semana. Tenía la reunión de ex alumnos de su escuela.

—¡Ah! —No sabía qué decir. Me preocupaba mucho Brina y, al mismo tiempo, quería ahorcarla por ser tan imbécil de seguir con él. Parte de mí deseaba conocer a un sacerdote vudú al cual pudiera llamar para que hiciera que una serpiente negra de Alabama mordiera a Dempsey y lo matara. Eso acabaría con el problema.

—¡Zoe, nena! —Saltó de la cama, fue hasta el vestidor y se miró al espejo mientras se pintaba los labios—. Salgamos de aquí y pasemos un buen rato. Es un día hermoso y los niños no tienen que estar acá encerrados.

Tomé nuevamente el teléfono y comencé a marcar.

—Zoe, me parece que te pedí que no llamaras a la policía. Negaré todo lo que les digas, así que no desperdicies el tiempo.

—No estoy llamando a la policía. Estoy llamando a Jason para que venga por los niños y yo te llevaré al hospital.

La línea estaba ocupada, así que volví a marcar.

—Zoe, tampoco voy a ir al hospital.

Mientras el teléfono timbraba, monté en verdadera cólera.

—Escúchame, Brina, tal vez me hayas convencido de no llamar a la policía, *por ahora*, pero vas a ir al hospital así tenga que amordazarte y llevarte arrastrada.

Mandé un mensaje a Jason y lo esperé enfrente del edificio hasta que llegó en su Land Rover verde cazador. Después de empacar a los niños en él, Jason me siguió hasta la entrada para que le explicara lo que estaba sucediendo. Jason estaba más ansioso que yo por agarrar a Dempsey, pero le conté que el putero había zurrado a Brina y huido como alma que lleva el diablo.

Nos besamos y declaramos nuestro amor mutuo al despedirnos y él se alejó con los niños antes de que yo regresara al apartamento de Brina.

—¿Y a dónde irán Jason y los chicos? ¿A casa? —Nos encontrábamos en mi auto camino del hospital, y Brina intentaba discutir cualquier cosa menos el problema que tenía.

—No, los llevó al Parque de Diversiones Familiar, ese que está en el suroeste y tiene pelotas para saltar, tubos para arrastrarse, salas de juego y todo.

—¡Chévere!

El sol me estaba encandilando, aun con la visera, y yo estaba empollando una terrible jaqueca.

—Brina, entiendes que tienes que terminar esa relación con Dempsey, ¿verdad?

Entornó los ojos, chasqueó la lengua y subió el volumen del radio hasta un nivel ridículo.

—¿Podríamos hablar de alguna otra cosa, por favor?

—¡Diablos, no! ¡Vamos a hablar sobre esto! —respondí, apagando el radio—. Ese desgraciado tiene que desaparecer. Todo en él es malo. ¿Cuándo va a terminar? ¿Cuando te golpeé de más, te joda y acabes muerta?

—Estás exagerando, Zoe, sencillamente no entiendes mi vida.

—¡Entonces ilumíname! ¡*Por favor*!

Estuve a punto de pasarme un semáforo en rojo, pero alcancé a frenar en seco a tiempo. Por fortuna, porque había un carro de policía detrás de mí.

—Jason y tú tienen una vida de cuento de hadas. Siempre ha sido así. Las cosas no son tan fáciles para mí. No es fácil encontrar un buen hombre.

—Brina, ¿y crees que Dempsey es un buen hombre? ¡Por favor, nena!

—Tal vez no sea perfecto, pero es mío y me ama.

—¿Cómo puedes ser tan descarada y decir que te ama cuando te da una paliza cada vez que le viene en gana?

—Piensa lo que quieras Zoe, pero él me ama y yo lo amó a él.

La entrada de emergencias estaba enfrente y alcanzaba a ver las luces intermitentes de una ambulancia que acababa de llegar.

—Brina, necesitas ayuda. Ayuda de verdad y no me refiero a ayuda física.

Sopesé la situación de Brina y la mía mientras la esperaba en la abarrotada sala de espera del ala de emergencias. Estábamos en temporada de gripe y por todas partes había gente tosiendo y estornudando. Sonaban como un coro de niños mocosos. Estar allí era desagradable, además de poco saludable.

Para la mayoría de la gente, supongo que Jason y yo vivíamos un cuento de hadas... pero ellos miraban desde afuera. Claro está que Jason también lo creía así. Yo era la única que distinguía entre la fantasía y la realidad.

Lo irónico es que yo había planeado contar todo a Brina esa tarde y pedirle que me ayudara a superar mis problemas matrimoniales. Le iba a contar cómo abandonaba mi casa pretendiendo que iba a un lugar y terminaba en otro sitio donde nada se me había perdido, cometiendo adulterio sin nunca planearlo. En lugar de eso, me encontraba esperando a que los médicos la remendaran, le dieran drogas para el dolor y le hicieran un millón de preguntas que ambas sabíamos que ella no respondería honradamente, si es que las contestaba.

Decidí que Brina no podría ayudarme porque ni siquiera se ayudaba a sí misma. Así que resolví no contarle mis cosas. Simplemente seguiría simulando ser la mujer feliz, exitosa y satisfecha que ella creía que yo era. El colmo, ¿no?

—Esta espera es *demasiadoooo* larga, Brina —me quejé, de pie en la entrada de Cheesecake Factory en Peachtree, mientras intentaba quitarme del camino de la gente que entraba y salía.

—Zoe, acabo de preguntar hace un minuto, y me dicen que sólo hay dos mesas delante de nosotras. Cálmate. —Brina estaba tan cerca de mí que podía sentir su respiración en mi mejilla. Apestaba a esa mezcla de alcohol etílico y desinfectante tan común en los hospitales—. Rara vez salimos solas las dos hoy en día. Tú siempre tienes a los niños, así que almorcemos y pongámonos al día.

—¿Ponernos al día? —Me costaba creer que se comportara como si no acabáramos de salir de la sala de emergencias—. En lo único que tenemos que ponernos al día es en por qué sigues permitiendo que el gusano de Dempsey te dé una paliza cada vez que le da la gana.

Ella lanzó una mirada angustiada alrededor para asegurarse de que nadie hubiera oído mi última afirmación.

—¿Tienes que hablar a gritos?

Comprendí que había hablado en voz muy alta, así que bajé un poco el tono. No obstante, seguía muy molesta.

—Brina, tengo una maravillosa idea. Pidamos la comida para llevar y vamos a tu apartamento para poder discutir esto abierta y honestamente, sin interrupciones.

—Podemos hablar acá —me interrumpió—. Todavía no quiero regresar a casa. Estoy harta de estar allí encerrada todos los días después del trabajo. ¿Por qué crees que siempre muero por salir contigo y los niños? Mi vida es terriblemente aburrida.

A pesar de su argumento, estuve a punto de insistir en mi propuesta. Sencillamente no me parecía apropiado estar allí después de los eventos de la mañana. Antes de que expresara mi objeción, nos llamaron y guiaron a una mesa situada en la ventana, con vista al tráfico sabatino de Peachtree. Una vez nos sentamos y pedimos un par de margaritas, decidí enfrentar su problema con todo.

—Brina, ¿por qué estás tan aburrida? ¿Acaso Dempsey nunca te lleva a ningún lugar?

Me miró atónita, como si la simple idea de un hombre invitando a una nena a una cita fuera algo nunca visto en Atlanta.

—¿Llevarme con qué, Zoe? Sabes que Dempsey tiene dificultades para mantener sus empleos y el poco dinero que gana va para mantener a sus hijos.

—Sí, mantener a los niños o beber —contesté con sarcasmo—. ¿Acaso me estoy perdiendo de algo? Déjame ver si estoy entendiendo. ¿Él es un banco de esperma vago y alcohólico que sólo va a tu casa a tirar, golpearte y largarse?

—No lo entiendes —afirmó descaradamente—. Dempsey tiene un lado bueno que sólo yo conozco.

Reí, más de furia que por ningún otro motivo. No podía creerlo.

—Brina, te mereces algo mucho mejor que eso, pero por alguna razón no lo entiendes. Tú y yo nos conocemos hace mucho. —Estiré una mano por encima de la mesa y tomé la suya—. Somos casi familia. Tú eres lo más parecido a la hermana que nunca tuve y me rehúso a quedarme sentada viendo cómo te haces esto a ti misma.

—¿Hacerme qué? ¿Permitir que un hombre me ame? —Su labio inferior y su mano empezaron a temblar. Intentó retirar la mano pero no se lo permití—. Zoe, no soy bonita ni exitosa como tú. Tú tienes el mundo a tus pies. Tienes una super casa, unos niños excelentes, una madre que recuerda que tú existes y un esposo que te adora.

Quise gritarle que vivía tan atormentada como ella, pero sus problemas eran más urgentes. De hecho, estaban al borde de poner en peligro su vida, así que me abstuve de discutir mi obsesión sexual y los efectos que estaba teniendo en mi vida. Necesitaba desesperadamente hablar con alguien, pero parecía ser que la doctora Marcella Spencer era mi única opción; Brina evidentemente no estaba en condiciones de ayudarme a ordenar mis emociones.

—A duras penas produzco suficiente para vivir —continuó Brina—. Mi madre siempre está pidiéndome dinero. Solamente me siento segura cuando estoy con Dempsey. —¡No, no podía haber dicho *segura*!—. No puedo decir que haya una fila de hombres en mi puerta, aunque alguna vez fue así. ¿Te acuerdas, hermanita? ¿Recuerdas cuando yo era bonita como tú?

¡Eso fue el colmo! Apreté su mano con tanta fuerza que casi le saco sangre.

—¡Escúchame! ¡Sigues siendo hermosa! ¡Siempre has sido y siempre lo serás! —Me calmé un poco y solté su mano. Estaba tan molesta que me resultó difícil contener las lágrimas. Brina siempre había sido la que tenía seguridad en sí misma. En la escuela secundaria la gente solía decir que era engreída, pero yo la defendía y les explicaba que no era presumida, sencillamente sabía para dónde iba—. Ese bastardo ha destruido tu autoestima y no lo voy a permitir. Haré cualquier cosa para ayudarte, Brina. ¡Cualquier cosa! Jason y yo haremos lo que sea por ti. Lo sabes, ¿verdad?

Me lanzó una mirada con ojos inundados de lágrimas como si fuera una niña.

—Lo sé.

—Pero no puedo ayudarte a menos de que me digas qué necesitas. —La mesera se acercó a la mesa y preguntó si estábamos listas para ordenar. Le pedí que nos esperara unos minutos más. Ni siquiera habíamos revisado la carta. Una vez la mesera se hubo alejado, continué—: Es la primera vez que oigo que tienes problemas económicos, Brina. ¿Por qué no me pediste dinero?

—¡Jamás podría hacer eso!

—¿Por qué? ¡Maldita sea, para eso son los amigos!

—No quiero que Jason y tú me den limosna. Sé lo difícil que fue para ustedes llegar a donde están. Vi sus sueños hacerse realidad en mis narices y nunca podría quitarles nada de eso.

Medité un segundo, en silencio. Nunca había notado que Brina fuera tan terca.

—Está bien. No te *daré* nada. Haré que te lo ganes. —Brina me miró confundida—. Ven a trabajar para mí. Es la solución perfecta y además pasaremos mucho tiempo juntas.

Ella comenzó a morderse el labio inferior, sumida en sus pensamientos.

—No sé, Zoe. No quiero dañar algo bueno. Ya llevo un buen rato en la compañía donde trabajo.

—Y no te han ascendido, subido el sueldo o han hecho nada por ti aparte de enloquecerte. —Sonreí con la esperanza de que lo aceptara—. Además, pago bien y no tendrás que pelear conmigo para tomar vacaciones, salir temprano o cualquier otra pendejada.

Rió.

—Eso es cierto. Mi jefa, la señora Green, se porta horrendo cuando tengo que salir una hora antes.

—Entonces, acepta mi oferta, carajo.

—Pero sólo tengo habilidades secretariales y tampoco soy muy sobresaliente. Para empezar, ¿tienes una vacante en tu empresa?

—No, pero me la inventaré. Soy la dueña. Puedo hacer lo que me dé la gana. —Ella seguía dudando—. No tengo una asistente personal. Nunca he tenido una, pero ahora que lo pienso, con seguridad me serviría. Podrías acompañarme a visitar artistas y pasar tiempo en las galerías y exposiciones de arte. Ir a almuerzos de trabajo. Te encantaría.

La mesera regresó con mala cara, ya que estábamos ocupando una mesa pero no pedíamos nada. La entendí; los negocios son negocios, y las propinas son propinas. La Cheesecake Factory estaba repleta porque era sábado por la mañana. Finalmente le dimos gusto a la mesera, echamos una mirada a la carta y pedimos dos ensaladas de pollo con salsa de queso azul, pan tostado con queso y una canasta de frituras de pollo.

—¿Entonces? —pregunté, dando a Brina toda mi atención mientras esperábamos el almuerzo—. ¿Qué dices?

—Déjame pensarlo, ¿de acuerdo?

Ahora me tocaba el turno de quedar confundida.

—¿Pensarlo? ¿Sabes cuántas mujeres matarían por tener la oportunidad que acabo de ofrecerte?

—Sí —respondió, riendo, pero a mí no me parecía gracioso—. Simplemente no sé si pueda lidiar contigo como jefa. Eres mi mejor amiga y todo, pero conozco tus pataletas mejor que nadie, y cuando nos da una... es en serio. Recuerdo las peleas que tú y Jason tenían todo el tiempo cuando éramos pequeños.

—Estoy ofendida —afirmé, aun cuando ella tenía algo de razón—. En el trabajo soy estrictamente profesional. Y, en lo que se refiere a mí metiéndome en tus cosas después del horario de trabajo, pues eso es campo libre.

—Como te dije, déjame pensarlo Zoe. De todas formas, gracias por la oferta. No esperaba menos de ti. Siempre estás ahí cuando te necesito.

Abandoné el tema. De hecho, abandoné todos los temas: el financiero, el laboral y el del bastardo de Dempsey. Disfrutamos del almuerzo y nos pusimos al día en otros asuntos insignificantes. Cuando la llevé de regreso a su casa, le pedí permiso para usar el baño antes de seguir camino a casa. Tan sólo puedo imaginarme su sorpresa cuando descubrió el cheque por cinco mil dólares que le dejé en el tocador. También le escribí una nota advirtiéndole que ni lo mencionara y que fuera a cobrarlo o me enfurecería. También le dije que ni se le ocurriera agradecérmelo porque para eso son las amigas, y que más bien pensara seriamente en mi oferta de trabajo. Esperaba que aceptara.

capítulo
once

—Me alegra volver a verte, Zoe —la doctora Marcella Spencer estaba alistando la grabadora cuando entré a su oficina. Cuando tuvo todo listo para grabar mis porquerías, dio vuelta al escritorio y me dio la mano.

—Igualmente. —Era miércoles, cinco días después de nuestra conversación inicial.

—¿Cómo estás? Siéntate.

Me señaló la misma silla, aquella que estaba destinada a convertirse en mi hogar lejos de casa, y me dejé caer en ella. Estaba exhausta tras ser tratada como objeto sexual durante mis escapadas y de estar preocupada por Brina.

—Me las arreglo.

—Hummm, eso no suena muy bien. ¿Quieres algo de tomar? ¿Café, té, agua o un refresco?

—No, gracias. —Se estaba comportando de forma extremadamente amable, y comencé a preguntarme si habría pasado la semana esperando ansiosamente escuchar sobre las escapadas sexuales del bicho raro que era su nueva paciente.

—Zoe, ¿quieres seguir en la silla o prefieres usar el diván hoy?

—Aquí estoy bien, Marcella. ¡Gracias!

Tomó el bolígrafo y la libreta, lista para registrar todos mis pecados, pero yo no tenía intención de sufrir otro ataque de pánico. La situación de Brina me había hecho comprender algo. Necesitaba tanta ayuda como ella y ya era hora de usarla.

—Entonces, Zoe, ¿quieres que comencemos? —Estaba lista para no perderse nada.

—Claro. —Me froté los ojos, que lucían ojeras a causa de la falta de sueño—. ¿Por dónde debo comenzar hoy?

—Bueno, sé principalmente sobre tu relación con tu esposo. Fuiste muy franca sobre tu insatisfacción sexual. —Hizo una pausa y yo esperé el siguiente golpe. No se hizo esperar—. Cuando salías la vez pasada, mencionaste que tenías tres relaciones extramaritales. Supongo que es con eso con lo que necesitas más ayuda.

—Humm sí, se puede decir que tirar con otras tres personas es el corazón del problema —respondí sarcásticamente. Lamenté mi agresividad e inmediatamente le pedí disculpas—. Lo siento, no pretendía descargar mi frustración en ti. Es sólo que ha habido mucha mierda en mi vida recientemente.

—Lo entiendo. Créeme.

—¿En serio?

—Sí y, si hay algo que no entiendo, lo trabajaremos juntas. ¡Confía en mí Zoe! Nada de lo que puedas decirme me hará pensar mal de ti. Estoy acá para ayudar.

Sus manos temblaban y me dio la impresión de que estaba más nerviosa que yo. Supongo que una mujer que devora hombres como cambiarse de ropa puede poner nervioso a cualquiera.

Así que comencé.

—Adoro a Jason y a mis hijos. Son mi corazón y mi alma. Tan sólo quisiera que fueran suficientes para satisfacer mis necesidades. Tengo tres amantes regulares aparte de mi esposo. Cada uno de ellos me da algo diferente. Llevo meses intentando detener esta locura, pero no he podido. Mi adicción al sexo ha ganado la batalla.

—Veo.

Odio cuando uno derrama las entrañas y alguien responde "Veo". Me hace sentir que están aburridos, son escépticos o están abrumados. Me levanté de la silla y caminé hasta una ventana. No sé de dónde viene mi fascinación por el cielo, pero ahí está. Tal vez mi verdadera vocación era la meteorología. El día estaba nublado y el sol comenzaba a esconderse.

—Aunque amo a Jason más que a la vida misma, y moriría si él descubre todo, la verdad es que nunca ha podido saciar todos mis deseos sexuales. Es anticuado y cree que el hombre debe tener el control en la cama. No cree en los preliminares. Sólo me hace el amor en la posición del misionero. Sólo hace el amor con las luces apagadas y se opone drásticamente al sexo oral. Alguna vez toqué el tema del sexo anal y casi sufre un ataque al corazón.

—Así que decidiste buscar satisfacción en otra parte.

Me senté en el diván y, por primera vez, me recosté en la oficina de Marcella. Los secretos que estaba a punto de revelarle me habían torturado durante tanto tiempo. Aunque iba a ser doloroso, compartirlos con alguien sería un gran alivio.

—Debido a que nos enamoramos estando muy jóvenes, yo soy la única amante que Jason ha tenido. Hasta donde él sabe, lo mismo me sucede a mí. Hasta hace un año, Jason había sido mi único amante. Luego se desencadenó la locura...

capítulo

capítulo doce

Cuando conocí a Quinton, asistía a la inauguración de una nueva escuela secundaria pública. Era una escuela especializada en artes escénicas, y Quinton fue el artista seleccionado por la ciudad de Atlanta para pintar un mural en la cafetería.

Quinton Matthews era reconocido en todo el mundo y, como comerciante de arte, yo estaba muy familiarizada con su talento artístico. Había visto una foto suya, pero realmente no le hacía justicia.

Cuando llegué a la inauguración, tarde, el alcalde ya había celebrado la tradicional ceremonia de cortar la cinta. Una socia del negocio, Rebeca Swanson, me había invitado y, antes de que diera diez pasos en la cafetería, salió a recibirme con una inmensa sonrisa y una copa de champaña.

Mi motivo principal para asistir era conocer a Quinton Matthews. Con tan sólo treinta años, ya era legendaria su importancia como artista contemporáneo. Yo tenía la esperanza de persuadirlo para que me permitiera reproducir algunas de sus obras y añadirlas a mi catálogo de ventas.

El mural que Quinton diseñó para la cafetería era absolutamente impresionante. Representaba a docenas de
adolescentes, de todas las etnias, dedicados a diversas actividades, entre ellas, bailar ballet, tocar instrumentos musi-
cales y representar a Shakespeare en el escenario.

Mientras caminaba a lo largo de la pared, deteniéndome a examinar cada escena, me estremecí al pensar en
la cantidad de horas que tuvo que dedicar a la creación
de esa obra maestra. También me pregunté qué tipo de
hombre tenía la visión y creatividad para comprometerse
a dicha tarea. Me recordaba mucho a Jason, y el tiempo y
esfuerzos que dedicaba a la arquitectura.

No era la primera vez que veía de cerca la obra de
Quinton Matthews. Sus creaciones estaban por toda la
ciudad. Mi favorita era una del horizonte de Atlanta en
una pared de una estación MARTA del centro. Solía ir
hasta la estación, a pocas manzanas de mi oficina, sentarme en una butaca y almorzar. El mural parecía tener
un efecto calmante para mí, y algunas veces incluso me
excitaba. No tengo ni idea de por qué, pero de alguna
forma llegué a equiparar su naturaleza creativa con el
sexo. Pero claro, en esa época yo equiparaba casi todo
con el sexo.

Tal vez por eso era fanática de él y es posible que la
curiosidad fuera la verdadera razón por la que quería conocerlo. No curiosidad por su trabajo, sino por el hombre
mismo. La curiosidad mata a casi todos los gatos, pero también hacía ronronear a la gata que tenía entre las piernas.

Cuando llegué a la sección del mural que representaba a un grupo de bailarinas con los brazos cruzados
sobre sus tutús, en puntas de pie en sus zapatillas, sentí
que alguien respiraba en mi cuello.

—¿Le gusta el mural?

Su voz era profunda y elegante. No me volví. Asumí

que era alguno de los cientos de patrocinadores que habían venido a la inauguración para ver cómo se gastaban sus generosas donaciones.

—¡No me *gusta*! ¡Me *encanta*! Quinton Matthews es un artista maravilloso, ¿no?

—Hummm, si usted lo dice.

No me gustó su tono sarcástico y rápidamente me volteé, lista para defender a mi artista favorito y confrontar al arrogante monstruo que dudaba de su don.

—Oiga, él es... —Quedé paralizada.

—¿Sí? ¿Él es qué?

Debo haber tenido la expresión más ridícula del universo en el rostro porque, cuando entendí que estaba hablando con Quinton Matthews, me avergoncé terriblemente.

—¡Señor Matthews! —Tomé su mano y comencé a sacudirla como un estudiante de Ciencia Política a quien se le presenta la oportunidad de conocer al presidente de los Estados Unidos—. ¡Es un honor conocerlo!

Dejó de apretarme la mano, pero no la soltó cuando intenté retirarla. En cambio, se la llevó a la boca y la besó.

—Un problema.

—¿Cuál?

—Aún no nos conocemos oficialmente, señorita...

—Señora. Señora Zoe Reynard —respondí, mostrándole mi anillo de matrimonio como si fuese necesario dar alguna evidencia física para mi afirmación. Realmente estaba exagerando. Estaba acostumbrada a conocer hombres, pero esta vez estaba actuando como una adolescente nerviosa.

—Caray, mi mala suerte. —Noté que seguía prendido de mi mano y la retiré, simulando necesitarla para evitar que mi bolso se deslizara de mi hombro—. Las mejores siempre están casadas.

Me sonrojé. Diablos, ¿quién no se sonrojaría con un hombre tan buen mozo lanzándole un cumplido?

Como ya dije, había visto su fotografía en el periódico, pero ¡*cielos*! Quinton medía aproximadamente cinco pies con once pulgadas, tenía ojos color esmeralda y la cabeza totalmente calva. Su piel era como la tierra de Siena, suave y perfecta, al igual que su sonrisa.

Llevaba un traje cruzado gris oscuro y una camisa blanca desabotonada apenas lo suficiente para que yo alcanzara a ver el suave vello de su pecho.

Estaba tan ocupada revisándole el trasero, que no noté cuando Rebecca se acercó a nosotros. De hecho, él también me estaba revisando y sin ningún disimulo.

—Zoe, ya me voy. Bobby tiene fiebre y me acaban de llamar de la escuela para que vaya a buscarlo.

Rebecca podría haber estado diciéndome que me acababa de ganar la lotería y tampoco me habría enterado.

—Está bien, Becca. Cuídate.

Me dio una rápida palmadita en el hombro.

—Bien, nena. Cuídate.

Comprendí que yo estaba siendo grosera.

—Espera, Becca. ¿Conoces a Quinton Matthews, el muralista?

—Sí, nos conocemos. —Se dieron la mano, pero sin el toque seductivo que yo había experimentado—. Me alegra verte, Quinton. ¡Tu nuevo mural es maravilloso!

—Gracias por el cumplido.

Mientras él le agradecía, yo intentaba echar una mirada al bulto entre sus pantalones. Pero pronto recuperé el sentido: bien sabía que no tenía nada que hacer pensando en el paquete de otro hombre.

—¡Zoe, realmente tengo que irme! —Rebecca ya estaba camino de la puerta y se estrelló con un mesero que casi deja caer toda una bandeja de bebidas cuando me gritó—: ¡Te llamo mañana!

Le dije adiós con un gesto de la mano cuando ya desaparecía de nuestra vista.

—Señor Matthews, yo también me tengo que ir. —De repente, temía incluso estar cerca de él.

—Ahh no, ¿tan pronto?

—Sí, mi marido querrá su comida a la hora de costumbre y aún tengo que detenerme en dos partes a recoger a los niños.

—Entiendo. La vida doméstica debe ser agitada. No dejes que te detenga. —Le hablaba a mis pechos, no a mí, cosa que me hizo sentir más incómoda. El vestido negro que llevaba no parecía ser tan revelador, pero él me hizo sentir como si estuviera en una esquina del distrito rojo esperando un cliente.

—Fue un placer conocerlo, y le repito que su obra me encanta.

—Gracias.

Comencé a alejarme, sintiendo su mirada en mi trasero, cuando recordé por qué había asistido al evento.

Cuando di la vuelta y regresé a su lado, soltó una risa. Tenía las palabras en los labios cuando me preguntó:

—Déjame adivinar. Me deseas, ¿verdad?

Sentí ganas de gritar "Diablos, sí" pero me controlé.

—En realidad quiero hablar con usted sobre la posibilidad de comercializar su trabajo.

—Humm, ¿en serio? —Mis pezones se endurecieron y mi sexo se humedeció—. Esta es mi tarjeta —continué, sacando una de mis tarjetas timbradas y entregándosela—. Cuando tenga tiempo en su ocupada agenda, me gustaría que me llamara para poder explicarle lo que tengo en mente.

—Bueno, yo ya sé lo que tengo en mente. —Me sonrojé nuevamente mientras él echaba una mirada a la tarjeta—. Una comerciante de arte...

—Sí. Sólo arte afroamericano.

—Interesante.

—Gracias, y espero oír de usted pronto. —Cerré mi bolso—. Aunque no hay prisa. Soy consciente de que está muy ocupado.

—¿Qué le parece mañana en la mañana? ¿A las nueve? ¿En mi estudio?

Quedé conmocionada. Los labios me temblaban y sus ojos me mantenían presa. Esculcó en su bolsillo y me entregó una de sus tarjetas. Vi la dirección de su estudio y tomé nota mental de que podría ir a pie desde mi oficina.

—Mañana a las nueve es perfecto. Gracias.

—Será un placer. —Volvió a tomar mi mano y la besó.

—Bueno, lo dejaré regresar a donde sus otros admiradores. No pretendía acaparar su atención.

—No hay problema, Zoe. Te puedo llamar así, ¿verdad?

—Por favor, Quinton. —¡Mierda, ya nos llamábamos por el nombre! Me pregunté si eso significaba que el sexo infernal estaba a la vuelta de la esquina. Salía, intentando huir de allí antes de que mi mente continuara por el sendero de perdición en el que se había adentrado, cuando me tomó por la cintura desde atrás y murmuró en mi oído:

—No puedes imaginar las cosas que quiero hacerte.

Tomó el lóbulo de mi oreja en su boca, con arete y todo, chupándolo por un segundo antes de que lograra zafarme.

Arrastré mi trasero hacia la puerta, con el rostro encendido y el corazón galopando en mi pecho; podía oír el eco de sus latidos en mis oídos. Miré su lindo trasero una última vez. Él me seguía con la mirada.

Levantó mi tarjeta de presentación hasta sus bien definidos labios, la olisqueó como si estuviera impregnada de un fino perfume, y la usó para soplarme un beso.

Soñé despierta con él todo el camino hasta la guardería de los mellizos, más preocupada por lo que tal vez no sucediera a la mañana siguiente que por lo que podría suceder.

Llegué a casa, puse en el horno un par de pollos de Cornualles, mandé a Peter a hacer tareas, puse en la videocasetera una película de dibujos animados para los mellizos, y luego me encerré en mi habitación. Me quedé tendida en la cama, fantaseando con Quinton Matthews mientras me masturbaba y rezaba por alcanzar el clímax antes de que Jason apareciera.

Me vine tres veces en veinte minutos y me habría venido tres más si Peter no hubiera golpeado en mi puerta para informarme que se le había roto la mina del lápiz y no encontraba el sacapuntas.

capítulo
trece

———

—Jason —susurré, inten-
tando despertarlo suavemente con un masaje en el hombro.

Aún medio dormido, me respondió.

—Dime, princesa.

—Necesito hablar contigo.

Abrió un ojo y se enderezó lo suficiente para echar
una mirada al reloj de mi mesa de noche.

—Zoe, son las tres de la mañana. ¿No puedes esperar?

—No, realmente no.

Era una noche de lluvia, caía una de las peores tor-
mentas de rayos de la temporada, y la estación meteo-
rológica había emitido una advertencia de riesgo de
inundaciones. Los rayos caían desde todas las direccio-
nes y parecían bailar en la alfombra. No podía quedarme
dormida. Parecía una perra en celo. Mi sexo ansiaba algo
de acción.

Jason respiró profundamente y se enderezó en su almohada.

—¿Quieres hablar? Bien, hablemos. ¿Qué sucede, princesa?

—Quiero hacer el amor.

Suspiró.

—Zoe, hicimos el amor hace menos de tres horas. Déjame dormir, por favor. —Se acostó boca abajo y con la cabeza mirando hacia el otro lado—. Tengo que madrugar mañana, amor.

Lo que debí haber hecho, en ese momento, era contar a mi marido toda la maldita verdad. Debí haberle dicho que, aunque lo amaba profundamente y me dejaría matar por él, necesitaba que fuera más abierto sexualmente y dispuesto a ensayar cosas nuevas. Debí sugerir que buscáramos ayuda. Debí contarle que había comenzado a masturbarme en la secundaria y seguía haciéndolo. Debí hablarle de todos los juguetes sexuales que tenía escondidos en la casa y la oficina. Debí exigirle que se esforzara por satisfacer mis necesidades y deseos. Debí obligarlo a escucharme en lugar de deshacerse de mí cada vez que la conversación tocaba el tema sexual. En lugar de eso, seguí allí acostada escuchando los truenos, observando la lluvia y los rayos, y rezando para no meterme en líos al día siguiente cuando me reuniera con Quinton Matthews.

Golpeé, aunque la puerta ya estaba entreabierta.

—¿Señor Matthews? —Entré a su estudio, que también hacía las veces de apartamento, a las nueve en punto. No lo veía, pero podía escucharlo moviéndose en el segundo piso—. Hola. Buenos días. ¿Llego muy temprano?

—No, muy puntual. —Apareció en la parte alta de las escaleras, vestido tan sólo con un pantalón de piyama de seda. Cuando bajó a reunirse conmigo, se limpiaba con una toalla los rastros de la crema de afeitar de su rostro—. ¿Quieres café?

—Estoy bien, gracias. Ya tengo suficiente energía nerviosa. No me conviene tomar cafeína para empeorar la situación.

—Entonces, ¿eres una conejita de Energizer?

Sonreí.

—Sí, pero rara vez me pongo algo color rosa y no tengo un tambor.

Ambos reímos y luego él me llevó hasta el sofá.

—Siéntate, Zoe.

Me senté y coloqué mi maletín en la mesa de mármol frente a mí. Me había asegurado de llevar suficiente información para tratar de convencerlo de una vez.

—Bueno, tú tal vez tengas energía natural, pero yo necesito un café. Ahora regreso.

Lo observé dirigirse a la cocina y luego eché una rápida mirada al lugar. Era formidable. Asumí que era de su propiedad porque prácticamente todas las paredes tenían un mural. Todos eran magníficos. También había un par de cajones de embalar en un rincón, cubiertos con terciopelo negro. Supuse que se usarían para que los modelos se sentaran a posar durante horas mientras él hacía sus retratos.

Noté que había un lienzo en el caballete y decidí ser indiscreta. Me acerqué, levanté el hule que lo cubría y miré. Me sorprendió descubrir que era un retrato del gobernador. El estado debió encargárselo para el edificio del capitolio estatal. Quinton lo había pintado con tal realismo que era irreal.

El estudio estaba ubicado en el último piso de la antigua bodega de un almacén por departamentos en el centro; la remodelación la había convertido en un edificio de inmensos *lofts*. En ese piso había tan sólo otro inquilino, en el extremo opuesto del vestíbulo.

—Hummm, curiosa también. Es algo que me gusta en las mujeres. —Yo no había notado que él estaba de regreso con una humeante taza de café en la mano.

—Lo siento —exclamé, cubriendo la pintura—. Supongo que me excedí. Podría haber sido un retrato de su mujer o algo así.

—Bueno, que quede en el acta: no tengo una mujer. —Comenzó a mirarme de pies a cabeza nuevamente—. Al menos, aún no.

Me volví hacia la ventana, dándole la espalda, para que no me viera sonreír de oreja a oreja.

—¡Caramba!

—¿Caramba qué?

Me acerqué más a la ventana para tener una mejor vista.

—El mural que pintó en la estación de MARTA. Está exactamente enfrente.

—Así es. De hecho, así fue como descubrí este apartamento. Mientras trabajaba en el mural estaban remodelando el edificio y, el resto puedes imaginarlo.

—Qué bien. No había caído en cuenta de que está exactamente enfrente. Suelo ir allá a almorzar, pero llego desde otra dirección.

Tomó un sorbo de su café y, para ese momento, se encontraba tan cerca de mí que pude escuchar cuando lo pasó.

—¿Vas a almorzar ahí? No sabía que hubiera un restaurante, a menos de que contemos al vendedor de perros calientes de la esquina.

Me reí y lo miré. El sol caía directamente sobre sus ojos verdes y casi me desmayo.

—¡Muy gracioso! No, no hay ningún restaurante. Es

sólo que mi oficina queda cerca y el mural me encanta, así que camino hasta acá y como el almuerzo que preparo en casa. Caminar es un buen ejercicio.

—Desde este ángulo... no necesitas ningún ejercicio.

—Bueno, dado que está de pie y no sentado, lo tomaré casi como un cumplido. —Pasé a su lado y alcancé a percibir el aroma de su loción y de los residuos del jabón que, evidentemente, había usado en la ducha pocos minutos antes de que yo llegara—. Entonces, ¿discutimos el negocio?

Me senté en el sofá, abrí mi maletín y saqué la carpeta de presentación que había preparado a las carreras esa mañana, ya que no había contado con que nos reuniéramos al día siguiente de conocernos.

—Espera. —Apoyó su mano sobre la mía y empujó la carpeta nuevamente al fondo del maletín—. Fundamentalmente, ¿quieres tomar algunas de mis obras, hacer litografías comerciales y asequibles, y luego venderlas a través de tu empresa?

—Sí, eso es exactamente lo que quiero hacer. Si me permite mostrarle algunos cálculos que hice, podemos...

—No te preocupes. Confío en ti y podemos hacerlo.

—¿Eh? —Estaba estupefacta—. ¿Está aceptando así, nada más?

—Sí. Anoche hice algunas llamadas y averigüé sobre ti. Todo está bien. Además, llevo algún tiempo pensando en hacer un negocio de ese tipo.

Yo estaba eufórica y tuve que controlarme para no comenzar a dar brincos y volteretas.

—No sé qué decir...

—Di que es un trato hecho y después revisaremos las cifras.

Estiré la mano para darle un apretón.

—¡Trato hecho! —Él, coherente con su comportamiento del día anterior, me besó la mano.

—Bueno, estoy segura de que tendrá mucho que hacer hoy, así que lo dejaré en paz. Muchas gracias por darme la oportunidad de vender su obra. —Cerré mi maletín y me puse de pie con la intención de dirigirme a la puerta. Él me siguió, me tomó de un codo y me hizo girar.

—Un momento. ¿Por qué siempre estás huyendo de mí?

—¡No estoy huyendo! ¡No sea ridículo!—¡Qué vergüenza ser tan obvia!—. Simplemente sé que tiene cosas que hacer. —Señalé el lienzo del caballete—. Como, por ejemplo, pintar al gobernador y otras cosas maravillosas.

—Eh, ¿sabes? No eres la primera persona que me propone este negocio.

Nunca lo había pensado. Un hombre con su talento debía haber recibido ofertas casi a diario. Lo miré directamente a sus sexy y fascinantes ojos y pregunté:

—Entonces, ¿por qué aceptó mi propuesta?

Comenzó a acercarse más a mí y yo retrocedí hasta que se me acabó el espacio y mi trasero se estrelló contra la puerta.

—Zoe, tengo la esperanza de que tú también hagas algo por mí.

¡Hablando de ser una ruina sexual nerviosa! No estaba segura de si debía preguntarle qué quería. Temía que su solicitud me gustara demasiado.

—¿En serio?

—Sí, en serio.

Podía sentir su aliento en mi mejilla.

—¿Y qué sería?

—Déjame pintarte.

Por un momento mi mente creyó escuchar "déjame comerte". Puras ilusiones, supongo.

—¿Pintarme?

—Sí, pintarte. —Con la mano retiró una hebra de mi traje ejecutivo negro—. Eres muy hermosa. Quiero pintarte. Sin cobrarte, claro, y quiero colgar tu retrato encima de mi cama.

Comencé a tartamudear cuando su pecho desnudo oprimió mis erectos pezones a través de la blusa.

—¿Qué... quiero decir, por qué quiere hacer eso?

Mientras haya aliento en mi cuerpo, jamás olvidaré las siguientes palabras que me dijo.

—Quiero pintarte y colgar el cuadro encima de mi cama para que, cuando estés aquí, podamos hacer el amor bajo tu esplendor y, cuando no estemos juntos, yo contemple tu belleza y me sienta satisfecho con sólo pensar en ti.

Mis labios comenzaron a temblar y la cabeza me daba vueltas. Tal vez toda la sangre de mi cuerpo descendió a mi sexo, como sucede a los hombres cuando se excitan. Al diablo si lo sé. Lo que sí sabía era que estaba a punto de sumergirme en un universo de problemas. Hasta que vi a Quinton, jamás había pensado en tener sexo con otro hombre y debí haber huido. Para empezar, nunca debí haber ido allí, pero allí estaba, él era real y el deseo de estar con él era abrumador.

Cuando me besó, intenté empujarlo. Cierto, intenté empujarlo con muy poco esfuerzo. Su beso fue suave y profundo al mismo tiempo. Me recordó la forma en que Jason solía besarme mucho tiempo antes, cuando comenzamos a salir. Se agachó, me alzó y apoyó mi espalda contra la puerta. Yo pasé mis piernas alrededor de su espalda. ¡Mi sexo estaba muy húmedo!

Nuestros besos se hicieron más profundos y yo debí haberlo detenido. Mirando atrás, comprendo la cantidad de cosas que debí haber hecho de otra manera. Estoy tan avergonzada por lo que sucedió a continuación.

Me cargó hasta el sofá, me acostó y recorrió mi cuerpo con su boca, deteniéndose para mordisquear suavemente mis pezones. Haló de ellos, uno a la vez, con sus dientes, y pude ver mis pechos hincharse bajo la blusa de seda a medida que él movía su cabeza de uno a otro.

Me senté e intenté apoyar los pies en el piso para levantarme.

—¡Esto no puede ser! ¡Estoy casada!

—Pero no eres feliz. Si lo fueras, no me habrías besado.

—Sí estoy felizmente casada y tengo que irme. Esto no es correcto.

—Nunca, nada me había parecido tan correcto. Tú y yo lo sabemos. Me deseas tanto como yo a ti. —Comenzó a frotar mis muslos y a deshacer los lazos de mis medias de seda—. Tan sólo recuéstate y relájate, nena. Nunca te haría daño.

¡Eso fue! En ese momento entendí que estaba peleando una causa perdida. Mi mente decía que no, pero mi cuerpo decía que sí... y ganó. Levanté las caderas para que él pudiera quitarme los pantis negros de encaje. Mi último intento por rescatar mi historial de fidelidad matrimonial fue un susurro:

—Por favor. —Luego sepulté la cabeza en uno de los cojines de su sofá, ahogando mis gemidos mientras mi pucha era comida a mordiscos por primera vez en mi vida.

capítulo
catorce

¡Qué vergüenza haberlo hecho! Permití que ese hombre se deleitara conmigo durante más de una hora y, desafortunadamente, gocé cada minuto de ella. Había leído mucho sobre el *cunnilingus*, pero obviamente Jason no hacía más que ir al centro y mirar vitrinas. Nunca compró nada.

Nunca había imaginado que fuera posible venirme tantas veces como ese día. Perdí la cuenta después de veinte. Cada vez que intentaba alejarme, él me volvía a acostar a su lado, susurrando cosas como "¡dame mi chocha!" y "¡diablos, sabes delicioso!".

También me metió los dedos y extrajo parte de mis jugos para chuparlos. Eso me asustó terriblemente. Cuando finalmente se enderezó a respirar y comenzó a quitarse los pantalones de seda, di un brinco. Lo miré cuidadosamente. Su cara, pecho y manos estaban untadas de mi esencia.

Comencé a recoger mis cosas y eché mis pantis y medias en un bolsillo de mi bolso.

—¡Realmente tengo que irme!

—¿Antes de probarme nena? —Levanté la mirada del

sofá y su pene quedó en mi rostro. ¡Estaba tan nerviosa! ¡Dios sabe que jamás había mamado un pene!

Me deslicé por el sofá hasta un extremo en el que podría ponerme de pie.

—¡No puedo hacerlo! ¡Lo siento! ¡Soy una mujer casada y amo a mi marido! ¡Lo que acabamos de hacer está mal! ¡Muy mal!

Me siguió hasta la puerta. Al caminar, podía sentir la sustancia pegajosa entre mis piernas.

—Puede que esté mal, pero ambos queríamos hacerlo.

No iba a intentar negarlo. Yo sí había querido que él me devorara, así que no tenía sentido contradecirlo. Miré a Quinton directamente a los ojos y lo admití:

—Sí, yo lo quería así pero jamás debe repetirse.

Abrí la puerta y salí al vestíbulo, finalmente sintiéndome a salvo de hacer algo más con él. Seguía con los pantalones abajo y ni siquiera noté su miembro rebotando de lado a lado hasta que se cubrió con el pantalón.

—Entonces, ¿cuándo te volveré a ver? Para hablar de negocios, claro.

—¡Claro, negocios!

Presioné el botón del ascensor, que era de esos de servicio que se ven en todas las bodegas, con la puerta de halar. Cuando llegó al piso, él se lanzó a levantar la puerta.

—Déjame hacerlo.

—Gracias. Estaré en contacto.

Me subí y él bajó la puerta mientras yo oprimía el botón del nivel del garaje. Cuando estaba desapareciendo de mi vista, lo escuché gritar:

—No dudo de que lo harás.

Conduciendo hasta mi edificio, comencé a sudar frío. Estacioné el auto y subí a la oficina, pedí a mi secretaria, Shane, que no me pasara llamadas y me encerré en mi santuario privado. Después de cerrar la puerta, halé la cadena para cerrar las persianas verticales. Aunque me encontraba en un décimo piso, nunca se sabe quién puede estar observándote.

Tomé de mi escritorio una de las figuras de madera que un colega marchante me había enviado desde África. Era una pequeña cabeza sobre una base de madera; representaba a un miembro de una tribu africana.

La cabeza era redondeada, como un vibrador, y no dudé en apoyar una pierna en el escritorio y metérmela en la chocha. La fría y dura madera se sentía extraña en mi interior, pero pensé que comérmela era mejor que tirar con Quinton y, Dios sabe, en ese momento moría de deseo.

Después de venirme en la silla del escritorio, me senté a pensar en la forma en que él me había devorado y lo mucho que lo disfruté. Si tan sólo Jason fuera más receptivo a experimentar con el sexo, nuestra vida amorosa habría sido mucho mejor.

Eran más de las diez cuando finalmente Jason y yo acabamos de bañar a los niños y de meterlos en la cama. Cuando subí, tras revisar que la estufa estuviera apagada y las puertas cerradas con seguro, él estaba acostado en nuestra inmensa cama tipo trineo viendo las noticias.

Por atractivo que fuera Quinton, no podía competir con mi esposo. Para mí, Jason siempre ha sido y será el hombre más atractivo del mundo. Tenía puestos los pantalones blancos de algodón de la piyama y, como siempre, había dejado para mí la camisa compañera en la cama. Era algo que hacíamos con frecuencia, dividir una piyama. Tomé la camisa de la cama y me dirigí al baño.

—Amor, estoy a punto de tomar una ducha, ¿quieres acompañarme?

Yo sabía la respuesta sin necesidad de escucharla.

—No, nena. Ve tú. Voy a ver el resto de las noticias.

Jason nunca había querido bañarse conmigo. Parecía que cualquier cosa que nos acercara físicamente era tabú para él. Me metí en la ducha. El agua caliente se sentía deliciosa en mi piel. Pensé en Quinton, en las cosas que me había dicho y hecho. Comprendí que tenía que evitar verlo, sin importar cómo, incluso si eso significaba olvidarme del negocio. No podría evitar lo que sucedería entre nosotros y no podía permitir que sucediera.

Mientras me secaba, miré el gigantesco espejo que había sobre los lavamanos. Mi cuerpo había cambiado mucho con los años, pero mis pechos seguían erectos y firmes, y mi trasero era bonito y redondeado. Mi piel no tenía defectos, lo cual depende más de la genética que de cualquier otra cosa. Muchas veces había pensado que nuestros problemas sexuales eran culpa mía. Que no lo atraía suficiente. Decidí descubrir la verdad esa misma noche.

—Jason, mírame.

Me ignoró y optó por mirar la sección de deportes del noticiero. Me paré frente a la televisión y la apagué.

—Zoe, ¿por qué hiciste eso?

—Porque quiero que me mires. —Tenía las nalgas al aire.

Se sentó en la cama y me miró.

—Bien, te estoy mirando. Debes ponerte algo de ropa porque te vas a resfriar. ¿Recuerdas lo enferma que estuviste el año pasado después de nuestro viaje de esquí?

—No, quiero decir que me mires de verdad. Después de todos los años que llevamos juntos, sigues sin sentirte cómodo ante mi cuerpo desnudo, ¿no?

—¡No seas absurda! —Jason realmente me miró entonces, recorriendo mi cuerpo con sus ojos tal como lo había hecho Quinton en la cafetería escolar—. Eres muy hermosa Zoe, pero eso ya lo sabes. Por eso me casé contigo.

Me acerqué a la cama, lo obligué a acostarse y me senté encima de él.

—Ahhh, entonces te casaste conmigo por mi figura... ¡Qué vergüenza! Todo este tiempo había pensado que te habías casado conmigo porque admirabas la forma en que te zurré el día en que nos conocimos.

Ambos reímos y él me hizo cosquillas. Me moría de risa porque nos encontrábamos forcejeando en la cama como si hubiéramos regresado a la infancia.

—Me parece haberte dicho que nunca me recuerdes ese día. Además, eras más alta que yo.

Reí tanto que acabé llorando.

—Cuando estén mayores, tenemos que contar a los niños todo sobre el día en que te di la paliza.

Él rió y se montó encima de mí, aprisionando mis manos con las suyas.

—¡Joder, Zoe!

Dejé de reír y miré directamente a sus hermosos ojos almendrados.

—Jason, eso es exactamente lo que quiero hacer. ¡Jódeme!

La sola mención del sexo lo hizo encerrarse inmediatamente en su caparazón. Pasó la pierna sobre mí, acomodó una almohada y se recostó. Luego tomó el control remoto y se concentró nuevamente en las noticias.

—Jason —susurré en su oído, recostándome en la almohada a su lado—. Estaba pensando que tal vez podríamos, tal vez y sólo si tú lo quieres... —Estaba tan nerviosa que a duras penas lograba pronunciar las palabras—. Podríamos ensayar el sexo oral.

—¡Zoe, eso es asqueroso! Te he dicho cincuenta millones de veces lo que pienso sobre eso.

—¿Cómo puedes saber que es asqueroso si no ensayas?—Deshice el nudo de los pantalones de su piyama y quedé gratamente sorprendida cuando no me impidió sacar su pene.

Me deslicé hacia abajo y froté su erección con una mano. Estuve allí recostada unos minutos, con la cabeza apoyada en su muslo, disfrutando de lo que veía... las venas inflamadas y las pulsaciones en mi mano. Jason nunca antes me había permitido jugar así con él y yo me entusiasmé pensando que todos nuestros problemas sexuales estaban a punto de ser cosa del pasado. Me convencí de que él finalmente estaba listo para explorar nuevos horizontes, ser más creativo en la cama, darme todo lo que yo había soñado.

Jason me sacó del error cuando intenté meter su pene en mi boca. Retiró mi mano con violencia y se subió los pantalones.

—Zoe, ¿qué te acabo de decir? ¡No quiero hacer eso! ¡Ni ahora ni nunca!

—Pero, Jason, te deseo tanto. ¿Por qué no puedo hacerlo?—Estaba destrozada.

—¡Ya sé qué está sucediendo! —exclamó, levantando su dedo hasta mis narices—. Brina y el resto de tus libertinas amiguitas han estado contándote sus despreciables aventuras sexuales. No debes seguir metiéndote con esas zorras.

—¿*Zorras*?

—¡Sí, zorras! ¿Tartamudeé o algo?

Me costaba creer que acababa de intentar mamarle el pene a mi marido e iba a terminar teniendo una gran pelea.

—Primero que todo, esto no tiene nada que ver con Brina o con ninguna otra. Esto tiene que ver con nosotros dos.

—¡Lo que sea! —Apagó la televisión y la lámpara de la mesa de noche, y me volteó la espalda—. Me voy a dormir.

—¿Jason?

—Zoe, creo que será mejor dejar ese tema en paz. No quiero pelear contigo.

—Yo tampoco quiero pelear. Te amo —dije, acariciando su espalda, pero él se alejó de mí.

—Es simplemente que algunas veces suenas como una perfecta puta y tú no eres una puta. Eres una mujer casada, con hijos y responsabilidades. Todas tus amigas se pasan la vida andando por ahí y viendo a cuántos hombres logran meter a la cama.

—Eso no es cierto.

—Como sea. Duérmete.

No dije una palabra más. Él se quedó dormido a los pocos minutos y yo me levanté y fui a la cocina a prepararme un té de mora. Sentada allí, en nuestro porche protegido por malla, tomando mi té y escuchando los pájaros y otros animales que se movían en los árboles, enfurecí. Estaba furiosa con Jason a causa de su falta de afecto. Sabía que me amaba, pero siempre se resentía y encolerizaba cuando yo tocaba el tema de nuestra vida sexual o falta de ella.

Me sentía frustrada por aceptar las limitaciones que me imponía y no exigir más. Había intentado hablar con él muchísimas veces, pero él siempre terminaba diciendo que me estaba comportando como una puta. Luego se me ocurrió... ¿por qué no convertirme en puta? ¿Por qué mi vida sexual no podía ser tan emocionante como la de Brina y nuestras amigas? En eso, al menos, Jason tenía razón: yo me enteraba de todas sus aventuras sexuales y eso me producía envidia. Estaba harta de oír hablar sobre las maravillas del sexo. Quería *experimentarlas* yo misma.

Regresé a la cama y observé a Jason en la oscuridad. Luego levanté la mirada a las estrellas, preguntándome por qué las cosas eran así. Antes de caer profundamente dormida, ya estaba decidida. Si Jason no me daba el amor y el afecto que yo necesitaba, lo buscaría en los brazos de otro hombre. Lo encontraría en los brazos de Quinton Matthews.

A pesar de todas las boberías que me dije esa noche sobre enredarme con Quinton, perdí el valor. No lo llamé ni me acerqué a él de ninguna manera en dos semanas. Amaba a mi marido y traicionarlo no iba a ser emocionalmente tan fácil como había pensado.

Contemplé la idea de pedir a Jason que me acompañara a donde un consejero matrimonial, pero bien sabía que se pondría furioso. Me concentré aún más en mi trabajo y comencé a pasar más horas en la oficina. Jason se quejó porque con frecuencia tenía que cambiar sus planes por culpa mía, así que hice lo que la mayoría de las mujeres hacen en medio de una crisis: llamé a mi mamá.

Sin mucho esfuerzo, logré que mi madre aceptara encargarse de sus nietos tres tardes a la semana, para que su bebé pudiera dedicarse a su carrera profesional. Ella siempre se había quejado de que no veía a Peter y los mellizos con frecuencia, y creo que la presencia de Aubrey en la casa estaba comenzando a ponerla nerviosa.

Así que nos pusimos de acuerdo y eso me dio un merecido descanso de las carreras diarias para preparar la cena, ayudar con las tareas, intervenir en las peleas entre hermanos, etc.

Una de las noches en que trabajaba hasta tarde en la oficina, decidí renunciar a mis votos matrimoniales e ir a ver a Quinton Matthews. Había sido un día muy difícil y, cuando llamé a Jason para buscar consuelo en sus palabras, me dijo que estaba ocupado, que me llamaría más tarde y colgó sin siquiera despedirse.

Decidí salir a caminar y tomar aire fresco para aclarar la mente... terminé en la estación MARTA frente a mi mural favorito. Me senté en una banca pensando en lo cerca que estaba Quinton. Su apartamento estaba justo al otro lado de la calle. Levanté la mirada y vi que las luces del apartamento estaban encendidas. Imaginé el mejor y el peor escenario en mi mente y, a decir verdad, ninguno de ellos me hizo sentir cómoda. Finalmente, resolví que quería saber lo que era el sexo verdadero... al menos una vez.

Cuando descendí del ascensor en su piso, noté a una mujer joven que llevaba la basura al vertedero. Era obvio que era la otra inquilina del piso y su puerta estaba abierta. Golpeé en la puerta de Quinton y no hubo respuesta, así que golpeé más duro.

—¿Buscas a Quinton?

—Sí. ¿Está en casa?

Se acercó a mí dando saltos por el vestíbulo y noté que llevaba mallas de baile. Notó mi mirada.

—Oh, perdone mi vestimenta. Soy bailarina profesional.

—¡Eso es maravilloso!

—Sí. Mis padres me compraron este *loft* para que tuviera mucho espacio para practicar. Aunque creo que también querían deshacerse de mí, a decir verdad. —Sonrió y le devolví la sonrisa, sin perder la esperanza de que no se dedicara a contarme toda su vida.

—¿Quinton está en casa? —repetí.

—Nop, lo vi salir hace como diez minutos.

—Ahh, bueno. ¡Gracias!

Me volví para subir al ascensor.

—Oye, iba al teatro de la calle Spring a ver la nueva película de Denzel. Si te apuras, puedes llegar antes de que comience.

—No, no lo creo. Lo buscaré en otro momento.

—Tú decides, pero fue solo y estoy segura de que le agradaría la compañía de una mujer hermosa.

Me sonrojé, preguntándome por qué esta chica me estaría diciendo todas esas cosas.

—Gracias por el consejo.

—Con mucho gusto, Zoe.

Me volví hacia ella.

—¿Cómo sabes mi nombre?

—Quinton y yo somos muy buenos amigos y solamente diré que te ha mencionado... —dijo riendo— en *numerosas* ocasiones. No ha perdido la esperanza de que vuelvas por acá.

Me sentí muy halagada y estoy segura de que se me notó.

—¿En serio?

—Sí, y debo decirte que te describió en detalle. Eres muy bella.

—¡Gracias! —El ascensor finalmente llegó y yo abrí la puerta—. ¡Buenas noches!

—Buenas noches, Zoe. Ahh, yo soy Diamond.

—Fue un placer conocerte, Diamond. —Subí al ascensor y bajé la puerta.

Presioné el botón del garaje y el ascensor comenzó a descender.

—Y Zoe, si alguna vez quieres tener una aventura con otra mujer, ¡me encantará enloquecerte de placer!

No podía creer lo que acababa de escuchar. Mi mente se llenó de ideas. ¿Quinton tenía sexo con ella o eran simplemente amigos? ¿Le habría contado cómo devoró mi sexo? ¿Estaría metiéndome en un embrollo que no podría controlar?

No tenía respuesta a mis preguntas pero, a pesar de ello, menos de cinco minutos después me encontraba estacionando frente al teatro. Antes de entrar, pensé que pretendería que el encuentro era casualidad, pero sabía que eso no funcionaría ya que era obvio que Quinton y Diamond se contaban todo. Así que compré mi boleto, entré al oscuro teatro y ni siquiera intenté disimular que lo estaba buscando. Pasé de pasillo en pasillo susurrando su nombre hasta que lo escuché:

—¡Zoe, acá!

Estaba sentado en el extremo de un pasillo, al lado de la pared. El teatro no estaba lleno; habría unas treinta personas repartidas en el espacio.

—Humm, ¿y qué te trae por aquí?

—Buena pregunta. —No podía decirle la verdad. No podía decirle que había venido por su verga—. Diamond me dijo dónde encontrarte y decidí acompañarte. ¿Algún problema?

—No, cielos, no. Me alegra verte. Me angustiaba pensar que no volvería a verte. —Me tomó la mano, se la llevó a los labios y la besó.

Durante la siguiente hora más o menos, estuvimos allí sentados viendo *El juego sagrado*. Estábamos tomados de la mano y yo temblaba como una hoja. Quinton me dijo que iba por unos nachos y algo de tomar; me preguntó si quería algo. Le dije que tomaría un refresco.

—Bien, ya regreso.

Estaba desesperadamente cachonda y, tan pronto él desapareció por el pasillo, comencé a acariciarme los senos por encima de la blusa. Ya entonces sabía que algo en mí no estaba bien. Pensar en sexo veinticuatro horas al día, siete días a la semana y acariciarme a mí misma día y noche tenían que ser síntomas... síntomas de algo que no estaba dispuesta a reconocer.

Quinton regresó con los nachos y las bebidas. Apoyé mis manos en el regazo, pretendiendo ser la Señora Inocente. Pero, cuando él se sentó nuevamente a mi lado, algo estalló.

Me incliné y comencé a frotar su pene por encima de los jeans... era evidente que le gustaba.

—Bueno, bueno. A eso es a lo que me refería. ¿Quieres que lo saque?

—Sí, sácalo —respondí inmediatamente.

Bajó la cremallera de los jeans y lo sacó. Ya duro.

—Ahora que Timex ha salido a jugar, ¿qué harás con él?

—Mmmm, ¿Timex?

—Sí, le dan una paliza y sigue andando. —Ambos soltamos una carcajada y casi me atoro con el sorbo de refresco que acababa de chupar por entre el pitillo.

—Bueno, déjame pensar. ¿Qué debo hacer con él? —Estaba hecha un manojo de nervios, pero no me iba a retractar.

Dejé mi refresco en el piso, tomé la taza de salsa de queso derretido que venía con los nachos y vacié la mitad del contenido en su pene. Él se estremeció.

—¡Ohhh, qué pena, déjame arreglar eso!

Me incliné y comencé a lamer el queso. Luego me puse de pie y me situé entre sus piernas, arrodillada en el piso. Empecé a chupársela como si fuera una profesional. Cualquiera pensaría que tenía años de experiencia, pero era la primera vez que lo hacía. No habían sido en vano todas mis lecturas; Quinton gemía como loco y se aferraba a los brazos de su silla como si le fuera la vida en ello.

Le mamé la cabeza primero y quedé enviciada por el sabor de los jugos masculinos en el instante en que sus primeras emanaciones llegaron al fondo de mi garganta. De ahí en adelante, el desastre era inevitable. Lo metí completo en mi boca y me fascinó. Unas cuantas veces estuve a punto de atragantarme, pero cogí el ritmo, le chupé la vara y acaricié sus huevos hasta que se vino en mi boca. Comenzó a temblar y moverse como si sufriera un ataque. Yo me rehusaba a sacarme su miembro de la boca, incluso cuando se ablandó. Quería más.

Me quedé de rodillas unos minutos, lamiendo y chupando suavemente sus testículos, antes de ponerme de pie y anunciar:

—Tengo que irme.

—¿Qué dices? ¿Qué diablos estás pensando?

—Tengo que llegar a casa. Disfruta el resto de la película. —Recogí mi abrigo y el bolso.

Comenzó a subir el tono.

—¡Estás loca! ¡Siempre huyendo! ¿Crees que puedes sencillamente entrar acá, mamármela y largarte?

—¡Shhhh! Baja la voz. Sí, eso es exactamente lo que voy a hacer. Irme.

—Olvida la película. Vamos a mi apartamento. Quiero estar contigo. —Comenzó a manosear mis muslos intentando meter la mano entre mis piernas, pero no se lo permití.

—Quinton, tengo que irme. Esto fue real y gracias por el... hummm como quieras llamarlo.

Permaneció allí sentado, meneando la cabeza mientras yo me alejaba. Me volví en su dirección.

—Además, te la debía por la vez pasada. Una buena mamada se merece otra igual.

Cuando llegué al auto y lo encendí, Quinton me sorprendió al impedirme cerrar la puerta del conductor.

—Zoe, no puedes dejarme así —me dijo seductoramente, cosa que me derritió las rodillas a pesar de estar sentada—. Vamos a mi apartamento y hablemos. Sólo hablemos.

—No puedo Quinton. De verdad tengo que llegar a casa. Se está haciendo tarde. —Estaba resuelta a no ceder hasta que él empezó a pasar sus dedos por mi cabello... y perdí la batalla.

—Ven conmigo —me sugirió—. Quiero mostrarte algo especial.

—Algo especial, ¿como qué? —pregunté, llena de curiosidad.

—Algo que estoy seguro de que te va a gustar. —Él sabía que yo estaba a punto de ceder y se estiró para apagar el motor y sacar las llaves. Me tomó de la mano y me sacó del auto—. Pero hay una pequeña condición.

Alcé las cejas, interrogándolo.

—Deja que te vende los ojos.

El sentido común debería haberme obligado a ir a casa, pero no lo hice. Lo seguí hasta su auto, me subí y esperé pacientemente mientras buscaba algo con qué cubrirme los ojos.

—¿Puedo quitarme la venda ya, *por favor*? —Quinton había detenido el auto y dio la vuelta para abrirme la puerta. Pude sentir el frío aire nocturno en contraste con el cálido ambiente del interior del auto.

—Aún no —respondió—. Dame la mano.

Le di la mano y él me ayudó a salir del auto. Lo primero que entendí es que el piso era de gravilla. Ahora sabía qué era el ruido que había escuchado unos segundos antes de que el auto se detuviera.

—Quinton, ¿dónde estamos?

—Paciencia, querida. —Me guió de la mano y me empujó hasta quedar sentada en el capó del auto. Sentí el calor del motor en mi trasero—. Quiero asegurarme de que tu primera mirada sea perfecta.

—¿Mi primera mirada a qué? —Me estaba poniendo nerviosa. Ni idea por qué. Después de todo, acababa de encerarle el pene en un teatro. Así que esa era una cosa que seguramente él no pensaba mostrarme ahora... yo ya le había echado una mirada a ese muchacho—. ¡Eh!, ¡quítame la venda por favor!

—Un segundo más. —Lo escuché caminar y luego sentí que la puerta del conductor se abría. Un minuto después se oyó la voz de Marvin Gaye y *Got to Give It Up* tronando por los parlantes del auto. Segundos después, Quinton me besó suavemente en la nuca y se sentó a mi lado en el capó—. Cuando era niño solía escuchar esta canción todo el tiempo; tenía once años exactamente. Traía una pequeña grabadora y la repetía una y otra vez mientras trabajaba.

—¿Trabajar? —No entendía—. ¿Tenías un trabajo a los once años?

—Más o menos —respondió mientras desamarraba la venda y la dejaba caer en mi regazo—. Trabajaba en esto.

Quedé boquiabierta ante la visión que tenía frente a mí. Estábamos al lado de la ferrovía, en SWATS, al lado de una bodega deteriorada y abandonada. Las luces del auto de Quinton estaban encendidas e iluminaban el mural más maravilloso que yo hubiera visto. Me cubrí la boca para evitar que se me saliera la lengua mientras me bajaba del capó para observarlo más de cerca.

—¡Oh, madre mía, Quinton! ¿Hiciste esto cuando tenías once años?

—Lo comencé a los once —contestó—. Pero me tomó casi cinco años terminarlo. Fue el primer mural que pinté *y* el más especial.

El mural representaba a una familia afroamericana sentada alrededor de una gigantesca mesa de madera, cenando: había de todo, desde un inmenso y jugoso pavo, hasta mazorcas y repollos. En el fondo ardía una gran fogata que iluminaba a un gato y a un perro que jugaban con una madeja de lana roja. Los rasgos de las personas eran tan intensos, tan descriptivos... hasta las arrugas en la frente de la madre. Había cinco personas en la pintura: un hombre, una mujer y tres niños preciosos. El más joven de los niños se parecía muchísimo a Quinton, sin duda era él mismo.

—Quinton, ¿es tu familia?

—No, a mi familia se la llevó el diablo. —Me volteé sorprendida por una respuesta tan negativa. El dolor era evidente en su rostro—. Mi padre abandonó a mamá por una mujer blanca cuando yo tenía cinco años. Mi madre nunca lo superó. Cuando yo tenía nueve años, ella se suicidó. Se cortó las venas en el fregadero mientras lavaba la vajilla. Supongo que sencillamente resolvió que ya había soportado suficiente mierda de todo el mundo.

Corrí hasta él y lo abracé, dejando que su cabeza reposara en mi hombro.

—Lamento mucho oír eso.

Lo besé en la frente y él se retiró.

—¿Por qué lo lamentas? No tuviste nada que ver con ello.

Me inundó un sentimiento de inquietud. Había rabia en su voz, una rabia que rayaba en el odio. Comencé a preguntarme qué diablos hacía yo ahí. Debería estar en casa con mi esposo e hijos, donde pertenecía.

—¿Por qué me trajiste acá, Quinton?

—Porque quería que lo vieras —respondió en voz baja y ronca—. No se lo he mostrado nunca a nadie. Jamás.

—Es hermosísimo —afirmé con cautela—. ¿Quiénes son las personas?

—Son la familia que me habría gustado tener. Son la familia que debí haber tenido. En lugar de eso, mi hermano mayor, mi hermana y yo terminamos viviendo con la abuela. Ella hizo lo que pudo, pero estaba deshecha después del suicidio de mi madre. Creo que cada vez que nos miraba, pensaba en sus propios fracasos. Siempre se culpó a sí misma por lo de mamá, pero eso no fue culpa de ella. Fue culpa del hijueputa que tuve por padre. —Caminó hasta la pared y acarició suavemente los ojos de su madre—. ¿Sabes? El muy bastardo ni siquiera tuvo la decencia de asistir a su funeral. ¡Estaba en Hawái con esa puta blanca, asoleándose en la maldita playa!

—¡Lo siento, Quinton!

—¡Mierda, deja de repetir que lo sientes! —me gritó. Comencé a temblar de miedo y él debió notarlo porque se acercó y pasó sus brazos en torno a mi cintura—. No quise herirte.

—Estoy bien —respondí con vacilación—. Sencillamente no se me ocurre nada más para decir.

Me miró profundamente a los ojos.

—Entonces no hables más.

El beso comenzó y, hasta el día de hoy, sigo sin saber de dónde surgió la pasión en mis labios. Tan sólo sé que estaba allí y fue trascendental. Sin saber cuándo sucedió, ambos estábamos desnudos, haciendo el amor sobre el capó de su auto. No dijimos una palabra más. Todo el tiempo mantuve la mirada en los ojos de la mujer del mural, preguntándome cuánto dolor debió sufrir para llegar a suicidarse de esa manera.

Quinton y yo nos vinimos al tiempo. Luché para respirar porque nunca antes había tenido un orgasmo como ese, ni siquiera cuando me masturbaba y, créeme, eso era algo que hacía a la perfección.

Finalmente, Quinton rompió el silencio.

—Zoe, sé que esto está mal —susurró, chupando suavemente mi pezón izquierdo—. No debería sentir esto por la mujer de otro hombre, pero no puedo evitarlo. —En ese punto, yo no sabía lo que estaba sintiendo, así que permanecí en silencio—. Tan sólo quiero que sepas que no tengo grandes expectativas. Solamente quiero estar contigo cuando y donde pueda.

Pensé en Jason. Lo imaginé sentado en casa en su estudio, esperándome pacientemente. Imaginé a mis hijos arropados en sus camas, soñando con mundos lejanos, princesas y hadas. Me senté abruptamente y empecé a buscar mis ropas para vestirme.

—Quinton, en este momento no sé qué decir. Algo especial acaba de suceder entre nosotros. Lo entiendo y quiero que sepas que es la primera vez que soy infiel a mi marido.

Pasó sus dedos por mi cabello.

—Lo sé. —Comenzó a chuparme el lóbulo de la oreja y mi cuerpo ansió entregarse nuevamente a su deseo—. Sé que esto es complicado, pero de alguna manera lograremos que funcione.

Me perdí en sus ojos y podría jurar que mi corazón dejó de latir por un segundo.

—¿Podemos regresar ya al teatro a recoger mi auto? ¿Por favor?

—Claro que sí. —Se vistió y regresamos en silencio hasta el teatro. Rebobinó la cinta de Marvin Gaye y cantó en voz tan baja que casi no lo escuché.

Cuando entrábamos al estacionamiento, le pregunté:

—Quinton, ¿qué sucedió con tus hermanos?

—Realmente preferiría no hablar de eso ahora —respondió, tomando mi mano y besando mis dedos uno a uno—. Hablaremos de eso en otra ocasión.

Dejé el tema. Me acompañó hasta el auto y me hizo prometerle que me pondría en contacto pronto. Prometí de mala gana. Lo que debí haber hecho es decirle que se mantuviera lejos de mí. Que yo no le servía. Que no funcionaría.

Cuando llegué a casa, todos estaban dormidos. Tomé una ducha para lavarme los pecados y me reuní con Jason en la cama. Él pasó su brazo y una pierna por encima de mí y susurró "Te amo" en mi oído, medio dormido. Le di la espalda y pasé el resto de la noche despierta, dejando que las lágrimas rodaran por mis mejillas hasta la almohada.

capítulo
quince

Desde entonces, Quinton y yo comenzamos a vernos con regularidad y, aunque me sentía culpable, no podía evitarlo. Era demasiado delicioso. Me mantuve alejada de él por unos tres días después del episodio del teatro y el patio de trenes, y luego decidí ir a visitarlo. Debo admitir que yo sabía que, si iba a visitarlo, terminaríamos teniendo sexo. Eso era exactamente lo que yo quería y eso fue exactamente lo que logré.

Anochecía cuando me presenté en su apartamento. Abrió la puerta llevando un delantal y sentí el aroma de su cocina desde que bajé del ascensor.

—¡Zoe, qué maravillosa sorpresa! ¡Entra! —Se hizo a un lado para que yo entrara.

—¿No interrumpo nada?

—No, nada. De hecho, llegas en el momento perfecto. Ahora no tendré que comer solo.

—Bueno, no tengo mucha hambre, pero me sentaría bien una copa de vino, si tienes.

—¡Claro que sí! Siéntate, ya regreso.

Entró a la cocina y regresó un momento después con una botella de vino tinto y dos copas. Sirvió una copa y se acercó al sofá para entregármela.

—Zoe, quítate los zapatos. Ponte cómoda.

—Gracias, lo haré. —Me saqué los zapatos negros de tacón alto y me recosté en el sofá a disfrutar del vino—. Y, ¿qué estás cocinando?

—Decidí ensayar una receta de *lasagna* que vi en un programa por cable hace un rato.

Reí.

—¿Ves programas de cocina? Guau, estás lleno de sorpresas.

—Sí, los veo —respondió, repasándome con sus ojos una vez más y, por primera vez, no me sentí nada incómoda. Tras mamar a Timex todo untado de queso, entre otras cosas, la timidez había dejado de ser opción—. Espérame mientras la saco del horno y podremos hablar.

—¡Está bien!

Una vez más, decidí ser indiscreta y volví a echar una mirada a su caballete. Había reemplazado el retrato del gobernador con el retrato de una bella mujer afroamericana. Sentí celos.

—Es la esposa de un amigo. Me pidió que le hiciera un retrato como regalo de aniversario para él.

—Qué chévere.

Quinton pasó por detrás de mí y volvió a cubrir el retrato con el hule.

—No te preocupes, nena. Esta verga es sólo tuya.

—Humm, ¿en serio?

Comenzó a soplar en mi oído.

—Definitivamente.

Me tomó de la mano y me guió hacia las escaleras.

—¿Qué diablos crees que estás haciendo?

—Llevándote a mi cama. ¿Algún problema?

—De hecho, sí. Estás loco si asumes que vine a tirar contigo. —Retiré mi mano y él se acercó, presionando su pecho contra el mío y tomándome por la cintura.

—A eso viniste, ¿o no?

—¡Diablos, no! Lamento herir tu ego masculino pero vine a hablar de negocios. —Ambos sabíamos que estaba mintiendo.

—Claro, Zoe.

—Humm, bueno, como sea. Debo irme porque comienzas a delirar. —Me dirigí al lugar en donde había dejado los zapatos pero él me levantó y me echó sobre su hombro izquierdo. Mi trasero le quedó en la cara—. ¿Qué mierda es esta?

Me cargó escaleras arriba, me dejó caer sobre su cama de agua y comenzó a desnudarme.

—Escúchame, Quinton. ¡*De verdad*, no vine a esto!

—Entonces, mírame a los ojos, Zoe, y dime que no me deseas. —Nos miramos fijamente y quise decirle que no lo deseaba, pero las palabras se rehusaban a salir—. Suficiente. La otra noche ya pasamos la línea, Zoe. Ya no hay vuelta atrás. Tenemos que escuchar a nuestros corazones.

Quinton me desnudó y luego se quitó toda la ropa. La señal de neón del hotel de enfrente titilaba ininterrumpidamente y rayos rojos contorneaban su cuerpo erguido a los pies de la cama. Me abrió las piernas con las manos y ya no pronunciamos una palabra más. Tan sólo tiramos.

Volvió a devorar mi sexo y luego se puso de pie al borde de la cama. Imaginé que era una invitación a mamarlo y lo hice con deleite. Cuando se vino en mi boca, sentí que llegaba al cielo y probablemente gemí aún más que él. Me penetró y, tras veinte minutos, yo estaba al borde de la locura. Comencé a pensar que mi falta de experiencia era evidente, especialmente cuando él giró y yo quedé encima, paralizada. No tenía ni idea de cómo cabalgar su pene. Tan sólo conocía la posición del misionero.

Lo intenté. Él me ayudó guiando mis caderas arriba y abajo hasta que cogí el ritmo. Recordé que había leído en alguna parte que debía tensar los músculos cuando estuviera encima y así lo hice. Él comenzó a gemir fuertemente mientras yo contraía los músculos de mi sexo en torno a su miembro. Me sentía muy orgullosa de mí misma. Puede sonar idiota, pero después de vivir reprimida sexualmente durante tanto tiempo, tirar de esta manera dos veces en una semana era una de las cosas más estimulantes que me habían sucedido en la vida.

Los siguientes seis meses estuvieron llenos de confusión, culpa y una recién descubierta libertad sexual. Quinton me llevó a alturas que yo jamás había experimentado físicamente y, debo confesar, me volví ninfómana. Los días no tenían suficientes horas para dedicarme al sexo y, cuando no estaba con Quinton y Jason me ignoraba como de costumbre, empecé a masturbarme diez veces más que antes.

Incluso, un día me masturbé con un paraguas en el auto. Llovía y tuve que estacionar porque era imposible ver algo en ese diluvio. Me detuve sobre un paso subterráneo y no pasaron cinco minutos sin que comenzara a jugar conmigo misma. Mi obsesión con el sexo se me estaba saliendo de las manos, no la podía controlar.

Quinton era tan creativo sexualmente como cuando tenía un pincel en la mano. Me enseñó mucho de sexo, incluyendo el 72 —una variación del conocido 69— en la que el ano es penetrado con tres dedos para extender el placer. Me presentó también el látex líquido... Lo derramábamos sobre nuestros cuerpos y esperábamos a que se endureciera antes de hacer el amor. Las únicas zonas que quedaban al descubierto eran mis pezones, mi sexo, mi trasero y su pene. La sensación era salvaje. Se sentía como si llevara una apretada máscara que cubría todo el cuerpo. Me encantaba.

Todo funcionaba a las mil maravillas. Tenía al esposo de mis sueños, que me amaba y era un excelente padre, y también tenía al amante de mis sueños. Todo era perfecto o, al menos, eso pensé.

—Zoe, quédate quieta.

—Eso intento, pero me pica la espalda. —Estaba sentada en uno de los cajones cubiertos de terciopelo, posando para Quinton mientras él me hacía un retrato. Era el segundo. Ya había pintado uno y lo tenía colgado encima de la cama, tal como había dicho que haría. Ahora quería otro para colgarlo en el estudio.

—Está bien, déjame rascártela. —Dejó su paleta de pintura y se acercó para ayudarme.

Comencé a reír mientras él rascaba mi espalda desnuda.

—¡Me haces cosquillas!

Estaba desnuda de la cintura para arriba, tal como había aceptado que me pintara. Cada día me volvía más descarada.

—¿Zoe?

—¿Sí?

Pensé que iba a decir que quería joder o salir a comer algo, pero nunca me habría podido preparar para lo que dijo a continuación:

—Quiero que lo dejes.

—¿Qué? —Estaba paralizada.

—Quiero que dejes a tu esposo y que vengas a vivir conmigo. Quiero que lo hagas de inmediato.

Me levanté del cajón y me puse la bata de baño de seda de Quinton que tenía a mi lado.

—¡Quinton, sabes que no puedo abandonar a Jason! ¡Ni ahora ni nunca!

—Entiendo. Entonces, Zoe, tenemos un serio problema.

Comencé a acariciarlo por encima del pantalón.

—No, no tenemos problemas, amor.

—¡Déjalo! —Empujó mi mano lejos de su entrepierna y caminó hasta la ventana—. Esto ya no funciona. Necesito que estés conmigo toda la noche, todas las noches. No solamente cuando te convenga. No es justo conmigo.

—Quinton, siempre has sabido que estoy casada. ¿Por qué te metiste conmigo si querías algo más?

Se volteó, me miró y levantó los brazos en un gesto de desesperación.

—Si lo supiera. Tenía que tenerte. Desde el instante en que te vi por primera vez, supe que eras para mí.

—Bueno, pues no puedo ser tuya. No de esa manera. —Comencé a subir la escalera, para vestirme—. Si es lo que quieres, me iré y nunca más te molestaré. Te lo prometo. Lo siento Quinton. Nunca esperé que esto sucediera.

—¡No, no vas a ninguna parte! —Me alcanzó en las escaleras, arrancó la bata de mi cuerpo y me empujó hasta que caí en uno de los escalones. Luego sacó su pene de entre los pantalones, quitó del camino mis pantis con un dedo y me penetró allí mismo, en la escalera—. Lo haremos a tu manera. Prefiero tener una parte de ti que nada.

Por un momento sentí miedo. Había casos en los que él parecía tener un lado oscuro, maligno. Con frecuencia intentaba preguntarle por sus hermanos, pero se ponía tenso y cambiaba el tema. La única medio respuesta que recibí alguna vez fue: "Hace rato no están". No supe qué quería decir.

Conduciendo a casa esa noche, me pregunté si debía terminar con Quinton de una vez por todas. En el fondo del corazón sabía que era lo correcto y que sólo tendría más problemas si continuaba con la aventura. Él había extendido las cartas sobre la mesa y dejado en claro sus deseos y necesidades. Continuar tirando con él significaba tres cosas: problemas para él, problemas para mí y problemas para mi matrimonio. Pero no podía dejarlo. Estaba enganchada... me había vuelto adicta.

capítulo
dieciséis

—¡Peter, baja a Kyle de allí antes de que se caiga y se rompa la cabeza! —Era el día de salir a pasear en familia y Jason y yo habíamos llevado a los chicos de picnic al parque.

—Zoe, no les grites de esa manera. Deja que los niños sean niños.

Me senté nuevamente en la manta al lado de Jason tras asegurarme de que Kyle no caería de los tubos.

—Jason, ahora dices esas boberías, pero serás el primero que tendrá un ataque de pánico si alguno de ellos sufre un accidente.

—En eso tienes razón —respondió, sonriendo.

Jason se veía esplendido con el sol en su rostro y la brisa soplando por su rizado cabello.

—¿Y cómo va el trabajo, amor?

—Humm, bien. Intento terminar los planos para el nuevo centro cívico.

—Estoy muy orgullosa de ti. Realmente estás en lo que debes estar.

—Yo también estoy orgulloso de ti, princesa.

Comencé a juguetear con el césped, arrancando briznas y dejándolas a un lado. Buscaba una forma de hablarle de sexo. Estaba muerta de miedo. Casi como las personas que, en los programas de televisión, llevan a su amante desde la otra punta del país para decirle algo que no se atrevieron a decir en la privacidad de sus hogares.

—Jason, creo que tengo un problema.

—¿Qué problema, princesa?

Él estaba allí sentado, comiendo uvas sin semilla, mirándome intensamente a la espera de una respuesta, y no había ninguna posibilidad de que yo le dijera que había estado teniendo sexo con otro hombre, así que opté por otra estrategia.

—No creo que mi fascinación con el sexo sea normal. Últimamente han sucedido cosas muy extrañas.

Inmediatamente supe que se pondría nervioso. La mera mención del sexo *siempre* lo ponía nervioso. Desvió la mirada de mí, pretendiendo estar fascinado con una bandada de pájaros.

—¿Qué tipo de cosas extrañas, Zoe?

Finalmente había llegado mi gran oportunidad. Había llegado el momento de confesar todo y quedar limpia.

—Jason, he estado mastur...

—¡MAMÁAAA! —Jason estuvo de pie antes que yo, corriendo para ver cuál era el problema. Kyle finalmente se había caído de los tubos y se raspó una rodilla. Después de limpiarle la herida con una toallita y ponerle un vendaje del botiquín que Jason mantenía en el Land Rover, le dio una vuelta a caballito por la zona de juegos para levantarle el ánimo.

Hasta ahí llegó la esperanza de limpiar mi conciencia. Los otros dos niños me ayudaron a recoger las cosas del picnic y llevarlas al auto. De camino a casa, a Jason se le ocurrió lo que para él era la solución a todos mis problemas.

—Zoe, sobre lo que me estabas diciendo, creo que simplemente estás estresada por el exceso de trabajo.

—Pero nunca te dije a qué me refería.

—Lo sé, pero no podemos discutirlo frente a los niños. Hablaremos de eso más tarde. —Sentí que mi corazón se detenía—. Como te decía, creo que has estado trabajando demasiado. ¿Por qué no llamas a Brina y planeas una noche de chicas o algo así? Yo me encargaré de los niños.

Lejos estaba él de saber que en los últimos meses era muy poco lo que había trabajado, ya que pasaba más tiempo en el *loft* de Quinton que en la oficina.

—Está bien, tal vez lo haga.

Decidí que salir con Brina no sería tan mala idea. Hacía tiempo que no pasábamos un rato a solas, ella y yo, y tenía la esperanza de que fuera más receptiva a mis problemas que Jason. Necesitaba hablar con alguien y, evidentemente, mi esposo no era la persona indicada.

Cuando llegamos a casa, llamé a Brina y le dejé un mensaje diciéndole que me gustaría que nos viéramos esa noche. Me devolvió la llamada cuando me encontraba sumergida en la tina, y Jason me llevó el teléfono inalámbrico. Se comportó como si se avergonzara de verme desnuda y me entregó el teléfono desviando la mirada.

Brina y yo resolvimos encontrarnos en un club del centro alrededor de las once. Me puse un vestido de licra blanco, zapatos de tacón blancos y me hice un moño en la cabeza. Jason me besó cuando salía y me deseó que pasara un buen rato.

Cuando llegué al club, el Zoo, era el ejemplo perfecto del caos. Nunca en mi vida había visto tantas personas sudando para ingresar a un club. Esperé en la acera, al otro lado del lazo de terciopelo rojo frente al cual la gente hacía fila para entrar, y observé los carros que pasaban, deseando que Brina llegara pronto. Cuando apareciera, iba a sugerirle que fuéramos a otra parte porque la posibilidad de que lográramos entrar pronto era muy remota.

Como a las once y media, Brina apareció pavoneándose por la acera, después de estacionar a la vuelta de la esquina, donde yo no la vi pasar. Yo creía que mi vestido era un poco atrevido, pero el de Brina era realmente el de una golfa. Diablos, ni siquiera estoy segura de que pudiera llamarse vestido. Cubría menos del treinta por ciento de su cuerpo, así que era más bien un jirón de tela. Mi amiga tenía el torso, los brazos, las piernas y la mitad del trasero al aire. También lucía esa mirada de mamacita negra.

—¡Mierda, ya era hora, Brina! Estaba lista para irme a casa y meter el trasero en mi cama.

—Lo siento, hermanita. —Nos abrazamos y besamos en la mejilla—. Quería asegurarme de tener todo en el lugar correcto antes de salir.

—No hay mucho para poner en el lugar correcto. Tienes medio trasero desnudo. —Me golpeó suavemente un brazo y ambas reímos.

—¡Zoe, cállate hermanita!

—Brina, mira esa fila. Es más fácil entrar a un concierto de Michael Jackson. Vayamos a otra parte.

—Diablos, no. Vamos a entrar a este hueco. Sígueme hermanita.

La seguí y pensé que se había vuelto loca cuando se adelantó a toda la fila de gente que esperaba y se dirigió a los gorilas de la puerta.

—Hola, Serpiente, ¿qué hay de nuevo, querido?

¡Qué vergüenza, conocía al tipo! Supe inmediatamente por qué lo llamaban Serpiente: sus musculosos brazos estaban cubiertos por tatuajes de serpientes y, a decir verdad, su rostro se parecía al de una boa constrictor.

—Hola Brina. ¡Hoy luces tremenda! —Ella le dio un beso en los labios y yo quise vomitar.

—Ella es mi mejor amiga, Zoe —le dijo, señalándome—. Es la primera vez que viene.

Él me dio un apretón de mano que no terminó hasta el consabido: "Un placer conocerte, Zoe".

—Disfruten la velada, nenas. —Con eso soltó el lazo y nos dejó ingresar al club antes que todos los de la fila.

Brina y yo respondimos al unísono:

—¡Gracias, Serpiente!

Una vez conseguimos dos bancos en la barra, decidí meterme en la vida de Brina.

—Deduzco que vienes con frecuencia.

Ella encendió un cigarrillo y yo morí de ganas de darle una fumada.

—¡*Neeenaaa*, tengo muchas cosas que contarte!

—Bueno, no me sentarían nada mal algunas buenas noticias, así que cuéntame.

El mesero se acercó y tomó nuestro pedido.

—Comencé a venir a este sitio hace como dos meses. Una amiga del trabajo me trajo. Como la tercera vez que vine, conocí a este papacito llamado Dempsey. Desde entonces nos estamos viendo.

—¡No me digas! No sabía que tenías un nuevo hombre. Cuéntamelo todo. Quiero saber todos los detalles y, obviamente, todas las porquerías.

El mesero regresó con el ron con Coca-Cola de Brina y mi daiquiri de banano. Pasamos los siguientes quince minutos allí sentadas, conversando y riendo mientras ella me contaba todo sobre su nuevo amor. Lejos estaba de imaginar que el Señor Maravilla que me estaba describiendo terminaría dedicándose a darle palizas en el futuro cercano.

Estaba un poco entonada. Está bien, ¡estaba más que entonada! Eché una mirada alrededor y concluí que era un club muy especial. Tenía jaulas ocupadas por bailarines semidesnudos, hombres y mujeres, y animales vivos enjaulados: entre ellos, pájaros, mapaches, koalas e, incluso, un gorila.

Tocaban fundamentalmente reggae y la pista de baile estaba repleta. El club tenía ubicados hombres esplendidos de pared a pared. No tenía por qué mirarlos, pero había uno que sobresalía sobre los demás, como un hombre negro en una reunión del Ku Klux Klan. Era guapísimo, pero estaba rodeado por un montón de mujeres tratando de metérsele en los pantalones, así que pedí otro trago y me dediqué a admirarlo a distancia.

Era alto, *realmente alto*, más o menos como mi esposo, oscuro como un caramelo y parecía ser igualmente delicioso. Lo que realmente me atrajo de él fue su sonrisa blanca como perla, sus hoyuelos y su redondeado y musculoso trasero. Imaginé los músculos de su rabo contrayéndose mientras metía y sacaba su miembro de mi interior. Mi mente era realmente vulgar.

—Brina.

—¿Sí, hermanita?

Decidí contarle todo.

—Conocí a este tipo. Un artista afroamericano muy famoso, llamado Quinton Matthews.

—Interesante. ¿Qué tipo de arte? ¿Escultura, pintura, qué?

—Pintura. Aunque es más famoso por sus murales. ¿Recuerdas el mural por el que pasamos de camino a mi oficina esa vez?

—Sí, el de la estación MARTA.

—Es de él.

Un tipo se acercó a nosotras y me invitó a bailar. Era un verdadero ratón de campo, así que no acepté. Además, no quería dejar pasar la oportunidad de contarle todo a Brina.

—Maravilloso. ¿Cuántos años tiene? ¿Cómo es? ¡Preséntaselo a tu hermanita, Zoe!

Era patético ver que Brina no estaba ni cerca de la verdad.

—Brina, hace como dos segundos terminaste de contarme todo sobre tu nuevo hombre. Dempsey. ¿Te acuerdas de él?

Reímos.

—Diablos, sí, me acuerdo de él, pero tú sabes que nosotras las solteras necesitamos tener al menos un hombre en la banca por si toca aplicar el plan B.

—¡Eres tonta!

—Tan sólo digo la verdad. No todas tenemos la suerte de encontrar el verdadero amor como tú con Jason.

¡Mierda, por qué tenía que decir eso precisamente! Perdí el coraje. Estaba a punto de contarle que tenía una aventura, pero ¿cómo hacerlo después de que ella dijo eso? Todo el mundo ha pensado siempre que mi vida es perfecta. Lejos están de saber que era a duras penas satisfactoria en las buenas épocas y una total agonía en las malas. Estaba a punto de confesarme de todas maneras cuando se nos acercó un chulo con aspiraciones.

—Hola, bellas damas. ¿Qué hay?

No respondí, pero Brina sí.

—¿Qué hay contigo?

—Disfrutando, amor. Sólo disfrutando. —Sospeché que era uno de esos hermanos que pasan veinticuatro horas al día disfrutando—. ¿Quieres bailar?

Brina me miró como si necesitara mi autorización.

—Zoe, ¿te importa?

Me costaba creer que ella se rebajara a tal punto sólo para bailar, pero respondí:

—¡No, ve!

—Listo. Cuídame el bolso. —Tomé su bolso y ella se dirigió a la pista de baile tras una difícil lucha para bajarse de la banca del bar con ese simulacro de vestido que llevaba.

Yo estaba ahí sentada sola cuando el tipo al que había estado mirando se acercó y se sentó en la banca de Brina, a mi lado.

—¡Hola, preciosa!

Su voz era profunda, los ojos fascinantes y de cerca se veía diez veces mejor que a través de la habitación.

—Hola.

—¿Cómo estás?

—Bien ¿y tú?

—Muy bien, preciosa. —El *preciosa* me estaba entusiasmando—. ¿Quieres otro trago?

—Bueno, gracias. —Le hizo una seña al mesero para pedir otra ronda. Lo examiné de pies a cabeza. Todo, desde su negro y sedoso cabello negro hasta sus recién embetunados zapatos Oxford.

Las bebidas llegaron y la conversación se reinició. Me sorprendió su conversación civilizada en comparación con el muy común quiero-llevarte-a-casa-y-comerte. Yo no tenía mucha experiencia con esto de estar en un club. Me casé muy joven y comencé a tener bebés, así que había docenas de cosas que mis amigas experimentaron y yo no.

Bailamos largo rato juntos. De hecho, las luces del club se encendieron para avisarnos que ya casi cerraban. Busqué a Brina y finalmente la vi en una mesa del rincón, sentada en el regazo de su chulo. Eché una mirada al reloj y descubrí que eran casi las tres de la mañana. Sabía que Jason iba a sufrir un ataque. Cuando me sugirió que saliera, seguro no esperó que se me hiciera tan tarde. Estaba segura de que antes de dormirme, tendría que escuchar el discurso de todas-tus-amigas-son-putas.

—Bueno, fue un placer conocerte, humm. —Habíamos conversado todo el tiempo, pero nunca intercambiamos nombres.

—Tyson. Me llamo Tyson.

Estreché su mano.

—Un placer, Tyson. Yo soy Zoe.

—Zoe, un nombre hermoso para una mujer hermosa.

Me sonrojé y, en ese momento, el DJ apagó la música y la gente comenzó a salir camino a sus casas, solos o acompañados, o hacia algún comedero para tomar un bocado.

Me dirigí hacia donde estaba Brina para decirle que era hora de irnos. Yo tenía los dos bolsos colgando de un hombro ya que no logré ubicar a Brina en la atestada pista de baile para devolverle el suyo. Tyson me siguió, aunque hubiera preferido que no lo hiciera. No quería llegar a la temida situación de intercambiar números telefónicos.

—Zoe, no corras, preciosa.

—Lo siento. Es que realmente tengo que irme a casa. Es tarde y mi esposo estará preocupado.

—¿*Esposo? ¡Mierda!*

—Sí, mira mi anillo. —Levanté la mano para que lo viera—. Pensé que sabías.

—No, yo no sé nada a menos de que tú me lo digas. Ojalá hubieras dicho algo.

—¿Por qué? —respondí a la defensiva—. ¿Para que no hubieras desperdiciado toda la noche hablando conmigo en lugar de haber escogido a otra mujer para llevarte a casa?

—No, ahora estás exagerando. No es eso, preciosa. Es tan sólo que me entusiasmé mucho hoy, y esperaba que pudiéramos conocernos mejor.

—Bueno, pues no es así. —No sé por qué, pero de un momento a otro me sentí enfurecida—. Fue un placer conocerte. Tengo que irme.

Me acerqué a Brina.

—Brina, hermanita, ya es tarde y el club está cerrando. ¿Sales conmigo o me adelanto?

Ella estaba obviamente contenta con el estúpido aquel.

—Zoe, vete tranquila. Te llamaré mañana.

—Listo. Adiós. —No tenía tiempo para pendejadas. Me alejé unos diez pasos y caí en cuenta de que aún tenía su bolso, así que me devolví y se lo entregué. Cuando me volví, Tyson no estaba a la vista. Me sentí aliviada. Me había excitado *demasiadoooo*. Temía terminar enredada con él.

Salí al vigorizante y fresco aire, y me dirigía a mi auto cuando escuché unos suaves pasos a mis espaldas.

—¡Zoe, espera, preciosa!

"¡Mierda!", me dije.

Aceleró el paso hasta que me alcanzó, cosa que no era difícil ya que sus piernas eran mucho más largas que las mías.

—¿Qué pasa?

—Sólo quería darte mi número por si algún día quieres conversar. —Me entregó una caja de fósforos del Zoo con el número escrito en ella.

—Está bien, pero si yo fuera tú, esperaría sentado.

—¿Por qué estás portándote tan antipática, preciosa?

—No hay motivo. Siento haber sido grosera. Es muy tarde y estoy muy cansada.

—Entiendo. Te dejo ir. Cuídate y espero volver a oír de ti. La pelota está en tu cancha.

Cuando se alejó, quedé fascinada con su trasero. Comencé a preguntarme por qué los solteros van tras las mujeres casadas, pero no me demoré en ello. Boté la caja de fósforos en una cesta en la acera y caminé hasta mi auto.

Me subí al auto y estuve sentada unos pocos minutos, masticando una menta y tratando de controlarme. No estaba borracha, pero tampoco totalmente sobria. Antes de ponerme de mal humor, pensé en lo sabrosa que había sido la conversación con Tyson. Luego pensé en lo que Brina me había dicho de tener siempre un hombre de refuerzo.

Salí del estacionamiento, me detuve al lado de la cesta y encendí las luces de emergencia mientras saltaba del auto y recuperaba la caja de fósforos con el número telefónico. Conduje a casa escuchando jazz y soporté el discurso de todas-tus-amigas-son-putas antes de caer profundamente dormida.

capítulo
diecisiete

Por un tiempo, las cosas continuaron como de costumbre. Yo continué escabulléndome con Quinton y esperando que Jason se abriera a mí de alguna forma. La mayor parte del tiempo, simplemente rezaba para que no me pillaran.

Quinton me rogó docenas de veces que abandonara a Jason, pero no logró nada. Le dejé totalmente claro que abandonar a mi esposo no era una opción. Reconozco que a Quinton le di una imagen bastante triste de mi matrimonio, pero a pesar de todos nuestros problemas nunca dejé de amar a Jason.

La vocecita en mi interior no dejaba de decirme que tarde o temprano me saldría el tiro por la culata. Después de todo, nada bueno dura eternamente y todo lo que haces regresa para perseguirte. Tan sólo me faltaba saber cómo, cuándo y dónde sucedería. No me tomó mucho tiempo descubrirlo.

Era viernes en la noche y, normalmente, no visitaba a Quinton los viernes y sábados. Esos días los reservaba para Jason y los niños. Solíamos salir a cenar o a ver una película, y luego nos acurrucábamos juntos a leer o jugar algún juego de mesa.

Este viernes en particular, cambié mi rutina y fui a ver a Quinton. Había tenido un día muy pesado en la oficina y pensé que una o dos rondas de sexo enloquecido serían lo más recomendable. Mi plan era pasar por el *loft*, satisfacer mis deseos rápidamente y luego ir a casa para una velada de video y palomitas de maíz con mi pandilla. Si hubiera ido directo a casa, me habría evitado una gran humillación e, inevitablemente, una cantidad de problemas.

Cuando llegué al *loft*, la puerta estaba abierta de par en par como si me esperara. Entré, pero Quinton no estaba en el primer piso. Decidí subir las escaleras de puntillas y sorprenderlo. Tampoco estaba arriba.

De salida, sin entender la situación, escuché una música suave que surgía del apartamento de Diamond, en el otro extremo del corredor. Fui hasta allí con la esperanza de que ella supiera algo de Quinton. Asumí que habría ido a la tienda de la esquina o algo así. No podía haber ido muy lejos dejando la puerta del apartamento abierta.

Cuando estuve a pocos metros de la puerta, el instinto me ordenó dar media vuelta y largarme. Pero la curiosidad me obligó a seguir acercándome. Era obvio que ella estaba tirando con alguien: podía oír los gemidos. Me sonrojé de ira. Casi logré convencerme de que lo que estaba pensando no era cierto, pero tenía que confirmar si mis sospechas eran justificadas.

La puerta estaba entreabierta. La abrí suavemente. Diamond sí estaba teniendo sexo con alguien y ese alguien era Quinton. La estaba poseyendo contra la barra de madera que rodeaba toda la habitación. La pared estaba cubierta de espejos.

Estuve allí de pie unos segundos, digiriendo lo que veía. Las lágrimas llenaron mis ojos, reflejando la hostilidad que sentía. Por sus cuerpos rodaban gotas de sudor. Él mordisqueaba hambrientamente su seno izquierdo mientras retomaba el ritmo y la penetraba casi con violencia.

Estaba dando vuelta para irme cuando él echó una mirada al espejo y me vio allí, atónita en la puerta. Antes de que el desgraciado pudiera pronunciar mi nombre, corrí por el vestíbulo y presioné histéricamente el botón del ascensor. Lo presioné unas veinte veces, aunque una habría sido suficiente.

—¡Zoe! —Quinton corría hacia mí poniéndose los pantalones. ¡Bastardo patético!

Quise ignorarlo totalmente, pero la furia se adueñó de mí.

—Déjame adivinar —le dije sarcásticamente—. ¿Estabas ayudándola a cambiar un bombillo cuando te resbalaste en una zapatilla de ballet y la penetraste?

—¡Zoe, por favor, escúchame! —Me tomó por un brazo y yo lo rechacé.

—No me toques... —No podía pensar en la palabra adecuada.

—Lo que acaba de suceder entre Diamond y yo fue un error —insistió—. ¡Nunca había sucedido y nunca volverá a suceder!

¡Ni siquiera estaba buscando excusas!

—¡Como sea! ¡No me interesa oír tu sarta de mentiras! —Volví a presionar el botón del ascensor—. ¡Tan sólo quisiera que este maldito ascensor llegara!

¿Sabes lo que hizo el desgraciado? ¡Tuvo la osadía de enfurecerse conmigo!

—¡Oye, tú estás putamente casada! ¡Vas a casa y te

acuestas con él todas las noches mientras yo tengo que dormir solo!

Levanté la mano hasta su rostro para que le hablara a ella porque me negaba a escucharlo.

—¡Mierda, te he pedido, te he *rogado* que vivas conmigo, Zoe!

Sabía que era cierto, pero no le iba a permitir que le diera vuelta a la situación, así que le pregunté:

—¿Hace cuánto tiras con ella?

Él simplemente siguió con su rabioso discurso.

—¡Quise que lo abandonaras y vivieras conmigo, pero tú tratas nuestra relación como si fuera una broma!

La segunda vez grité con todas mis fuerzas:

—*¿Hace cuánto tiras con ella?*

Quinton meneó la cabeza con consternación.

—Ya te lo dije, esta fue la primera y última vez.

Intentó agarrarme otra vez pero me alejé de él. Diamond asomó la cabeza en la puerta de su apartamento. Le grité:

—¡Puta!

Quinton le lanzó una mirada y le hizo señas para que desapareciera. Ella regresó al apartamento y cerró de un portazo.

—Zoe, vamos a mi apartamento y hablemos —me rogó Quinton.

—¿Hablar? *Mierrrrrda*, no hay nada que hablar. —Le señalé el otro lado del corredor—. Regresa tu puto trasero a donde tu mujerzuela. Yo bajaré por las escaleras. Este ascensor se demora demasiado.

Intentó detenerme una vez más y logró enganchar un dedo en la pretina de mi falda. Le golpeé la mano y me dirigí a la escalera.

—¡Quita tus asquerosas manos de encima de mí, Quinton! ¡Apestas a chocha y te odio! ¡Te odio!

Bajé las escaleras de dos en dos, escuchando el eco de sus gritos pronunciando mi nombre hasta que llegué al garaje.

El resto del fin de semana fue un desastre. El domingo en la tarde pedí a Jason que se encargara de los niños para poder visitar a Brina a solas. Él no tuvo problema, ya que había invitado a un grupo de amigos para ver un partido de fútbol. Probablemente se alegró de deshacerse de la señora para que "los chicos pudieran ser chicos". En el primer instante me sentí ofendida; era casi como si él quisiera que yo fuera un fantasma. Pensé en quedarme en casa sólo para fastidiarlo, pero realmente necesitaba escaparme unas cuantas horas, así que antes de salir hice unos burritos y salchichas de coctel para sus amigotes.

Cuando llegué al edificio de Brina, escuché unos ruidosos reclamos procedentes de su apartamento e inmediatamente quise saber qué diablos estaba sucediendo. Golpeé en la puerta y, tan pronto me abrió, pregunté:

—¿Qué diablos está sucediendo acá?

—¡Hola hermanita! ¿Qué sucede? No sabía que vendrías.

—Decidí sorprenderte, pero soy yo la que está atónita.—Irrumpí en el apartamento, lista para golpear a quien fuera necesario.

—¿Por qué los gritos? Te escuché desde la entrada principal del edificio.

—Oh, Dempsey y yo teníamos una *pequeña* discusión. Todo está bien. Es mi amorcito nuevamente.

Antes de que pudiera preguntar dónde estaba el romántico Dempsey del que tanto había oído hablar, noté que Brina tenía un ojo morado. La agarré por la mejilla y sostuve su cabeza para examinarla mejor.

—¿Qué diablos es eso?

—¡Nada que te importe! —El bastardo salió del

baño, diciendo estupideces y subiéndose la cremallera de los jeans.

Si me iba a contestar así, yo no me quedaría atrás.

—Humm, este larguirucho patético, culo anoréxico, debe ser Dempsey.

—¿Quién putas eres tú? —Lanzó una mirada a Brina—. ¿Quién putas es ella?

Decidí responder su pregunta, dado que Brina parecía haber perdido la lengua.

—¡Soy su mejor amiga y la hermanita que te va a patear el culo y cortar la verga si alguna vez vuelves a golpearla!

Soltó una carcajada como si estuviera jugando pulga con él. No entendió el mensaje...

—¡Oh sí, claro, puta insignificante! ¡A ti también te patearé el culo!

Era evidente que estaba borracho. Se tambaleaba y apestaba a alcohol. Metí la mano en el bolsillo de mi abrigo y saqué la navaja automática que siempre llevaba para protegerme cuando caminaba entre la oficina y el apartamento de Quinton o en otros lugares del centro, la abrí y la apoyé contra su garganta, obligándolo a retroceder hasta la pared.

No sé qué me pasó, pero estaba dispuesta a cortarle la cabeza y botarlo por el puente si era necesario.

—¡Mira, cabrón! ¡No juegues conmigo, y si alguna vez vuelves a tocar a Brina, te cortaré la maldita garganta! ¡Ahora lárgate de aquí!

—¡Mierda, hermanita, cálmate! —Levantó las manos, no queriendo descubrir si yo estaba fanfarroneando o no, y lentamente se alejó de la cuchilla—. ¡Ya me voy! ¡Ya mismo me largo!

Guardé mi navaja y sostuve la puerta abierta para que saliera.

—¡Ya sé que te largas! ¡Anda ya!

El tipo se puso sus ordinarios zapatos de tenis, tomó su abrigo y salió sin decir una palabra más. Brina permanecía en posición fetal en un rincón, llorando a mares. Cuando él se fue, pasé el cerrojo y me enfrenté a ella.

—¿Estás loca?

Se limpió los mocos y las lágrimas con la manga del camisón.

—Zoe, por favor, ahora no. De verdad.

—¡Pues lo siento, porque vamos a resolver *esto* ya mismo! ¿Cómo diablos vas a permitir que ese tipo te zurre como si fueras un saco de boxeo?

—Dempsey ha estado teniendo muchos problemas en el trabajo y con su familia en Alabama. —Se levantó del rincón y fue a la cocina por un vaso de agua helada. La seguí.

—¿Y? No veo qué tiene que ver con que te golpee. Mucha gente tiene problemas y no por eso golpea a sus mujeres para aliviar el estrés.

—¡Escucha, Zoe, amo a Dempsey! ¡Y no estuvo bien que sacaras esa cosa hace un rato! ¡Amenazarlo de esa manera con una navaja! —Casi rompe el vaso al dejarlo ruidosamente en la encimera.

Bajé la voz, tratando de no reflejar mis verdaderas emociones porque una parte de mí quería ahorcarla por ser tan terriblemente ignorante.

—Brina, te amo, pero me voy. Me rehúso a quedarme acá escuchándote defender a ese bastardo ignorante.

—¡Estás muy equivocada! ¡Sencillamente no entiendes!

—Como sea. Quieres que te zurren, que así sea. Las mujeres siempre dicen que la gente no entiende, pero a menos de que te sacudas, él continuará golpeándote. Yo no puedo ayudarte hasta que no estés resuelta a ayudarte a ti misma. —Le di un beso y un abrazo, la tomé por la barbilla para dar una última mirada a su ojo morado, meneé la cabeza de furia y me fui.

No tenía ganas de regresar a casa tan pronto. La mayoría de los centros comerciales ya estaban cerrados por ser domingo, así que decidí conducir un rato. Mi vida había sido realmente traumática en los últimos días. Primero, descubrir a Quinton comiéndose a esa puta y ahora descubrir que Brina estaba permitiendo a un estúpido convertirla en pulpa. No estaba concentrándome en el camino y casi me paso un semáforo en rojo. Frené en seco y las llantas chirriaron hasta detenerse a centímetros del paso peatonal.

La guantera se abrió y todo su contenido voló por el suelo y el asiento delantero. Estacioné, encendí la luz interior porque el sol ya estaba perdiéndose en el horizonte y comencé a recoger el desorden. En algún momento entre el tubo de pintalabios seco, que probablemente estaba ahí desde que Peter era un bebé, y los documentos de registro del auto, me topé con la caja de fósforos con el número de Tyson.

Lo pensé y concluí que, dado que Quinton estaba tirando con esa mujerzuela, no sería mala idea meter al juego a mi reemplazo. Sabía que estaba mal, pero a pesar de ello saqué mi teléfono celular y marqué el número. Él respondió al tercer timbre y su voz sonaba como si estuviera medio dormido. Se espabiló cuando le dije quién era y se apresuró a darme la dirección de su casa, aún antes de que yo tuviera tiempo de sacar un bolígrafo de mi bolso para copiarla.

Llegué a su bloque de apartamentos unos veinte minutos después y comprendí inmediatamente que era absurdo estar conduciendo, ni hablar de estacionar, un Mercedes en esa zona. No obstante, él vivía en el primer piso y logré conseguir un puesto exactamente frente a su puerta, así que me arriesgué.

Tyson abrió la puerta casi antes de que yo golpeara. Era obvio que había estado vigilando por la mirilla en espera de mi llegada. Su apartamento, de una habitación, era acogedor y bien decorado. Evidentemente era un hombre que cuidaba de sí mismo y de sus propiedades. Estaba mojado, descalzo y sólo llevaba un par de jeans. Me halagó que se hubiese tomado el trabajo de ducharse antes de que yo llegara. Ambos sabíamos que mi llamada tenía un trasfondo erótico, y siempre preferiré un par de huevos frescos y limpios a unos bien sudados.

Tyson y yo conversamos durante unos diez minutos, matando tiempo. Me preguntó si quería algo de tomar, le dije que no gracias y luego él decidió dejar de pendejear.

—Quítate el vestido

—¿Perdón?

—Dije que te quites el vestido.

Él estaba sentado en una silla del comedor y yo estaba de pie al lado de su equipo de sonido curioseando unas fotografías de familia. Debí insultarlo y largarme, pero en lugar de eso bajé la cremallera de mi vestido y me lo quité. Quedé allí de pie, con sólo mi combinación negra, los pantis y unas zapatillas negras de cuero.

—Ven. —Abrió las piernas y se dio golpecitos en el muslo derecho, indicándome que me sentara.

—¡Caray, confías en lo que asumes y además eres exigente! ¡Ajá! —Yo simulaba protestar, pero al mismo tiempo caminaba hacia él.

—No estoy asumiendo nada. Sencillamente no me gustan los juegos. Ambos sabemos por qué estás aquí, mujer, así que ven y toma lo que viniste a buscar.

Resolví que si él podía ser tan franco, yo también podía serlo. Mi malvada gemela ninfómana se despertó y tomó el control.

—Con gusto. —Me senté en su pierna y comencé a frotar su entrepierna—. Humm, ¿ya está duro para mí?

—Siempre está duro. Sácalo y ponlo en tu boca.

—Hummm, tal vez no. —Retiré mi mano—. Primero encárgate de mí.

—Con que así es la cosa, señorita Zoe.

—Tal cual. Sin lamida no hay penetrada. —Sonrió mientras yo me levantaba de su pierna y me subía a la mesa. Se levantó lo suficiente para voltear la silla y quedar mirándome.

—Hummm, está bien. Te seguiré el juego.

Levantó mi combinación e intentó quitarme los pantis, pero yo no alcé las caderas para facilitárselo.

Tomé su cara entre mis manos y metí mi lengua en su boca. Fue un beso breve y brusco, pero ese día me sentía lista para algo rudo. Cuando volvimos a respirar, le ordené que rasgara mis pantis.

Con lo grande y fuerte que era, a Tyson no le costó mucho trabajo deshacerse de ellos. Los dejó caer al piso, se puso de pie y volvió a besarme, presionando mi espalda sobre la fría superficie metálica de la mesa. Luego decidió ir más allá, rasgó también las tirantas de mi combinación, la bajó y tomó mis dos senos a la vez para mordisquear suavemente mis pezones.

Agarré la parte trasera de su cabeza y lo obligué a tomar mi seno en su boca. Él los presionó juntos para tomar los dos pezones a la vez y mamarlos. Luego marcó un sendero con la lengua desde mis pezones, bajando por el estómago hasta el ombligo, deteniéndose allí para sumergir su lengua en él y luego soplar para secar la saliva. ¡Mierda, eso me excitó realmente!

Me abrió las piernas y se puso a trabajar en mi sexo. La técnica de Tyson era distinta a la de Quinton. Me mordía el clítoris y, aunque dolía, me hizo venir casi inmediatamente. Estaba descubriendo otra parte de mis deseos sexuales que no sabía que existía. Descubrí que me gustaba jugar brusco.

El hecho se hizo aún más evidente cuando me hizo sentar en una silla mientras me inmovilizaba la cabeza y se dedicaba a meter y sacar su pene de mi boca. En ese momento pensé que iba a arrasar con todos mis dientes. Su cosa entraba y salía rápidamente de mi boca, pero mantuve el ritmo y se la mamé hasta que se vino. Su semen sabía diferente al de Quinton. Era más salado. Una vez comprendí que el semen de cada hombre tiene un sabor diferente, comencé a preguntarme a qué sabría el de Jason. El hombre cuyo sabor más me interesaba, no me permitía acercar la boca a su verga...

—¡Tengo que irme! —Tyson acababa de venirse en mi boca y algunas gotas de semen descendían hacia mi barbilla cuando lo dije.

Me miró como si estuviera absolutamente chiflada.

—¡Debes estar bromeando!

—No, realmente tengo que irme. —Me levanté de la silla y me dirigí a la puerta. Mirándolo ahora, no sé muy bien cuáles eran mis argumentos, pero sin duda los tenía. Era casi como si pensara que el sexo oral no era infidelidad o algo. Como sucedió con Quinton al principio: pretendí mantenerlo en sexo oral solamente y regresar a casa. Pero Tyson no iba a permitirme ese juego.

Yo estaba de pie a espaldas del sofá, vistiéndome, decidiendo dejar los rasgados pantis y combinación allí mismo, cuando se acercó por detrás y me empujó sobre el espaldar del sofá de manera que quedé cabeza abajo y con los pies en el aire.

—¡Tyson, detente!

—Claro, me detendré cuando haya terminado. —Intenté ponerme de pie, pero él era demasiado fuerte y me obligó a permanecer inclinada mientras me clavaba el miembro por detrás. Me jodió hasta dejarme exhausta, pero no tiene ningún sentido negar que eso era lo que yo había querido. Los chorros de semen y fluidos vaginales que escurrían por mis muslos hasta el suelo son la verdadera evidencia de ello.

Me poseyó con tal violencia que yo podía sentir sus huevos estrellarse contra la parte trasera de mis muslos mientras él me embestía con su verga. Luego todo terminó. Acabé de vestirme y ambos respirábamos como si acabáramos de llegar a la meta de una maratón de veintiséis millas. Nunca había tenido un orgasmo como ese.

Tras ponerme los zapatos, me encaminé a la puerta.

—Un momento, Zoe. Sé que estás casada y todo, pero ¿tienes un número telefónico de la oficina al que te pueda llamar? Quiero volver a verte.

Abrí la puerta de su apartamento y volví la mirada. Estaba sentado en el sofá intentando calmar su respiración.

—No, soy ama de casa. No tengo una oficina.

—¿Un buzón de mensajes o un teléfono móvil?

—No, nada de eso. —Mentía descaradamente, pero mantener el anonimato era lo único inteligente en semejante situación. Tyson sólo me conocía como Zoe y eso era todo lo que necesitaba saber.

—Entonces, ¿te volveré a ver?

—¡Me mantendré en contacto! —Con esas palabras, abandoné el lugar, me subí al auto y conduje a casa. Cuando llegué, todavía estaban allí un par de amigos de Jason. El partido ya había terminado, pero estaban tomando cerveza y discutiendo la carrera deportiva de varios jugadores.

Jason me saludó con un gesto de la mano cuando entré.

—Hola, nena, ¿pasaste un buen rato con Brina?

—Sí, tuvimos una larga y agradable conversación.

—¡Otra mentira más! Me estaba volviendo experta en inventar cosas. Antes de que Jason tuviera tiempo de levantarse y venir a darme un beso, le dije que subiría a tomar una ducha caliente porque tenía dolor de espalda. No quería que sintiera el olor a sexo que cubría mi cuerpo y, además, la espalda y todo el cuerpo me dolían a causa de la violenta follada.

Cuando él subió más tarde esa misma noche para acostarse, yo estaba dormida, pero me despertó para hacer el amor. Estaba eufórica: él era el único hombre al que realmente siempre había deseado. Como siempre, él simplemente me utilizó para obtener placer y, cuando intenté montar sobre él, me rechazó una vez más.

Resolví contarle la verdad sobre lo que había sucedido con Brina. Bueno, casi la verdad. Acomodé todo para que pareciera que había pasado horas con ella después de que Dempsey se fue, consolándola, cosa que no era el caso. Sin embargo, el ojo morado era un hecho y Jason me recomendó mantenerme alejada de ella si era tan estúpida como para dejarse golpear de esa manera. Terminé teniendo que escuchar el discurso de todas-tus-amigas-son-putas, pero me dormí a la mitad.

capítulo
dieciocho

—Señora Reynard, está acá el señor Quinton Matthews. Quiere verla —chilló la voz de mi secretaria por el parlante de mi escritorio. Me encontraba tomando una taza de té caliente y casi lo derramo sobre un montón de litografías recién añadidas a la colección. Había decidido no usar el trabajo de Quinton porque sabía que la aventura tendría que terminar algún día y no quería que nada nos mantuviera atados cuando eso sucediera. Quería que la ruptura fuera limpia y, para mí, la aventura había terminado el día que lo pesqué con su pene bien metida en el coño de Diamond.

—Que pase, por favor. —Solté el botón del intercomunicador y me pregunté por qué diablos se arriesgaría a venir a mi oficina si podía llamar. No estaba dispuesta a confrontarlo en el vestíbulo. Lo único que me faltaba era un melodrama en manos de los chismosos.

Entró como una tromba a la oficina, como si fuera la suya, y se sentó en el borde de mi escritorio.

—Zoe, ¿por qué no me has llamado o ido a verme?

Eso era demasiado, así que le respondí.

—Realmente eres un descarado. ¿Por qué diablos crees que no lo he hecho?

—¡Tú dímelo! —exclamó, subiendo demasiado la voz.

—Baja la voz —insistí—. Esta es una oficina. —Una vez se calmó y volvió a respirar por la boca, agregué—: Sabes perfectamente por qué no te he llamado, idiota. ¡Aterriza! La última vez que te vi, estabas tirando con la mujerzuela de al lado.

—Te dije que eso fue un accidente. —Se acercó a mí, intentando abrazarme—. Esto es sólo entre tú y yo, princesa. Tú eres mi nena.

—¡Quita tus cochinas manos de encima de mí! —exclamé, subiendo el tono demasiado.

—¿Ves? Ahora tú eres la que está sobreactuando.

—No, al infierno, no es así. —Realmente no quería discutir nuevamente la porquería y menos en mi oficina—. ¿Podrías hacernos un favor a ambos y largarte? Tengo mucho trabajo. Logré atrasarme muchísimo por andar perdiendo el tiempo contigo.

Para ese momento, ambos estábamos de pie y nos teníamos en jaque el uno al otro. Yo no tenía nada que decir y él tampoco. Tan sólo nos miramos hasta que él finalmente rompió el silencio.

—No voy a darme por vencido, Zoe. Lo tengo claro. Si tengo que acampar en la oficina de tu secretaria con un saco de dormir y una caja de Twinkies, así será. —No pude evitar soltar una carcajada—. Ahhh, Zoe, ¿entonces ahora soy una broma? —Reí aún más, hasta que las lágrimas comenzaron a rodar por mis mejillas y comencé a apretarme el estómago. El hecho es que su frase era divertidísima, pero la situación no.

Recuperé el control porque él realmente estaba enfureciendo.

—Quinton, te llamaré. Lo prometo.

—¿Cuándo?

Apoyé mi trasero en el borde del escritorio.

—Mañana.

—¿Por qué mañana? ¿Por qué no puedo verte esta noche?

—Porque realmente tengo mucho trabajo acumulado, y esta noche Jason y yo tenemos invitados a cenar. —El exceso de trabajo era verdad, pero la cena era pura invención. Tenía otra cosa en mente para esa noche.

—Está bien. Me iré, pero más vale que me llames mañana Zoe... si no...

—Si no, ¿qué?

—Si no, volveré, echaré tu trasero sobre mis hombros y te sacaré de acá.

Ambos reímos ante esa respuesta.

—Sabrás de mí. Lo prometo. —No tengo idea de por qué lo perdoné. Supongo que no es fácil juzgar a alguien por desviarse del camino cuando uno está casado.

—Sellemos esa promesa con un beso y entonces te creeré. —Comenzamos a besarnos y una cosa llevó a otra. Cinco minutos después, presioné el botón del intercomunicador y le dije a la secretaria que se fuera a almorzar temprano. Luego Quinton me hizo el amor encima del escritorio y nos devoramos el uno al otro de almuerzo.

Cuando abandoné la oficina esa noche, después de llamar a Jason y decirle que tenía que reunirme con uno de mis distribuidores, me dirigí de inmediato al apartamento de Tyson. Ansiaba el placer que me daría. Sencillamente me había encantado su brusquedad de la primera vez.

Cuando llegué, él acababa de llegar a casa procedente del taller automotriz en el que trabajaba como mecánico. Estaba cubierto de aceite para motor y grasa, y me pareció que era imposible que luciera más sexi. Yo estaba llevando las cosas al extremo, habiendo tirado con Quinton en mi escritorio ese mismo día y ahora alistándome para joder con alguien más antes de regresar a casa con mi marido.

Tyson se alegró de verme y me pidió que me metiera a la ducha con él. Me desnudé y entré. Me hizo apoyar la pierna en el borde de la tina para poder chuparme la pucha, y luego yo le mamé el pene antes de que él me tomara en sus brazos, me apoyara contra la pared con mis piernas alrededor de su cintura, y me jodiera violentamente, tal como yo quería.

Salimos de la ducha y le dije lo que había tenido en mente todo el día y el motivo por el cual estaba allí.

—Tyson.

—Dime.

—¡Quiero ensayar algo realmente raro!

Abrió los ojos de par en par, me miró boquiabierto y exclamó:

—¿En serio? ¿Cómo qué?

—No sé —respondí porque realmente no tenía muy clara la respuesta—. Pensé que tú podrías pensar en algo. Pareces ser un hombre que de veras sabe dar placer a una mujer.

—Cielos, sí, si es lo que quieres. —Caminó alrededor de la cama desnudo y yo me enderecé en la almohada para admirar la vista.

—Mira, si realmente estás lista para todo, tengo una idea —dijo finalmente.

Decidí prescindir de todas mis inhibiciones y botar la cautela por la ventana.

—¡Perfecto! Estoy lista para lo que sea.

Diablos, ¿por qué dije eso? Menos de cinco minutos después, Tyson me tenía atada a la cama boca abajo y con una venda sobre los ojos. Tenía el culo al aire y ninguna opción aparte de aceptar lo que viniera.

Me lubricó el ano como si fuera un Corvette y me penetró. Para mi sorpresa, no sentí dolor. Ahora entiendo que, debido a que no tenía tiempo para entrar en pánico, lo recibí sin pasar por todos los miedos psicóticos tan comunes. Se tomó su tiempo y, cuando me penetró totalmente, trabajó en mí como si estuviéramos teniendo sexo vaginal.

Tyson alcanzó el clímax y seguíamos allí acostados, con su suave pene aún dentro de mí, cuando golpearon fuertemente en la puerta.

—¡Tyson, abre la maldita puerta! ¡Bastardo desgraciado!

—¿Qué diablos sucede? —Volteé la cabeza, pero no pude ver nada debido a la venda en mis ojos—. ¿Quién es esa mujer que golpea?

—Shhhhh, se irá —me susurró.

—¡Desamárrame ya mismo!

Cubrió mi boca con mi mano y yo me encolericé.

—Tan sólo quédate callada, Zoe. No voy a abrir la puerta. Esa puta está loca.

—¡Tyson, sé que estás ahí jodiendo con alguna mujerzuela! ¡Abre la maldita puerta ya mismo! —Él permaneció encima de mí, con el pene en mi trasero, evitando que me retorciera—. ¡No eres más que un mentiroso, tramposo y vagabundo! ¡Tan sólo espera a que te coja fuera del culo de esa puta! ¡Tengo algo para ella!

La mujer se fue o, al menos, eso pensamos. Él se quitó de encima de mí, me quitó la venda y me desamarró. Me vestí rápidamente. No necesitaba otro amante que tirara con alguien más.

—Zoe, ella es mi ex esposa. Terminé con ella. —Tampoco necesitaba otra explicación débil.

—¡Lo que sea! —Acabé de vestirme y comencé a buscar mis llaves—. ¡Tyson, ella no es problema mío, es tuyo!

¡Equivocada nuevamente! Ella era mi problema. Él me acompañó afuera y descubrimos que la muy cerda había pinchado todas las ruedas de mi auto y escrito, con una llave, *PUTA*, en el costado. Hacía rato que se había ido, y por fortuna, si no, creo que la habría asesinado.

La gente sentada en las escaleras de entrada se estaba divirtiendo en grande y lanzando exclamaciones como: "¡Uy, mierda!", "¡Caray, debe ser una verga muy buena!", o "¡Eso es lo que pasa por andar puteando!".

Regresé al apartamento de Tyson para llamar al Automóvil Club. No podía creer que eso estuviera sucediendo. ¿Cómo diablos iba a salir de este lío? Pero, como dicen por ahí, querer es poder...

Le pedí al conductor de la grúa que dejara el auto en el taller al que siempre lo llevaba, cerca de casa, en el otro extremo de la ciudad. No le gustó nada la orden, pero no tenía opción, ya que ese era uno de los beneficios de tener el plan dorado plus.

Tras despedirme de Tyson, me subí a la cabina de la grúa con el conductor y masculllé maldiciones todo el camino hasta el taller.

Tenía que hacerlo ver menos mal, así que llamé a Jason por el móvil cuando ya estábamos llegando y le dije que el auto había sido vandalizado frente al restaurante del centro donde me había reunido con mi distribuidor. Le pedí que me recogiera en el taller en diez minutos. El conductor de la grúa, un viejo pueblerino, me observaba cuando terminé la llamada. Lo miré enfurecida y le dije:

—¡No se meta en lo que no le importa!

Jason ya estaba hablando con nuestro mecánico cuando llegamos al taller. La expresión en su rostro cuando vio el auto, que tuvo que ser transferido a una cama-baja porque todas las llantas estaban pinchadas, fue digna de verse. Tras hacerme cincuenta preguntas a las que respondí siempre: "No tengo ni idea. Simplemente sucedió", decidió alegrarse de que yo no hubiera sufrido ningún daño.

Esa noche hicimos el amor con mayor intensidad que nunca. Todo comenzó cuando él entró al baño mientras yo tomaba una ducha, se arremangó y me restregó la espalda. Ese solo gesto de afecto casi me hace desmayar. Luego me secó, me llevó en brazos hasta la cama y me dedicó más tiempo y atención que nunca. Igual, no fue una maravilla, pero era una señal de que tal vez aún había esperanza para nosotros. No le pedí que tuviéramos sexo oral y Dios sabe que el sexo anal no era una opción. Pero me alegró que por una vez me hiciera sentir que me deseaba tanto como yo a él.

capítulo
diecinueve

En vista de la forma en que Jason me hizo el amor la noche de mi encuentro-con-la-muerte (según él), resolví dedicarme totalmente a mi matrimonio. Había tenido mis aventuras y las había disfrutado, pero la realidad era que seguía amando a mi esposo más que a la vida misma y él era el único hombre al que verdaderamente había deseado.

Para el viernes planeé una noche super romántica. Le pedí a mi madre, que ya había desempeñado labores de abuela de forma excesiva y sobresaliente, que se quedara con los niños para yo poder secuestrar a Jason e intentar resolver mis problemas. Ella aceptó quedarse en casa y yo recogí a Jason en la oficina. Estábamos compartiendo el Land Rover ya que el Mercedes seguía en el taller.

Él pensó que lo recogería para ir a casa, cenar como siempre con los niños y ver un par de comedias seguidas de las noticias.

—¿A dónde vamos? —preguntó al notar que íbamos en la dirección contraria a la de nuestra casa.

—¡Tengo una sorpresa para ti, amor!

—Zoe, estoy un poco cansado. Tenía la esperanza de no hacer nada esta noche —respondió, masajeándose las sienes como si tuviera dolor de cabeza.

—Jason, pasé todo el día planeando esta salida y le pedí a mamá que se quedara esta noche con los niños. Por favor, no lo arruines. Si es sólo por eso, hazlo para darme gusto.

Echó una mirada al asiento trasero y vio la pequeña maleta.

—¿A pasar la noche?

Le sonreí, estiré el brazo y le acaricié el muslo.

—Sí, amor, a pasar la noche.

Me lanzó una sonrisa diabólica.

—Está bien, acepto. Suena prometedor.

—Oh, así es. Créeme. —Moví la mano hacia la parte superior de su muslo y empecé a acariciarle el pene por encima de los pantalones. No me lo impidió y yo quedé sorprendida; pero no lo suficientemente sorprendida para dejar de hacerlo. Me prendí de ese chico malo, que creció y se endureció, hasta que llegamos a nuestro destino.

Como a las seis, llegamos a un pequeño restaurante griego en la periferia de la ciudad, y Jason quedó desconcertado cuando lo guié de la mano a través de la zona de restaurante del primer nivel y hasta las escaleras de la parte posterior. Cuando llegamos al segundo piso, todos los clientes estaban sentados en bonitos cojines en el suelo, tomando cocteles y socializando en el salón oscuro y lleno de humo.

—Zoe, ¿qué diablos es este sitio?

—Ya verás. —Reí a la vez que me inclinaba y le daba un beso. Para variar, no me dio un beso rápido sino que me besó apasionadamente, como cuando estábamos en la secundaria, y yo lo disfruté mientras duró.

La música comenzó a sonar y la primera bailarina se

dirigió al centro de la sala y comenzó su danza del vientre. Jason comenzó a reír tal como yo había imaginado que haría. Ese era el *viejo* Jason que yo intentaba resucitar: el que solía hablar boberías graciosas todo el tiempo, el que había sido objetivo romántico de todas las chicas de la escuela aunque no estuviera disponible, el que me robó el corazón en algún momento entre hacerme señas groseras y un juego de Twister.

La bailarina bailaba frenéticamente y todos los viejos barrigones aplaudían y metían dinero en la cintura de sus trasparentes pantalones. Jason y yo disfrutamos del show y pedimos unas bebidas. Cuando la tercera bailarina apareció, me excusé diciéndole que iba al baño. Estaba mintiendo, pero esta vez era una mentira piadosa.

Cuando en el parlante se anunció el nombre del siguiente número, ¡Zoe!, Jason casi suelta su bebida...

Salí con un traje blanco trasparente, con encaje dorado, y bailé una danza del vientre especial sólo para Jason. Había estado allí esa tarde tomando clase con una de las bailarinas verdaderas, y por eso conocía tan bien el lugar. Bailé seductoramente mientras todos los clientes me observaban y Jason se sonrojaba.

Lo que más lo desconcertó fue cuando meneé mi vientre frente a su cara y él notó la reciente perforación que sostenía un dije de plata con su nombre, *Jason*, grabado en él. Terminé mi baile, recibí aplausos enloquecidos y me dejé caer elegantemente en su regazo. Él levantó el velo que cubría la mitad inferior de mi rostro y me dio un profundo y jugoso beso.

—¡Te amo, Zoe!

—¡Yo también te amo, nene! —Lo volví a besar y me puse de pie—. Ya regreso. Voy a vestirme.

Me dio una palmada en el trasero cuando me volví para alejarme.

—¡Sí, hazlo, muchacha loca!

Cuando regresé, vestida, él asumió que cenaríamos allí.

—Estoy muerto de hambre. Bajemos a comer algo.

—Hummm, disculpe Señor Reynard, pero esta es la noche de la *Señora* Reynard, y la *Señora* Reynard tiene otros planes para la cena.

—¡Uyyy, disculpe usted! —Reímos y caminamos hasta el estacionamiento cogidos de la mano.

Nuestra siguiente parada era un restaurante japonés de aquellos que tienen comedores privados tras biombos de seda y puertas correderas. Tras ser guiados hasta nuestro pequeño paraíso privado, pedimos una jarra de té verde. Los zapatos habían quedado a la entrada del restaurante y, una vez más, nos sentamos sobre cojines en el suelo.

—¿Sabes? Mi espalda va a quedar destruida después de esto, amor—comentó Jason.

Me incliné y susurré en su oído:

—Entonces te daré un buen masaje. —Me volvió a besar y pensé que hacía *mucho* tiempo que no me besaba tantas veces en un solo día—. Tal vez también me dejes masajear algo más —añadí. Pasé la punta de la lengua por su oreja y luego soplé—. Ya vengo, amor. Tengo que hacer pipí.

¿Mentía nuevamente? ¡Diablos, sí! En lugar de la mujer japonesa que originalmente nos había atendido, yo misma traje la jarra de té. Vestida como una geisha, con un kimono de seda y una inmensa peluca negra.

—¡Zoe, esto es demasiado! ¿Por qué estás haciendo todo esto?

—Porque me encanta verte sonreír y hoy has sonreído mucho. —Se rió. Me arrodillé a su lado en el piso porque con un kimono tan largo era imposible sentarse al estilo indio. Lo miré a los ojos y pronuncié cada palabra con el corazón:

—Jason, haría cualquier cosa para hacerte feliz. Te amo y es para siempre.

—¡Siempre ha sido! ¡Siempre lo será!

Comenzamos a besarnos enloquecidamente. Cuando la mesera real entró con nuestros aperitivos, Jason había logrado entreabrir mi kimono y estaba a punto de sacar una teta para chuparla. Permanecí con el kimono y la peluca puestos durante la cena y alimenté a Jason con los palillos, limpiando su boca y barbilla cada vez que un bocado fallaba accidentalmente el objetivo.

—Bueno, Zoe, casi temo preguntar qué sigue después de esto. ¡Muchacha loca!

Estábamos en la puerta del restaurante, esperando a que nos trajeran el Land Rover. Me acerqué a él, me puse en punta de pies y le di un breve beso.

—¿Qué quieres ahora?

—Hummm, bueno, si no recuerdo mal, hace unas horas intenté tomar alguna decisión y fui informado de que hoy la noche era de la *Señora* Reynard, y la Señora Reynard tomaría todas las decisiones.

—Correcto, la Señora Reynard toma las decisiones —exclamé, dándole un suave pellizco en el brazo.

Me agarró y me hizo cosquillas. El resto de las personas esperando sus autos nos observaba y reía. De camino a nuestro siguiente destino, me sentía totalmente feliz. Por primera vez en siglos, Jason y yo pasábamos un rato verdaderamente romántico, como cuando éramos más jóvenes.

La noche era cálida y clara, cosa que me alegró ya que nuestra siguiente parada no habría funcionado bien de otra manera. Condujimos largo rato hasta un observatorio situado casi a una hora de Atlanta. Nunca habíamos ido allí pero siempre había querido visitarlo.

Llegamos a tiempo para ver una presentación en el planetario y luego fuimos a la plataforma de observación para mirar las estrellas a través de su telescopio gigantesco. Creo que yo disfruté más que Jason de esa parte de la velada. Aún cuando él me escuchaba hablar todo el tiempo sobre el cielo y había mantenido su promesa de construirme una casa llena de claraboyas para que pudiera ver las estrellas siempre que lo deseara, su amor por ellas no era tan grande como el mío.

Antes de salir, hice lo que realmente había ido a hacer: adoptar una estrella. Adopté *nuestra* estrella, la estrella que Jason y yo habíamos escogido juntos la primera noche en que nos besamos en las escaleras de entrada de mi casa. El dinero de la donación contribuía al mantenimiento del observatorio. Nos entregaron un certificado enmarcado con el nombre de nuestra estrella, "Ambrose", que en griego significa inmortal y eterno... como nuestro amor. Nuestros nombres también quedaron impresos en el certificado, al lado de las palabras *¡Siempre ha sido! ¡Siempre lo será!*

Ya era hora de encaminarnos a nuestro último destino: un acogedor hotelito en el campo. Cuando llegamos al Waterside Inn, nos mostraron nuestra habitación. Tenía un balcón sobre el pequeño lago de la propiedad.

Pedí que nos enviaran una botella de champaña helada y luego pedí a Jason que tomara un baño de espuma conmigo. Casi me da un paro cardiaco cuando aceptó. Tomamos un largo baño juntos en una bañera antigua. Me senté a sus espaldas, con las piernas rodeando su cintura. Tuvimos una de las conversaciones más íntimas y estimulantes de nuestro matrimonio y quedé abrumada por su actitud abierta.

Hicimos el amor sobre unas sábanas frescas y blancas, bajo un edredón hecho a mano, y fue maravilloso. Los preliminares duraron mucho más de lo que solían. Tiempo atrás, cuando aún éramos vírgenes, pasábamos horas acariciándonos, pero cuando comenzamos a tener sexo, fue como si la intimidad desapareciera. Ahora, en una sola noche, yo estaba viviendo la intimidad y el sexo, y me fascinó cada minuto. Todo fue maravilloso hasta que...

... Intenté hacerle sexo oral. Se puso iracundo.

—¡Zoe, deja esa porquería! ¡MIERDA!

—Jason, ¿qué diablos te sucede?

—Sabes que eso no me gusta. —Saltó de la cama y se puso una de las pesadas batas de tela de toalla del hotel.

—¿Cómo puede no gustarte algo si nunca lo has ensayado? No te entiendo. —Quería contarle lo delicioso que era y que yo era una maestra en mamar, pero desde luego, mi plan de la noche no incluía que él me pidiera el divorcio, así que me abstuve—. Jason, regresa a la cama. No tenemos que hacerlo si no quieres, amor.

Él volvió a la cama y, abrazados, nos dormimos. No quería que toda la noche fracasara. Me había esforzado mucho organizándola para que terminara en pelea. Sencillamente me alegraba de que hubiera habido alguna mejoría en nuestra vida sexual, incluso si no estaba ni cerca de lo que yo realmente necesitaba.

Ya avanzada la mañana, algo me sucedió. Fue como si algo estallara. Me desperté, comencé a llorar y terminé en el baño, con la puerta cerrada y acuclillada en el suelo entre el inodoro y la tina. No quería que Jason me escuchara berrear como una niña de tres años, pero no podía controlarme. Lo único que siempre había querido era que un hombre me amara, y él me amaba. Me ha amado toda la vida. Siempre que Jason y yo hacemos el amor, para mí es como ganarme la lotería, pero al mismo tiempo se siente casi como si él me estuviera haciendo un maldito favor.

—¡Marcella, estoy totalmente exhausta! —No era tanto el agotamiento sino el estrés. Había estado discutiendo mi vida sexual con ella durante horas y aún no llegaba a la parte *realmente* grave. Y no me entusiasmaba nada revelar esa situación.

—Zoe, está bien. Te entiendo. —Despegué la mirada del diván y la dirigí a ella. Estaba sentada en su sillón de cuero, al lado del diván, tomando notas en su libreta—. Hoy hemos avanzado bastante. Hemos progresado muchísimo.

—¿Sí? —pregunté perpleja.

—¿Sí qué?

—¿Progresamos muchísimo?

—¡Desde luego! El solo hecho de que hayas sido capaz de hablar de tus problemas es un logro muy significativo. —Me sonrió tímidamente, posiblemente preguntándose si yo realmente le creía algo—. Como dije, avanzamos bastante.

Me enderecé y me froté los ojos. Los tenía irritados de tanto llorar. La mayor parte del tiempo, mientras hablaba, los mantenía cerrados para no tener que mirarla. No quería ver el asco en su rostro. A medida que mis ojos se adaptaron a la suave luz de su oficina, vi que la doctora Marcella Spencer no parecía nada asqueada. Sabía que estaba escondiendo sus sentimientos. No quería que yo sintiera su aversión. ¿Cómo podría alguien evitar sentir odio hacia una zorra despreciable, mentirosa y manipuladora como yo? ¿Incluso aquellos a los que se les pagaba para simular que no lo sentían?

—Sí, cubrimos mucho terreno, pero...

—¿Pero qué, Zoe?

—¿Crees que puedes ayudarme? ¿Honestamente? ¿Cómo detengo esta locura que se ha adueñado totalmente de mí?

—Bueno, lo primero que debo preguntarte es ¿cómo te sientes con respecto a Quinton y Tyson? ¿Estás enamorada de alguno de ellos?

Reflexioné la pregunta.

—No puedo estar enamorada de Quinton o Tyson porque estoy enamorada de Jason.

—Así que ¿sientes que no es posible amar a más de un hombre a la vez?

—Los aprecio a ambos; más a Quinton que a Tyson, pero no es amor. Me dan algo que necesito. Debo reconocer que me he acostumbrado a estar con ambos. Mi intención nunca fue ver a Tyson más que un par de veces, pero hoy día los veo a todos cada semana. Esto tiene que terminar. Es la única conclusión posible.

—Veo.

¡Mierda, no ese "veo" otra vez!

—Marcella, ¿podrías responder a mi última pregunta? ¿Sientes que puedes ayudarme a salir de este lío?

Ella se inclinó en el borde de su sillón, acercándose a mí.

—Voy a ser totalmente honesta contigo. La adicción

sexual no es precisamente mi área de especialización. —Me pregunté qué tan lejos estaba de su área—. Sin embargo, hay ciertas cosas que se presentan en todas las adicciones.

Titubeó y lo último que yo necesitaba era que me mantuviera en suspenso.

—¿Por ejemplo?

—Bueno, como sabrás, los programas de rehabilitación por abuso de drogas o alcohol funcionan en una matriz multi-etapas.

—¿Perdón? —pregunté, comprendiendo que cualquier esperanza de una recuperación rápida desparecía del panorama—. ¿Me estás diciendo que debo dejar la adicción de forma gradual?

—¡Algo así, pero escúchame! —Levantó la voz una octava al sentir mi irritación. Y estaba en lo cierto: yo estaba muy furiosa—. Como cualquier otra adicción, es extremadamente difícil dejarla de una...

—¡Humm, un momento! ¿Me está diciendo que debo seguir tirando con esos hombres y mintiéndole a mi esposo?

—Zoe, cálmate. —Se dirigió a su escritorio para encender un cigarrillo—. Debes relajarte y escucharme hasta el final.

—¡A la mierda la calma! —Pegué un salto y empecé a ponerme mi abrigo—. ¡No puedo creerlo! Finalmente me armo de valor para contar a alguien todas las asquerosas y despreciables porquerías que he hecho. Finalmente vomito mis entrañas sobre todo eso, sin mencionar lo que te pago para que me permitas hacerlo y ¿esto es lo que recibo a cambio? ¿Me dices que siga haciéndolo? ¿Qué me sugieres? ¿Que reduzca mis encuentros sexuales de cuatro a dos por semana? ¿Qué le asigne a Quinton el lunes y a Tyson el miércoles, y todos contentos?

Su mano temblaba mientras intentaba encender el cigarrillo con su encendedor de plata. Estaba tan nerviosa como yo, pero se suponía que ella era la experta.

—¡No, Zoe, de ninguna manera! ¡*Voy* a ayudarte, pero tienes que escuchar lo que tengo que decirte!

Me calmé un poco, me senté nuevamente en el diván y la miré fijamente.

Regresó al sillón frente a mí, inhalando como la chingada.

—Tengo un amigo que se especializa en la adicción sexual. Tiene el consultorio en Florida y creo que él podría ayudarte.

—¿*Él*? Ohh, maldita sea, esto se pone cada vez más complicado. No puedo discutir esto con un hombre. Los hombres son la causa de todos mis hijueputas problemas.

—Entiendo, pero...

La interrumpí.

—El principal motivo por el que recurrí a ti es que eres mujer y pensé, que como mínimo, podrías sentir algo más de empatía con mi situación. Pero un hombre no podría entender nada del caos que tengo en la mente.

—Entiendo lo que dices, pero...

—Además, ¿qué se supone que debo hacer? ¿Decirle a Jason que voy a la Florida en viaje de trabajo mientras realmente me registro en una clínica para ninfómanas? Eso no es opción.

—¿Eres ninfómana? —Hizo la pregunta como si aún no conociera la respuesta.

Me puse de pie y me dirigí hacia la puerta.

—¿Qué putas crees tú?

Ya estaba cerca del ascensor cuando me haló suavemente de la manga del abrigo.

—Zoe, ven a la oficina para que podamos hablar. Sin costo. Tenemos que resolver esto. No quiero que te vayas tan molesta. De verdad quiero ayudarte. ¿Por qué no puedes creerlo?

Intenté controlarme y evitar que mi corazón palpitara demasiado fuertemente. Sentí la sinceridad en su voz mientras presionaba el botón del ascensor. Logré pronunciar las siguientes palabras en un tono normal.

—Mire, doctora Spencer...

—Marcella —me corrigió.

—Marcella, realmente te agradezco que me escuches y me abras espacio en tu apretada agenda. Lamento mucho haberte ladrado hace un momento, pero la presión y el estrés que he soportado últimamente me están destruyendo. —Volví a presionar el botón del ascensor.

—Puedo ver que te está destruyendo —exclamó, acariciándome el brazo—. Es por eso que debes permitir que te ayude.

La miré a los ojos buscando algún presagio de que ella era mi salvadora.

—No, no puedes ayudarme. Nadie puede. Yo me metí en este problema y yo tengo que salir de él.

—En eso es en lo que estás totalmente equivocada. —Noté gotas de sudor en su frente. Estaba realmente estresada por mí—. Si pudieras salir de esto sola, ya lo habrías hecho. De hecho, si hubieras tenido opción, nunca habrías llegado a esta situación.

Tenía razón, pero yo seguía sin creer que ella pudiera mejorar las cosas.

—La realidad es esta: después de toda la mierda que he soportado con Quinton, sigo tirando con él. Después de toda la mierda con Tyson y su puta destruyendo mi auto, sigo tirando con él. Nada logrará que deje de hacerlo, excepto que Jason lo descubra y me ahorque. Eso es lo realmente patético de todo esto.

Las puertas del ascensor se abrieron. Subí y presioné

el botón de la recepción. Ella se recostó en la puerta para evitar que se cerrara.

—Entonces, ¿qué vas a hacer ahora Zoe? ¿Continuar en tu sendero de destrucción?

Alcé los brazos al aire y luego me aferré a la barra cromada que rodeaba el interior del ascensor.

—¡Maldita sea si sé qué voy a hacer ahora! —Luché contra las lágrimas, resuelta a no soltar una más frente a Marcella—. Amo a mi esposo hasta la muerte, pero tal vez, en lugar de ir a casa, vaya a donde uno de mis amantes y lo deje hacer lo que quiera conmigo. ¿Quién sabe?

Ella sintió el sarcasmo.

—De hecho, sí sé lo que voy a hacer cuando salga de aquí —continué—. Voy a visitar a mi mejor amiga y a asegurarme de que esté bien. No he visto a Brina desde que la llevé a la sala de emergencias el sábado pasado. Y, tal vez, sólo tal vez, si ella no está en la mitad de otra de sus propias crisis, le pediré que me deje llorar en su hombro.

Marcella sonrió. Era una sonrisa débil, forzada, pero igualmente bienvenida. Bajó la voz casi hasta susurrar.

—Me parece un buen plan, Zoe. Pero escucha... —Estiró el brazo y oprimió mi hombro—. Si alguna vez quieres volver a hablar, aquí estaré. Puedes llamarme a cualquier hora, día y noche. No puedo obligarte a seguir en terapia conmigo, pero quiero que sepas que siempre estaré a tu disposición. ¡Siempre!

—Gracias. —Mi sonrisa fue genuina.

Las puertas del ascensor se cerraban cuando ella metió un pie para detenerlas.

—Zoe, nunca tuvimos oportunidad de discutir tu tercer amante. ¿Estás segura de que no quieres quedarte una hora más para continuar la conversación?

Sonreí con suficiencia, preguntándome qué tan loca pensaría ella que yo estaba si le contaba la verdad. Si simplemente le soltaba toda la carga de mierda como si estuviera lanzando una moneda al pozo de los deseos.

—Créame doctora. Eso es algo de lo que definitivamente no necesito hablar en este momento. De hecho, probablemente es algo que no debería tocar nunca. Punto.

Quitó el pie y lo último que vi antes de que las puertas del ascensor se cerraran fue la expresión de perplejidad en su rostro.

capítulo
veintiuno

Lloviznaba cuando llegué al edificio de Brina. Me abstuve de entrar durante unos minutos porque seguía muy alterada por el inesperado altercado con Marcella. No había estado preparada para oírla admitir que no tenía ni idea de lo que estaba haciendo. Podría habérmelo dicho el primer día.

Debí haberle contado a Brina todo el drama desde el principio y haberme evitado todo el lío de la terapia. Sin mencionar el malestar y la humillación que soporté al contar a una total desconocida todas mis cosas. A pesar de todo, Marcella me caía bien. Había algo verdadero en ella. Tan sólo deseaba que hubiese podido ayudarme.

Decidí que ya había retrasado lo suficiente una charla seria con Brina. Y ¿qué importaba que ella siempre creyera que yo era perfecta? Ella había entendido la telenovela de Jason y Zoe mejor que nadie; al fin y al cabo, había tenido siempre un asiento en primera fila. Mi amigota sencillamente tendría que aprender a vivir con la idea de que su ídolo no era una dama sino una zorra. Brina y yo éramos amigas hacía muchos años y, a diferencia de cualquier otra persona, ella no me juzgaría. De eso, al menos, estaba segura.

Tras correr hasta el vestíbulo alfombrado del edificio, doblé el periódico que había puesto sobre mi cabeza para proteger mi peinado y me sacudí el agua del abrigo. Golpeé en la puerta pero nadie respondió. El auto de Brina estaba estacionado enfrente así que me sorprendió que no abriera la puerta. Después de todo, ella era la que decía que siempre regresaba directamente a casa después del trabajo. No me la imaginaba andando por ahí y, dado que llovía, no podía estar dando una caminata.

Escuché música a todo volumen y comprendí que provenía de su apartamento. Imaginé que estaría en la ducha o algo así y por eso no había escuchado mis golpes en la puerta. Pensé en esperar unos minutos en el vestíbulo y volver a golpear. Yo estaba acostumbrada a entrar como Pedro por mi casa con la llave que tenía escondida, pero por algún extraño motivo, sentí que ese día no debía hacerlo.

Resolví esperar unos minutos. No quería ir a casa y enfrentar a Jason inmediatamente; ir a donde alguno de mis amantes no era opción. Además, quería revisar los moretones de Brina y saber si estaba dispuesta a aceptar mi oferta de empleo. Ante todo, necesitaba confesarme con ella. ¡Suficientes mentiras!

Me volví cuando escuché abrirse abruptamente la puerta del otro lado del corredor. Allí, de pie, en bata, con un bate de béisbol en una mano y una expresión demoniaca en su rostro pálido, estaba una anciana blanca. Inmediatamente me hice a un lado. Una anciana blanca, de ochenta años, con un bate y esa mirada, era algo que no me entusiasmaba.

Me miró de arriba abajo y bajó el bate, convencida de que yo no parecía ser un criminal.

—Algo malo sucedió ahí anoche —susurró, como si

temiera que la escucharan, aunque yo era la única persona en el corredor.

Señalé la puerta de Brina, con el corazón galopándome en el pecho.

—¿Aquí? ¿En este apartamento?

Asintió con la cabeza.

—¡Algo *realmente* malo!

Tras eso, cerró su puerta en mis narices. Quedé allí, paralizada del miedo. ¿A qué diablos se refería? Comencé a golpear en su puerta, pero la anciana no abrió.

—¿Qué quiere decir con algo malo? ¿Señora? ¿De qué está hablando?

Mi primer pensamiento fue llamar a Jason. Busqué mi teléfono en el bolso y, tras marcar los primeros cinco dígitos del teléfono de nuestra casa, comencé a reír y lo apagué. ¡Esto era ridículo! Esa anciana probablemente estaba senil. Hasta donde sabía, ella había inventado todo. Brina estaba bien. Tenía que estar bien. Hacía poco la había visto.

Tomé la llave de repuesto y entré a su apartamento. El salón estaba a oscuras, pero todo parecía estar en su lugar. Por la rendija de la puerta de la habitación se veía una luz. La música también salía de allí. Nunca olvidaré la canción que estaba sonando. Era la versión de Billie Holiday de "God Bless the Child".

Entré a la habitación de Brina. No podía respirar. Al principio, mis ojos se rehusaban a registrar lo que veían. Diez segundos después, comencé a gritar.

Hasta hoy, sigo confundida sobre el desarrollo de los eventos que siguieron. Realmente no importa quién entró allí, quién llamó a la policía, quién me levantó del suelo, quién llamó a Jason para que fuera por mí, quién hizo esto y quién hizo aquello. Todos llegamos tarde. Brina estaba muerta y mi vida jamás volvería a ser como antes.

Recuerdo a Jason corriendo para entrar al apartamento del supervisor, empapado. En algún momento, la llovizna se había convertido en una fuerte tormenta. Los detectives de homicidios establecieron su base de operaciones en el apartamento del supervisor, de manera que el equipo forense pudiera hacer en el apartamento de Brina, y sin tener gente entrando y saliendo, lo que sea que hacen cuando alguien es brutalmente asesinado. Jason se reunió conmigo en el sofá y casi tuvo que cachetearme para sacarme del shock. Tan sólo podía llorar, enterrarme en sus musculosos brazos y rezar para que la pesadilla desapareciera.

Pero no desapareció. Me pareció que pasamos horas allí mientras yo contestaba miles de preguntas. Para algunas sabía la respuesta, para otras no. Les dije que debían hablar con la vieja del otro lado del corredor, quien no se tomó el trabajo de llamar a la policía la noche anterior cuando escuchó que algo iba muy mal.

Les describí mi entrada al apartamento y cómo encontré a Brina en posición fúnebre sobre su cama, con las manos cruzadas sobre el pecho. Todas las sábanas habían sido quitadas, a excepción de la sábana ajustable de flores y el forro del colchón. Me estremecí al pensar en toda la sangre. Había sangre en todas partes. En la cama, en la alfombra, incluso en las paredes.

Un técnico forense irrumpió en la habitación para informar a los detectives que había encontrado ochenta y siete puñaladas en el cuerpo, como si estuviera orgulloso de poder contar hasta cien. Jason pronunció las palabras que yo tenía en la mente:

—¿Por qué tiene Zoe que escuchar esto? ¿No conocen la compasión?

Uno de los detectives estuvo evidentemente de acuerdo y sacó al bastardo insensible al corredor para que terminara de informar sus descubrimientos. Continué con mi declaración, lo que había para declarar, contándoles todo lo que sabía: la apariencia de Dempsey, dónde lo había conocido Brina, lo que sabía sobre las golpizas que le daba, cómo una vez lo había amenazado con mi navaja automática para obligarlo a irse y cómo había llevado a Brina al hospital unos pocos días antes de su muerte para que le hicieran curaciones.

Cuando estuvieron medianamente convencidos de haber obtenido todo lo que podían de mí, indicaron a Jason que podía llevarme a casa y me aseguraron que rastrearían a ese perro asesino, costara lo que costara.

Cuando llegamos a casa, mi mamá estaba allí con los niños, que ya estaban acostados. Gracias a Dios era una de las noches en que ella solía cuidarlos. Jason pudo ir a rescatarme inmediatamente y yo estaba agradecida. Si hubiera tenido que enfrentar todo eso sola mientras él esperaba que llegara alguien a cuidar a los niños, realmente habría sido un caso perdido. Tener a mi esposo a mi lado durante esa dura prueba fue lo único que me impidió derrumbarme. Jason es mi amor, mi vida, mi todo.

Los días siguientes fueron un verdadero infierno. Mi mamá prácticamente se trasladó a vivir con nosotros para cuidarme como a un bebé, llevándome tazas de leche tibia, llenándome la tina y peinándome como si estuviera completamente inválida. Jason se portó maravillosamente. Pidió permiso en la oficina y se encargó de organizar el funeral de Brina. La madre de Brina estaba tan destrozada como yo. Incluso, estuvo sobria unos cuantos días para concentrarse en su tristeza. Tal como yo, no estaba en condiciones de escoger un ataúd o un vestido. Mi amor lo hizo todo. Incluso, cubrió todos los gastos, pues Brina no tenía seguro y su madre a duras penas tenía con qué comer.

El día del funeral fue muy bonito, cosa que agradecí. Brina tenía muy pocos amigos y nunca permaneció suficiente tiempo en un empleo para establecer relaciones duraderas con sus colegas. Por esa razón, Jason aseguró el puesto al lado de la tumba. Había escogido un bello ataúd blanco y una inmensa cama de rosas rosadas para cubrirlo. Durante toda la ceremonia me tuvo cogida de la mano y me consoló.

En ese momento supe que había llegado el final. Supe que podía superar mi adicción sexual. Jason era lo único que yo necesitaba. Si para estar con él tenía que reprimir mis deseos sexuales durante el resto de mi vida, así sería. Era un sacrificio que estaba dispuesta a hacer.

Cuando caminábamos de regreso a la limosina negra facilitada por los servicios funerarios, lo detuve solamente para darle un abrazo y un beso apasionado.

—¡Te amo, Jason!

—¡Y yo a ti, Zoe, y por siempre!

Logré sonreír por primera vez desde la muerte de Brina.

—¡Siempre ha sido! ¡Siempre será!

capítulo
veintidós

Después del funeral de Brina pasé otra semana sin ir a trabajar. Sencillamente no era capaz de tomar decisiones. Delegué diversas tareas a los empleados y pasé bastante tiempo con mi esposo y mis hijos. Qué estupidez de mi parte había sido arriesgar todo lo que tenía para saciar mis deseos sexuales. Había perdido tanto tiempo valioso jodiendo por ahí, tiempo que habría podido pasar con el amor de mi vida y los lindos enanos que habíamos producido juntos.

Cuando finalmente regresé a la oficina, la mayoría de las tareas importantes se habían hecho, pero tenía una pila inmensa de mensajes telefónicos. No me sorprendió mucho. Antes de leerlos ya sabía que la mayoría sería de mis amantes. Mi secretaria sospechaba hacía tiempo de mis actividades extramaritales y estoy segura de que las llamadas descaradas de los tres a la oficina durante mi ausencia le resolvieron cualquier duda que hubiese tenido. Realmente no me importaba lo que pensara o supiera. Ya tenía a suficientes personas enredadas en mi telaraña de engaños.

Eché una mirada a los mensajes y acabé botándolos todos a la cesta debajo de mi escritorio. Había llegado la hora de terminar con todas las estupideces, mentiras y estrés, y nunca hay un mejor momento que el presente. Tras diez minutos en la oficina, salí y le dije a mi secretaria que regresaría más tarde. Ya había estado ausente de la oficina más de una semana, unas pocas horas más no harían mayor diferencia.

Salí a la acera y respiré profundamente. Estaba lista para terminar con el melodrama y recuperar mi vida. Iba a terminar con las tres aventuras en un solo día, regresar a casa y hacerle el amor al hombre que tenía en sus manos mi corazón. Sabía que no sería fácil, pero jamás imaginé lo difícil que resultó cumplirlo.

Decidí hablar primero con Tyson porque era el más temperamental. Pensé que si resolvía lo peor primero y después lo demás, acabaría con una terrible migraña, pero con todo lo demás intacto. Eran como las diez de la mañana, así que tenía que ir al taller donde trabajaba para hablar con él. No me importaba. A más gente, mayor seguridad.

Cuando llegué, vi su motocicleta parqueada a un lado del edificio. Lo encontré trabajando en la zona de servicios en un auto importado. Tenía la cabeza enterrada en el capó y se sorprendió al escuchar mi voz.

—Tyson, necesito hablar contigo.

Se enderezó y estuvo a punto de golpearse la cabeza con el capó.

—¡Mierda, me asustaste! —exclamó, tomando un trapo para limpiarse el aceite y la grasa de las manos.

—Lo siento. No pretendía darte un susto.

—Zoe, ¿dónde has estado metida? Llevo casi dos semanas dejándote mensajes en la oficina.

Bajé la mirada para evitar el contacto visual.

—He estado ocupada. Se presentó algo.

—Ahhhhh, en otras palabras, ¿te aburriste de mí?
—Se dirigió a una pequeña nevera que se encontraba al lado de una caja de herramientas en la mesa de trabajo y sacó un refresco helado—. ¿Quieres uno?

—No, gracias. —Me acerqué a él y me recosté en la mesa de trabajo. Necesitaba apoyarme en algo y tenía la esperanza de que la mesa tuviera algún poder místico y me transmitiera su fuerza.

—Y entonces, ¿qué sucede, Zoe? Debe ser algo muy importante para que te aparezcas por aquí, *en mi trabajo*, después de no tomarte la molestia de llamar en tanto tiempo.

Él estaba totalmente alerta. Yo estaba muy nerviosa. El sexo con Tyson siempre había sido brusco y frecuentemente me había preguntado si eso reflejaba una tendencia violenta de su naturaleza. Nunca me había golpeado ni nada por el estilo, pero siempre hay una primera vez. Tenía la esperanza de estar equivocada.

Carraspeé y recé para que no diera un salto y me golpeara en la cara.

—Tyson, se acabó.

En un primer momento pareció aturdido, pero su mirada se transformó rápidamente en furia.

—¿Qué se acabó?

Sabía perfectamente a qué me refería.

—Tú y yo. Se acabó. —Lo dije como si estuviera anunciando el boleto ganador de una rifa en un bazar—. No puedo seguir haciéndolo.

—Veo. —Tyson permaneció en silencio durante un par de minutos y yo también. No me golpeó, así que la cosa parecía ir bien—. Zoe, creo que simplemente estás estresada. Es obvio que algo malo sucedió. No has ido al trabajo o hecho *cualquier cosa*, así que debe haber sido serio.

—Sí, algo muy malo sucedió.

—Bien. Si no quieres hablar sobre eso, está bien. Pero no dejes que nos afecte, nena. Podemos superarlo.

Era muy sincero. Estaba viendo un aspecto de Tyson que ni siquiera sabía que existía: un lado sensible. Casi me hizo retractarme y seguir con él, pero esa no era una opción.

—No, no podemos superarlo. Cometí un error, un error terrible, y todo es culpa mía. Asumo toda la responsabilidad. Jugué con los sentimientos de otras personas para beneficiarme y ya no puedo seguir haciéndolo. Tengo que quemar las naves con todos ustedes y seguir adelante. Mi lugar está en casa, con mi esposo.

—Un momento. ¿Cómo así que tienes que "quemar las naves con todos ustedes"? ¿Cuáles *ustedes*?

¡Mierda! ¡Embarrada!

—Era sólo un decir —murmuré, intentando sacar la pata—. Me refiero a quemar las naves contigo.

—Ahhh, pensé que querías decir otra cosa. —Parecía confundido.

—¿Cómo qué? —pregunté, dispuesta a hacerme la boba.

—Hummm, olvídalo. Más bien concentrémonos en el tema. —Me tomó la mano y comenzó a jugar con mis dedos, uno por uno—. Puedo entender que necesites tiempo para ti misma, pero no quiero perderte.

—Tyson...

—¡Escúchame, por favor!

—Está bien. —Acepté, a pesar de saber que, sin importar lo que dijera, yo no cambiaría de opinión.

—Si es porque he estado presionándote demasiado, le bajaré. Puedo aceptar tus condiciones. Lo prometo.

Estaba a punto de decirle que la discusión era inútil cuando se desató el infierno. Lo vi y escuché al mismo tiempo. Una roca se estrelló contra mi auto, rompiendo la ventana trasera. *¿Qué demonios estaba pasando?*

Tyson intentó impedir que yo saliera de la zona de servicio.

—¡Déjame encargarme de esto, Zoe!

—*¿Encargarte? ¡A la mierda!* —Me solté de él y salí a enfrentar a la desgraciada.

Estaba recostada en mi auto, sonriendo como si acabara de ser coronada Miss Estados Unidos.

—Así que tú eres la zorra que se ha estado comiendo a mi hombre. Sigue metiéndote con él, puta. ¡Me encanta aporrear tu auto!

Era una puta grandísima. Mucho más grande que yo. Tenía que medir por lo menos cinco pies con nueve pulgadas y pesar unas 185 libras, pero no me importó. Le di una trompada tan pronto la tuve a mi alcance.

Después, comenzamos a luchar. Ella me arrancó un mechón de pelo y yo le rasguñé la mandíbula con mi anillo de matrimonio. Ese fue sólo el principio. Me arrancó un botón de la blusa. Yo contraataqué y la pateé en la pucha. En ese momento, Tyson la agarró y la alejó de mí.

—¡Dusty, déjala en paz! —La agarró desde atrás y le puso los brazos en la espalda.

No obstante, yo aún no había terminado con la desgraciada esa y la volví a golpear, esta vez en el estómago.

—¿Dusty? Sí, luces como una puta toda polvorienta.[1]

—¡Vete a la mierda, mujerzuela!

Para ese momento, Tyson estaba perdiendo la lucha.

—¡Zoe, métete al auto y vete! ¡Hablaremos después! ¡Pasaré por tu oficina!

---

1 En inglés, «dusty» quiere decir «polvoriento», de ahí el juego de palabras (N. del ed.).

—Tyson, ¡mi ventana está rota! ¡Es la segunda vez que esta hijueputa se mete con mi auto!

—¡Cierto, nena, y volveré a meterme con tu auto si vuelves a acercarte a mi hombre!

No podía creer que ella siguiera diciendo estupideces. Obviamente, Tyson ya había tenido suficiente también porque la tumbó en el piso y la pateó. En ese momento salté sobre él porque golpear a una mujer —aún si es una puta cuya chocha está tan seca que ni los cangrejos se le acercan— no es aceptable. Halé del brazo a Tyson, intentando alejarlo de ella.

—¡Tyson, déjala! ¡Es una mujer!

Ella levantó la mirada del piso de concreto con ojos inyectados de sangre.

—¡Nena, a él eso le tiene sin cuidado! Por eso es que ha estado en la cárcel.

Lo miré, confundida.

—¿En la cárcel?

—Zoe, haznos un favor a todos, ¡súbete al auto y regresa a tu oficina! Iré a verte. —Tyson y yo nos estábamos mirando fijamente cuando Dusty nos cogió por sorpresa a ambos, se levantó del piso con la destreza de un ninja y agarró a Tyson por la oreja, arrancándole el arete de cruz que llevaba. La sangre brotó a borbotones y ella desapareció. Yo también lo habría hecho: por la expresión de su rostro, era evidente que Tyson estaba dispuesto a golpearla hasta volverla papilla.

Yo tampoco me iba a quedar esperando el siguiente capítulo. Para cuando él se volteó a buscarme, todo lo que vio fue el tubo de escape de mi auto. Yo había hecho lo que había venido a hacer y eso era lo único que me importaba. Tan sólo recé para que no se apareciera en mi oficina como dijo, porque quería ponerle fin a esa situación de una vez. El comentario de Dusty de que había estado preso me impactó. Nunca se me había ocurrido revisar el pasado judicial antes de aceptar un amante. Comencé a preguntarme si sería como Dempsey. La policía aún no había encontrado a Dempsey y había pedido a la Policía Estatal de Alabama que se mantuviera alerta también. Yo habría deseado que estuviera muerto, pero incluso la muerte era demasiado buena para él después de lo que le hizo a Brina. Quería que sufriera todo lo posible.

De regreso al centro en el auto, mi mente era un pozo de confusión, lleno de imágenes que pasaban como en una presentación de diapositivas. Extrañaba a Brina, tenía dolor de cabeza, Tyson era un criminal condenado y yo no tenía idea del crimen que había cometido, la ventana del auto estaba rota y mi blusa rasgada, el labio me sangraba y tenía una terrible migraña. Lo que más me preocupaba era cómo iba a explicarle todo eso a Jason. Él era lo único que importaba. Esta vez no sería tan fácil engañarlo sobre lo del auto; sin mencionar el hecho de que lucía como si hubiese tomado parte en una pelea callejera... y así era. Tenía que inventar algo para cubrirme la espalda. Siempre lo lograba.

Pero la peor parte de todo era que el drama con Tyson era tan sólo un primer paso. Aún tenía dos por resolver y la cordura se me estaba deslizando de las manos mientras me aferraba al timón, de camino a mi siguiente y último destino.

capítulo
veintitrés

Llegué al edificio de Quinton unos treinta minutos después e intenté verme presentable antes de subir a su apartamento. No me importaba el vidrio del auto ni lo demás. Me eché pintalabios, me pasé los dedos por el cabello y me metí la blusa entre la falda, intentando esconder el hecho de que le faltaba un botón. Por qué me tomaba tantos trabajos, era algo que no podría responder. No era que tuviera una cita. Al contrario, iba a dar término a un error. A dos errores.

Cuando descendí del ascensor, dudé un momento sobre a quién visitar primero. Golpeé en la puerta de Quinton y él abrió inmediatamente.

—¿Qué haces acá, Zoe?

Estaba de pie en la puerta, bloqueándome el paso.

—¿Puedo entrar, Quinton?

—¡No! —Me preguntaba por qué se estaba portando tan groseramente conmigo hasta que se me ocurrió que tal vez había descubierto algo que yo debería haberle contado hacía muchos meses—. ¡No puedes entrar!

—Está bien. Diré acá mismo lo que tengo que decirte y me iré. —Las piernas comenzaron a temblarme y, por un breve segundo, pensé que las rodillas no me sostendrían—. ¿Por qué estás siendo tan desagradable?

—¡Por nada! —Ladraba como una tortuga enfurecida y la situación no era coherente.

—Quinton, regreso al trabajo y encuentro cincuenta mensajes tuyos pidiéndome que me comunique. Y, cuando vengo a verte, ni siquiera me dejas entrar. ¿A qué juegas?

—Qué te puedo decir, Zoe... las cosas cambian.

En ese momento supe *con certeza* que había sucedido algo que yo ignoraba. Estaba a punto de preguntarle cuando escuché crujir la puerta de las escaleras.

—¿Quién está ahí?

—Ahora estás imaginando cosas, Zoe. —Lo miré fijamente. Nunca antes me había dirigido esa mirada maliciosa. Sus ojos expresaban odio—. Pero supongo que tienes suficientes motivos para sentirte paranoica, ¿no?

—Quinton, voy a ir directamente al grano ya que pareces tener algo atragantado. —Volteó los ojos—. No puedo seguir viéndote.

¡Se burló de mí! Allí, de pie en su puerta, se rio de mí en mis narices. El mismo hombre que me había rogado miles de veces que abandonara a mi esposo y me fuera a vivir con él.

—Humm, así que ahora soy una maldita broma, ¿eh, Quinton?

Su voz recuperó el tono normal y la sonrisa desapareció.

—Zoe, siempre has sido una broma, sólo que yo no lo comprendí hasta el otro día.

—¿Cuál día? ¿A qué diablos te refieres? —Comenzaba a molestarme y el dolor de cabeza me estaba matando.

—¿Sabes qué, Zoe? —Se cruzó de brazos y se recostó relajadamente contra el marco de la puerta, como un hombre a punto de tomar venganza contra su peor enemigo.

—¿Qué? —Tenía la sensación de que su respuesta sería algo que yo realmente no quería oír, pero de todas maneras pregunté.

—Tuve una almuerzo de trabajo el otro día para discutir un nuevo proyecto que me encargaron.

—¿Y? Me perdí.

—Y el proyecto es pintar un mural para un nuevo centro cívico que están construyendo.

Sonrío y aspiró por entre los dientes con un feo ruido; quise morir.

—¡Por favor, no!

—Ohh, sí. Ahora estás entendiendo. Siempre supe que eras inteligente. Es el mismo centro cívico que tu esposo, *Jason*, está construyendo.

—*¡Quinton, si le dijiste algo, te juro que te mataré!*

—Relájate, no dije nada al Señor Jason Reynard, de Smith, Watson y Reynard en Spring Street. ¿Quieres ver su tarjeta para confirmar que no te estoy mintiendo?

—¡No, *vete a la mierda*!

—Ya me has mandado allá, nena, y varias veces si mal no recuerdo.

Estaba conmocionada y no podía pronunciar palabra. Permanecí ahí, de pie, con la boca abierta y con la esperanza de que no fuera cierto.

—Zoe, ese hombre venera el suelo que pisas. Todo este tiempo me has hecho creer que es un imbécil que no te pone atención y actúa como si no existieras. ¡Eres una maldita puta mentirosa!

La palabra con la *P* me sacó del trance.

—Nunca dije eso. Nunca dije que Jason fuera así. Lo único que dije de él es que no le gustan las mismas cosas que a mí en el campo sexual. ¡Jason me ama!

—Sí, es cierto. Te ama. Imagínate, me sentí como un estúpido canalla allí sentado almorzando, escuchándolo mientras contaba a todos cuán hermosa y perfecta es su esposa. Diciendo cuánto te ama, cómo se conocieron y se enamoraron, lo orgulloso que está de ti por tener tu propio negocio y estar siempre a su lado, hablando de la casa que te construyó para que siempre pudieras ver las estrellas...

—¿Dijo todo eso? —Me sentía abrumada porque nunca había imaginado que Jason hablara de esa manera a sus colegas, o a nadie, de mí.

—¡*Sí, dijo todo eso!* —Quinton estaba a punto de cerrarme la puerta en las narices, pero apoyé la mano en ella para mantenerla abierta.

—Tan sólo prométeme una cosa. Dame tu palabra de que nunca le contarás lo que sucedió entre nosotros. ¡Por favor! —Estaba totalmente en sus manos y lo sabía.

—Zoe, no te preocupes. Nunca le diré nada sobre nosotros, por dos motivos: primero porque el pobre bastardo me da lástima y, segundo porque, a pesar de ser ridículo, sigo amándote. Necesitas ayuda, realmente la necesitas, y no el tipo de ayuda que creíste encontrar en mí. Necesitas ayuda profesional.

Comencé a llorar. Tenía razón.

—Quinton, intenté recibir ayuda profesional —reconocí—. Pero ella tampoco pudo ayudarme.

—Bueno, pues te sugiero que te esfuerces más. —Mi llanto pasó de leves sollozos a verdaderos gemidos. Sabía que él habría querido abrazarme, pero el sentido común se lo impedía. Ya lo había herido suficiente—. Zoe, no pretendo ser malvado contigo. Es lo último que quisiera hacer, pero si tú no tienes la fortaleza para acabar con esto de una vez por todas, tengo que ser lo suficientemente hombre para hacerlo yo.

—¡Entiendo! —Quinton me leía como un libro abierto. Aún cuando yo había llegado con la intención de terminar con él, lo más probable es que habríamos terminado en la cama si él me hubiese permitido entrar. Igual que las muchas veces anteriores en las que yo había declarado que jamás regresaría, para luego sucumbir a mi adicción nuevamente.

—¡Lo siento, Quinton! ¡Lamento que esto haya sucedido!

—Lo sé, nena. —Estiró un brazo para limpiar con su pulgar las lágrimas que rodaban por mis mejillas y yo disfruté el instante porque sabía que sería el último gesto íntimo entre nosotros.

Fue entonces cuando volví a escuchar ruido en la escalera, pero esta vez Quinton también lo oyó.

—¿Quién está ahí? —gritó.

Tyson apareció como una tromba por la puerta de emergencia. En sus ojos había fuego.

—¿Estás tirándote a otro? ¡Puta desgraciada!

—Zoe, ¿quién diablos es este idiota? —exigió saber Quinton.

—Tyson, ¿cómo me encontraste? —Yo estaba perdiendo la compostura. Enfrentarlos a ambos no estaba en mi agenda.

—¿Quieres saber cómo te encontré? —Realmente no me importaba, la pregunta había sido un acto reflejo. Él estaba ahí y yo estaba en serios problemas. Punto—. Me dirigía a tu oficina cuando vi tu auto y te seguí. Soy tan imbécil que te estaba buscando para rogarte que siguieras conmigo.

—¡Un momento! —Quinton se había recuperado de

la sorpresa inicial y se unió a la discusión—. ¿También tienes una aventura con este imbécil?

—¡Acabé con él! —grité con todas mis fuerzas.

En ese preciso momento, Diamond, que tendría que haber sido absolutamente sorda para no oír nuestros gritos, abrió su puerta y se acercó por el corredor.

—¿Qué diablos está sucediendo aquí?

Quinton respondió primero.

—¡Zoe está acá intentando atar los cabos sueltos con sus amantes!

—¿Amantes?

—¡Sí, Diamond, amantes con *s*! ¡Parece ser que la señoritinga me ha puesto los cuernos mientras se los ponía a su esposo, y sabrá Dios cuántos imbéciles más han caído en esta telaraña!

—¿Saben qué? —Ya no soportaba más y quería largarme—. Estoy enferma de todo esto y lo único que quiero es que me dejen en paz. —Los miré uno a uno y luego repetí mi ruego—: *¡Todos ustedes, déjenme en paz!*

Fue entonces cuando Tyson me llamó puta e intentó estrangularme. Estaba encima de mí, con sus manos alrededor de mi cuello. Su furia era tal que los labios y mejillas le temblaban. Me quedé sin aire, sentía que me iba, y me habría asesinado si Quinton no me lo hubiera quitado de encima.

—¡Hombre, no puedes golpear a una mujer! —Lucharon unos momentos mientras Diamond me ayudaba a levantar del suelo. Quinton logró retenerlo el tiempo suficiente para que se calmara y entendiera que había estado a punto de cometer un homicidio.

Tyson se dirigió a zancadas hacia la puerta de emergencia y solamente se detuvo el tiempo suficiente para lanzarme una mirada enfurecida.

—¡No vales la pena! ¡Ni siquiera una puta como tú justifica regresar a la cárcel!

Abrió la puerta de una patada y desapareció.

—¿Quieres venir a mi apartamento para que podamos hablar? —me preguntó Diamond.

Me solté de sus brazos y respondí a gritos:

—¡Diablos, no!

Ella retrocedió, regresó a su apartamento y cerró la puerta mientras yo llamaba el ascensor. Cuando llegó, yo seguía luchando para recuperar el control de mi respiración y no noté que Quinton seguía a mis espaldas hasta que me subí y halé de la puerta. Cuando presionaba el botón del primer piso, Quinton pronunció sus últimas palabras.

—Zoe, busca ayuda. Si no por ti y tu esposo, hazlo por los niños. —Regresó a su apartamento y cerró de un golpe la puerta. Yo regresé a mi oficina: enferma, herida y asqueada, pero al mismo tiempo, aliviada de que todo hubiera quedado en el pasado. Haber enfrentado a mis tres amantes al mismo tiempo en el corredor había sido un infierno, pero ahora mi vida podría retornar a la normalidad.

capítulo
veinticuatro

Me senté en la oficina y observé a la muchedumbre que transitaba de un lugar a otro en las calles a mis pies. Tenía los ojos rojos, el labio inferior inflamado, la blusa y mis medias de nylon rasgadas y huellas moradas de dedos en el cuello, pero a pesar de todo había sido un buen día. Mi secretaria y todos los demás me lanzaron esa mirada de qué-demonios-te-pasó cuando me dirigía a mi oficina. Por el intercomunicador pedí a mi secretaria que fuera hasta allí. Shane llegó corriendo, con un bolígrafo y la libreta de taquigrafía en la mano, lista para tomar el dictado y quedó sorprendida al descubrir que lo único que quería era un paquete de cigarrillos. Intentó meterse en mi vida y yo le ordené tomarse el resto del día libre. Le sugerí ir a ver una película o a hacerse las uñas... cualquier cosa con tal de no verla.

Había pasado mucho tiempo desde la última vez que tomé una bocanada de cáncer legalmente producido, pero estaba tan estresada que necesitaba algo para sobrevivir el resto del día. Era poco después de mediodía y toda mi vida había cambiado en una mañana. Llamé al Automóvil Club y les pedí que llevaran el auto en grúa hasta el taller al lado de mi casa. Me hicieron muchas preguntas ya que era la segunda vez en muy poco tiempo. Primero intenté dar explicaciones, luego me limité a insultar a la bruja al otro lado de la línea telefónica. Según el contrato, podíamos usar los servicios ilimitadamente, así que le ordené mandar la maldita grúa y luego colgué.

La reparación del auto era un primer paso. No obstante, eso no me ayudaría a explicar todo lo demás a Jason. Especialmente, ¿cómo explicar el hecho de que lucía como una versión femenina de Rocky después de pelear por el campeonato? Tenía que inventar la mayor mentira de todas y tenía unas cinco horas para hacerlo.

Pensé decir que me habían atracado en el estacionamiento y culpar al ladrón por el vidrio roto, afirmando que todo había sucedido durante la lucha, pero rápidamente descarté la idea ya que implicaría llamar a la policía y presentar una denuncia falsa. Eso no funcionaría... no encontrarían pedazos de vidrio alrededor del auto estacionado en el edificio de la oficina porque todos los pedazos habían quedado en el estacionamiento del empleo de Tyson. Además, ya estaba en contacto con la policía a causa de la muerte de Brina y sabía que asumirían que Dempsey me había atacado si afirmaba no haber visto bien al atacante. Mala idea, así que la descarté.

Pensé decir que me había involucrado en una pelea por un estacionamiento en una de las calles del centro de camino a una reunión de negocios con un cliente. Eso tampoco funcionaría: Jason habría exigido saber dónde había ocurrido y quién era el cliente; después, probablemente se habría dedicado a interrogarlo. Esa opción tampoco servía.

Obviamente, tenía la opción de decir la verdad pero mi mamá no había criado una idiota. Comencé a fumar y toser compulsivamente, intentando acostumbrar mi cuerpo a la nicotina después de tantos años. Pasé por lo menos una hora pensando en una mentira y llegué a la conclusión de que estaba acorralada.

Estuve encerrada en mi oficina otro par de horas y no trabajé ni un segundo. Cada vez que alguien golpeaba a mi puerta tras no encontrar a mi secretaria en su escritorio, respondía que estaba en una reunión y le pedía que regresara más tarde. Me creían a pesar de que estaba sola. Incluso, si no me creían, su opción de que les abriera era nula.

Para las dos de la tarde estaba tan angustiada por lo que le diría a Jason y tan extenuada por los enfrentamientos del día, que sentí que era el fin del mundo. Saqué el espejo de mi bolso y me miré cuidadosamente. Parecía una aparición del otro mundo. Tenía las mejillas chupadas y comprendí que había permitido que mi adicción sexual opacara todos los otros aspectos de mi vida, incluyendo mi salud.

Aun cuando no podía creer que pudiera perdonar mi comportamiento la última vez que nos vimos, llamé a la oficina de la doctora Marcella Spencer y rogué que me dieran una cita. Su secretaria me informó, con claridad, que la doctora estaba copada el resto del día y que sería imposible hacer excepciones. Colgué y me senté a llorar. No tenía idea de qué hacer y me sentía terriblemente sola.

Antes de que pasaran quince minutos, la doctora Spencer me devolvió la llamada y me informó que había reorganizado su agenda para poder verme inmediatamente. Percibió mi nerviosismo e incluso ofreció venir a verme a la oficina. Le dije que prefería ir a verla y que no conduciría. Colgamos y pasé corriendo frente a todos los empleados, antes de que pudieran echarme una buena mirada. Detuve un taxi y un hombre intentó quitármelo y subir antes de mí. Lo insulté y le di un empujón para poder subir al auto... había escogido un mal día para meterse conmigo.

La doctora Spencer y yo nos encontramos cuando descendí del ascensor en el piso de su consultorio. Ella regresaba del baño.

—¡Zoe, qué rápido llegaste!

Parecía más ansiosa de hablar conmigo que yo con ella. La sonrisa en su rostro desapareció cuando me vio mejor bajo las luces del corredor.

—¡Oh Dios! ¿Qué te sucedió?

Yo no podía musitar palabra. No podía respirar. Caí en sus brazos y comencé a llorar. Ella me envolvió en sus brazos y me ayudó a llegar hasta la seguridad de su oficina privada. Esta vez no tuvo necesidad de sugerir que me recostara en el diván. Me hice un ovillo y me desahogué.

Permanecimos en silencio durante unos cinco minutos. Marcella se limitó a alcanzarme pañuelito tras pañuelito hasta que acabé con toda la caja.

—¿Quieres algo de tomar, Zoe? ¿Un café? ¿Un té caliente? ¿Un refresco? —me preguntó, rompiendo finalmente el silencio.

Yo comenzaba a preguntarme si ella era psiquiatra o azafata y recé para que no me preguntara si también quería maní salado. Tan sólo negué con la cabeza para que supiera que sólo quería estar allí acostada y ahogarme en mi pena.

—Zoe, tenemos que hablar sobre esto. Estás muy alterada y, por lo que veo, podrías necesitar atención médica. ¿Quieres que llame una ambulancia?

Me acarició la espalda y supe que su preocupación por mi bienestar era genuina.

—No, ambulancia no. Estaré bien.

Me volví y me recosté en la espalda mientras ella examinaba las marcas de mi cuello.

—¿Son huellas digitales? Zoe, ¿alguien intentó ahorcarte?

Reí. Hasta un ciego podría haberlo notado.

—Intentó asesinarme. Tyson intentó matarme esta mañana.

—¿Qué? —Ella había estado sentada en el borde del diván a mi lado, pero al escucharme brincó, fue hasta su escritorio y tomó el teléfono.

—Marcella, ¿qué haces? —Me senté. La velocidad de su reacción me produjo pavor.

—Estoy llamando a la policía, Zoe. Necesitas protección.

—¡*No!* —Me puse de pie de un brinco y sentí un terrible dolor interno—. ¡Cuelga!

—Zoe, tienes que recurrir a la policía. Intentó asesinarte. ¿Qué te hace pensar que no volverá a intentarlo?

Le arranqué el teléfono de las manos y colgué. En ese momento fui consciente de la ironía de la situación. No hacía tres semanas que Brina y yo habíamos tenido exactamente la misma discusión, pero ella era la que me rogaba que no llamara a la policía. ¿Estaba yo también condenándome a muerte como lo había hecho ella?

—Por favor, Marcella. Realmente necesito hablar. No discutiré contigo si después de que te cuente todo aún crees que debo recurrir a la policía. En este instante, lo que verdaderamente necesito es una amiga. —La miré a los ojos con la esperanza de que aceptara.

—Está bien, Zoe. —Sacó su libreta, el bolígrafo y la

grabadora mientras yo volvía a recostarme en el diván. Se sentó a mi lado en el sillón—. ¡Hablemos!

Yo fui la única que habló. Pasé la siguiente hora contándole todo lo que había sucedido desde el día que abandoné su consultorio. Le conté cómo había salido de allí con la intención de ir a hablar con Brina, pero no encontré sino su cuerpo lleno de heridas de puñal y sangre en todas partes. Le hablé de Dempsey, de la vez que lo había amenazado con mi navaja automática y de que la policía no había podido dar con él desde el asesinato.

Le confesé que había decidido no hacer caso de sus consejos e intentado terminar con todos los amantes de una vez en lugar de gradualmente. Le conté toda la mierda que había soportado desde que el sol salió esa mañana, y todo lo que temía que sucediera antes de que se escondiera esa noche. Le hablé del encuentro con Tyson y Dusty, y de la pelea entre las dos. Le narré mi pelea con Quinton y cómo había cortado conmigo tras tener un almuerzo con mi esposo. Le conté la pelea entre Tyson y Quinton después de que el primero me siguió y cómo Tyson intentó ahorcarme en el corredor.

Le conté la confrontación definitiva con mis tres amantes en el corredor. Le hablé de las experiencias sexuales que tuve con Diamond tras sucumbir a sus repetidas invitaciones. Le conté que no me había gustado y que jamás la toqué; tan sólo le permití tocarme. Le confesé que mi necesidad de afecto había rebasado los límites y que eso era lo que más lamentaba, pues nunca me había sentido atraída por las mujeres.

Le conté que mantenía los ojos cerrados la mayor parte del tiempo que pasaba con ellos tres, imaginando que sus manos y lenguas y penes y cuerpos en realidad eran los de Jason, mi único amor verdadero.

Marcella me escuchaba atentamente y jamás me interrumpió. Cuando acabé, me sentí mucho más relajada y comprendí que toda esa explicación había sido más para mí misma que para ella. Mientras yo escuchaba mi propia voz pronunciando las palabras, entendí claramente lo que tenía que hacer, así que cuando ella me hizo la pregunta, le respondí inmediatamente.

Dejó la libreta, apagó la grabadora y me tomó la mano.

—Zoe, ¿sabes que tendrás que contarle todo a tu esposo si hay alguna esperanza de felicidad en tu matrimonio? ¡Tienes que contárselo a Jason!

La miré y susurré:

—Lo sé.

Marcella me prestó algunas prendas de vestir que mantenía en un maletín de lona para cuando iba al gimnasio tres veces a la semana. Los pantalones de la sudadera y la camiseta eran demasiado grandes para mí, pero no me importó. Sencillamente no podía presentarme ante Jason con la ropa rasgada. Tenía que mantener algo de mi dignidad. Sus zapatos de tenis me quedaron perfectos, gracias a lo cual no tuve que ponerme los tacones con las ropas deportivas.

Se portó encantadora e incluso sugirió acompañarme para sostener mi mano mientras yo le contaba todo a Jason. No acepté; eso era algo que tenía que hacer yo sola. Fuimos al baño y me ayudó a peinarme y limpiar el maquillaje que tenía untado en el rostro. Las señales en mi cuello eran horribles. Las cubrió con algo de maquillaje para que no fueran tan evidentes.

Llamé a la oficina de Jason para decirle que iba para allá en un taxi. Quería asegurarme de encontrarlo antes de que se fuera a casa, para que pudiéramos ir a algún sitio y hablar sin que los niños estuvieran presentes. Su secretaria me informó que estaba con alguien en la oficina y había ordenado que no lo interrumpieran. Comencé a decirle que yo era una excepción, cosa que ella ya debería saber, pero cambié de idea y le pedí que le dijera a Jason que por ningún motivo saliera de la oficina hasta que yo llegara.

Luego llamé a mi madre, que había recogido a los niños en la escuela a las tres y estaba con ellos en la casa. Le pregunté si podría quedarse hasta tarde, pues Jason y yo queríamos cenar en el centro y, tal vez, ir a ver una película. Aceptó. Después de colgar el teléfono, me sentí culpable por las mentiras que le había dicho. Ella era una de mis muchas víctimas, junto con mi esposo, mis hijos y mis amantes. No tenía idea de cómo le confesaría todas mis abominables hazañas... resolvería eso cuando llegara el momento de hacerlo.

Jason era lo primero y la confesión de mis pecados podría tener dos desenlaces: o él me creía que nunca quise herirlo, entendía que sufría una enfermedad y decidía apoyarme en el proceso de recuperación, o me abandonaba... cosa que para mí sería peor que la muerte.

Marcella llamó un taxi. Mientras esperaba, le pregunté si era una persona religiosa. Sonrió y me contó que había crecido yendo a la iglesia y que era una cristiana verdadera. Le conté que yo tenía poca experiencia con la religión pero que creía en Dios y que me gustaría que me enseñara a rezar. Nos pusimos de rodillas, apoyamos los codos en el diván, entrelazamos los dedos y rezamos por mi salvación.

capítulo
veinticinco

De camino a la firma de arquitectos donde trabajaba Jason, observé por la ventana a la multitud de personas que salían velozmente de sus oficinas. Eran las cinco pasadas y el caos de la hora pico acababa de comenzar. Pedí al conductor que fuera más veloz porque yo tenía prisa. Masculló una maldición en algún idioma desconocido, pero atacó el tránsito con mayor agresividad.

Tras tantos años escondiendo cosas a Jason, lo que había empezado en nuestra infancia, me sentía ansiosa por aclarar las cosas. Debería haber contado todo a Jason desde el primer día; si lo hubiera hecho, nada de esto habría sucedido. Nunca habría tenido aventuras y jamás habría puesto en peligro mi matrimonio.

Tenía la esperanza de que Jason entendiera. En el fondo del corazón creía que, si hablaba a solas con él y le explicaba todo a mi manera, así sería. Tal vez lo llevaría nuevamente al observatorio o el hotel del lago, ya que esos eran los lugares que encerraban los recuerdos maravillosos más recientes. Pero, sin importar dónde lo hiciera, tenía que hacerlo. Estaba preparada para asumir las consecuencias de mis actos.

Cuando llegamos a unas cuatro manzanas de su oficina, vi adelante las luces intermitentes de la policía y me pregunté qué habría sucedido. El taxi estaba atascado en el tráfico, así que opté por pagar y seguir a pie. Me dirigí a la oficina, al principio lentamente, pero comencé a correr cuando vi que sacaban a Jason esposado. Para cuando recorrí las tres manzanas, ya habían metido a Jason en una patrulla y abandonado el lugar. Llegué sin aliento y muerta de pánico.

Vi a la secretaria de Jason, Allison, en las escaleras y corrí a su lado.

—¿Qué pasó? ¿A dónde llevan a Jason? —Me lanzó una mirada de odio, apretó las mandíbulas y se cruzó de brazos—. ¿Por qué me está ignorando? ¿A dónde demonios llevan a mi esposo?

—¿Sabe? Usted tiene un hombre excelente y no sabe apreciarlo. —Antes de continuar, puso los ojos en blanco—. Todas pasamos nuestras vidas tratando de conseguir un buen hombre. Las mujeres como usted son las que hacen todo más difícil para todos.

Quise abofetearla, pero necesitaba información.

—Mire, no sé de qué diablos está hablando y no me importa. Le hice una pregunta y quiero una maldita respuesta. ¿Qué demonios sucedió?

—Está bien, le diré qué sucedió. Cuando usted llamó hace un rato y le dije que Jason estaba con alguien en la oficina, ese alguien era el amante de usted. —Quedé boquiabierta. Ella aspiró profundamente y continuó—: ¡Usted es una mujerzuela!

Me puse iracunda, la tomé por los hombros y comencé a sacudirla.

—¿Qué amante? ¿De qué diablos habla?

Mi primer pensamiento fue que Quinton había cambiado de idea y roto su promesa de no contarle nada a Jason. Pensé que lo había hecho movido por la rabia o para proteger a Jason de mi maldad. Esa mañana había sido obvio que sentía más compasión por Jason que por mí. Comprendí mi equivocación cuando Allison señaló la otra patrulla estacionada enfrente. Tyson estaba en el asiento trasero y esposado.

Dejé a Allison allí de pie con otros empleados de la firma, incluyendo a uno de los socios de Jason, quien meneó la cabeza en gesto de reprobación al verme, y caminé lentamente hasta la patrulla de policía preguntándome cómo diablos había sabido Tyson dónde encontrar a Jason. Luego recordé el chirrido de la puerta de emergencia cuando apenas comenzaba a hablar con Quinton esa mañana y comprendí que Tyson debía haberlo oído hablar de Jason y su oficina.

Lo último que habría esperado era que Tyson enfrentara a mi esposo. Me estremecí al pensar en lo que le habría dicho y la vulgaridad que habría exhibido. Para Jason tenía que ser vergonzoso haber sido abordado en su propia oficina e informado de la calidad de demonio sexual con el que realmente estaba casado.

Antes de llegar hasta la patrulla, un oficial me tomó del brazo y me ordenó permanecer alejada. Le informé que mi esposo había sido llevado preso en la otra patrulla y le pregunté a dónde lo llevaban y por qué motivo.

El oficial me informó que Jason y Tyson se habían visto involucrados en una pelea y que, aunque probablemente no se presentaran cargos contra Jason dado que había sido provocado en su propia oficina, tenían que llevarlos a la estación de policía para aclarar los hechos.

—Oficial, puedo explicar todo. Todo es culpa mía. Mi esposo no tiene nada que ver.

—Bueno, entonces usted tiene que ir a la comisaría y declarar. Esta es la dirección de la estación. También le pondré mi nombre en la tarjeta. —Escribió su nombre en la pequeña tarjeta y me la entregó—. ¿Necesita que la lleve?

Contemplé su oferta por un momento. No había manera de que me subiera al mismo auto que Tyson, ni siquiera si me sentaba en el asiento de adelante y él iba tras la barrera de protección y esposado. Él ya había intentado asesinarme a mí y, al parecer, a mi marido también. Compartir el auto con él tan sólo produciría otra fea escena.

—No gracias, oficial. Me las arreglaré.

—Está bien, señora. —Se subió al puesto del conductor y, mientras se alejaba, alcancé a ver a Tyson, cuya mirada podría derretir el hielo. Sus labios temblaban y, aunque no soy lectora profesional de labios, pude reconocer mi ya muy familiar apodo:

—¡Zorra!

Mantenía las llaves de repuesto del Land Rover de Jason en mi llavero, así que fui al estacionamiento y lo encontré en el lugar de siempre. Cuando llegué a la comisaría, todo era caótico. Por todas partes había ciudadanos que habían optado por pasarse de la raya con la ley —prostitutas, conductores ebrios y traficantes de drogas— y gente que recibía un sueldo por representarlos. Todos estaban allí. Era un lugar al que Jason definitivamente no pertenecía.

El oficial que me había dado la tarjeta no estaba por allí; había retomado su ronda. La oficial de la recepción me ordenó sentarme y esperar a que otro oficial viniera a buscarme. Acepté de mala gana. Quería a Jason fuera de la prisión ya mismo, pero hacer una escena y enfrentarme a la mujer sentada tras el escritorio tan sólo me habría servido para acabar presa también. Por otra parte, yo era la que realmente debería estar en prisión; yo era el personaje sórdido.

Después de unos quince minutos en el infierno, sin saber dónde tenían a mi amor, se acercó a mí un hombre de pantalón gris, camisa blanca, corbata estampada y un escudo colgado del bolsillo de la camisa.

—Señora Reynard, soy el detective Rinaldi. Por favor, venga conmigo.

No me dio la mano ni nada. Tan sólo esperó de pie mientras yo reunía mis cosas para seguirlo hasta una habitación pequeña y abarrotada, al final de uno de los numerosos pasillos. Era un hombre grande; el suelo parecía vibrar bajo sus pies cuando caminaba. Tenía dificultades para respirar y no era necesario ser sabio para adivinar que sufriría un ataque cardiaco en un futuro no muy lejano.

Una vez estuvimos en la habitación, con la puerta cerrada, me preguntó:

—Señora Reynard, tengo entendido que cree poder aclarar la situación con su marido. ¿Es así?

—¡Sí, así es! —Veinte veces al día me preguntaban si quería tomar algo y yo siempre respondía que no. La única vez en que realmente tenía seca la boca... nadie me ofreció nada. Supongo que servir bebidas no formaba parte de las funciones del detective. Él era un hombre con una misión: llegar al fondo de cualquier dilema que se le presentara, en la forma más rápida posible. Resolví no desperdiciar su tiempo.

Relaté rápidamente la sórdida historia, al menos la parte que tenía que ver con mi aventura con Tyson y la ruptura de esa mañana. Le dije que Tyson se rehusaba a salir de mi vida y que, en venganza, había decidido contarle todo a mi esposo. Omití hablar del intento de estrangulamiento y de mis otros problemas. Las cosas ya eran suficientemente complicadas y no había necesidad de incluir nada de eso. Sabía que eso sólo empeoraría la situación y probablemente demoraría la liberación de Jason.

El detective Rinaldi resultó ser un hombre muy amable. Ganó muchos puntos a favor por ser la única persona que no me llamó zorra o puta ese día. Escuchó con calma lo que yo tenía que decir.

—Este tipo de situaciones se presentan todos los días —me informó.

Eso no debería haberme sorprendido, teniendo en cuenta la cantidad de personas que aparecen a diario en los programas de televisión peleando debido a sus amantes, pero su despreocupación me tomó por sorpresa. Los asuntos escandalosos, casos de deshonestidad, violencia y otras cosas por el estilo son cosas que les suceden a otras personas... no a Jason y a mí.

—Señora Reynard, espere aquí. —Con eso, me dejó sola en la habitación durante casi diez minutos que me parecieron como diez horas.

Regresó sonriendo.

—Su marido quedará en libertad sin cargos. Su historia concuerda con la suya y, en este país, defenderse no es un crimen.

Me levanté de la mesa y apreté su rechoncha mano, sin importarme si él quería hacerlo o no.

—Muchísimas gracias, detective Rinaldi. Realmente aprecio su ayuda.

Al salir de la habitación, dudé. No debería haberme importado, pero tenía que saberlo.

—Detective, ¿qué sucederá con Tyson? ¿También saldrá libre?

Sonrió, probablemente preguntándose por qué me interesaba saberlo si sostenía que la aventura había terminado.

—Ese es un problema diferente. El señor Chase violó su libertad condicional, así que el oficial de libertad condicional asignado tendrá que encargarse de él.

Era la primera vez que escuchaba el apellido de Tyson. Eso me hizo sentir más puta aún. Poner en peligro mi matrimonio por un hombre del cual sólo conocía el nombre. La frase de Dusty esa mañana me vino a la mente; no había mentido.

—¿Por qué la libertad condicional?

—Lo siento, no puedo divulgar esa información.

—¡Por favor!

—Lo siento, no puedo hacerlo. —Estaba listo para deshacerse de mí y concentrarse en su siguiente caso—. Puede sentarse en la sala de espera. Él será llevado allí cuando lo saquen de la celda en unos minutos.

—¡Muchas gracias nuevamente, detective! —No respondió, así que cerré la puerta y me dirigí de regreso a la recepción. Aún tenía por delante el peor reto del día. Tan sólo esperaba que Jason comprendiera.

Mi optimismo se desvaneció en el momento en que vi el rostro de Jason. Había conocido y amado a ese hombre toda mi vida y nunca lo había visto lucir tan herido, enfurecido y decepcionado. Me echó una mirada y, cuando pretendí acercármele, pasó rápidamente a mi lado, casi tumbándome en el piso de la comisaría. Lo seguí y lo alcancé al final de la escalera de salida de la estación.

—¡Jason! —No se detuvo y siguió caminando en la dirección opuesta al Land Rover, pues no sabía dónde estaba estacionado. No le importaba a dónde lo llevaran sus pasos. Tan sólo quería alejarse de mí. Yo lo seguía.

—¡Jason, tienes que hablar conmigo!

Se detuvo en seco, dio la vuelta y me miró enfurecido.

—¡Zoe, lo único que tengo que hacer es seguir siendo negro, pagar impuestos y morir! ¡En este momento no tengo ni mierda qué decirte!

No dijo más, pero tampoco siguió alejándose de mí. Tomé eso como la señal para intentar una explicación. Aunque afirmaba que no quería hablar, yo lo conocía bien. Él quería que le explicara las cosas o, al menos, que intentara hacerlo.

—Te lo iba a contar, Jason. Intenté confesártelo miles de veces y, después de hablar hoy con la doctora Spencer, iba a tu oficina para contártelo todo. ¡Lo juro!

Puso los ojos en blanco y comenzó a caminar a mi alrededor como si examinara un mueble.

—¿Realmente esperas que te crea que me lo ibas a contar?

¡Tenía razón! No tenía ningún motivo para creerme. Intenté tocar su brazo, pero lo alejó.

—Amor, por favor, ¿podemos ir a algún lugar tranquilo y hablar? Le pedí a mamá que se quedara con los niños. Le dije que iríamos a cenar y al cine.

—¿Le mentiste a tu madre? —Luego añadió—: Supongo que eres experta en mentir, ¿no?

Podría haberlo negado, pero estaba resuelta a terminar con las mentiras. Ya habían hecho suficiente daño.

—Sí, soy experta. Jason, amor, estoy muy enferma.

—¡En eso tienes razón! En eso estamos de acuerdo, y ¿quién putas es la doctora Spencer?

Bueno, eso era un progreso. Estábamos conversando sin gritar y sentí que tal vez aún tendríamos una oportunidad.

—La doctora Marcella Spencer.

—¿Qué está mal contigo? ¿Qué tipo de doctora es?

—Una psiquiatra. De la que te hablé. La que conocí

hace un tiempo. —Desvié la mirada al piso porque no podía mirarlo a los ojos y continuar—. Ha estado tratándome por mi adicción al sexo.

—¿*Qué?* —Hasta ahí llegó lo de no gritar—. *¿Adicción sexual? ¿De qué diablos hablas?*

El pobre hombre estaba luchando por tener fe en mí. Me había amado tanto tiempo como yo a él y vi que intentaba aferrarse a lo poco que quedaba.

—La aventura con Tyson fue nada. Él no significa nada para mí. Eres el único hombre al que he amado y al que amaré. Es sólo que...

—¿Sólo que qué? —Busqué la forma de explicarle que yo buscaba en otros hombres lo que él no me daba sexualmente—. ¿Sólo que qué, Zoe?

¡No podía hacerlo! Habría dado cualquier cosa porque la doctora Marcella Spencer estuviera allí. Habría dado cualquier cosa porque mi madre estuviera allí. Habría dado cualquier cosa porque Brina estuviera allí... cualquiera dispuesta a abrazarme y decirme que todo saldría bien.

—Jason, te amo y tú me amas. Saldremos de esto. ¡Lo prometo!

—Zoe, ¿estás oyendo las idioteces que dices? El tipo irrumpió en mi oficina y me dijo que llevas meses tirando con él. ¿Qué se supone que debo decir ahora? ¿Oh no, no pasó nada?

Su tono fue tan sarcástico que las palabras me hirieron como un cuchillo.

—No, desde luego que no. Pasó algo terrible y soy consciente de ello. Lo único que te estoy pidiendo es que no tomes la decisión de acabar con todo lo que hemos construido juntos hasta que me hayas escuchado.

—*¡¡¡¡¡¡¡TÚ LO ACABASTE!!!!!!!!* —Por un segundo pensé que me iba a golpear—. ¡Fuiste tú la que acabó con nuestro matrimonio y nuestra vida por una verga! ¡No fui yo!

—No fue así como sucedió, Jason.

—Te he amado toda mi vida, Zoe. He intentado darte todo lo que has querido, todo lo que has pedido. Nunca, *jamás*, te he sido infiel. Ni siquiera me ha pasado por la cabeza. ¡Ni una sola vez! ¡Y tú das la vuelta y me haces esto!

—Lo sé, Jason.

—¿Tienes alguna idea de cuántas mujeres han pretendido acostarse conmigo? ¡Todos los días alguna mujer intenta seducirme y nunca te fui infiel porque tú eras mi vida!

—¡Sigo siendo tu vida y tú la mía! ¿No lo ves? ¡Sólo tengo que curarme y podremos volver a vivir como antes!

Meneó la cabeza.

—Ni siquiera entiendes lo que hiciste. No entiendes el daño que causaste. Zoe, tenemos tres hijos. Tres preciosos hijos. ¿Alguna vez pensaste en ellos cuando andabas en la calle comportándote como una puta?

—Todo el tiempo, amor. Nunca quise herirte. Nunca quise herirlos a ellos. Nunca quise hacer daño a nadie, pero no pude controlarme.

A nuestro alrededor, la gente pasaba para uno y otro lado, pero nosotros estábamos perdidos en nuestro pequeño mundo.

—Jason, por favor. Vayamos a algún lugar donde estemos solos y podamos hablar.

—¡No estoy muy seguro de querer estar a solas contigo! ¡No estoy seguro de querer estar cerca de ti! ¡Punto!

—¡Jason, no digas eso! ¡Por favor, no me hagas esto! —Volví a intentar tocarlo.

—¡No me toques, maldita sea!

No pude controlar más las lágrimas y comencé a llorar.

—¡Jason, nunca los amé! ¡Nunca! ¡Ellos no significaron nada para mí!

—¿*Ellos*? ¿*Ellos*? —Retrocedí. Ahora sí estaba en verdaderos problemas y lo sabía—. ¿Qué diablos quieres decir con *ellos*?

—Puedo explicarlo, Jason. La doctora Spencer me ayudará a explicártelo. Ven, vamos a verla, ella nos ayudará a superar esto.

—¡No eres más que una perra, una zorra, una puta... tal como lo dijo ese hijueputa! ¡Pura maldad!

—¡Jason, por favor no digas eso!

Me miró con verdadero asco.

—¿Por qué no? ¡Zoe, es verdad! ¡Es verdad! ¡No eres más que una puta manipuladora e infiel! ¡Eso es lo que eres y serás siempre!

—Amor, vamos a casa. Vamos a casa a jugar con nuestros hijos y dormir. Hablaremos de esto mañana en la mañana, cuando nos hayamos calmado.

—¡Diablos no, no voy a ir a casa contigo! ¡No me voy a acostar contigo! De hecho, voy a casa solo, y si te atreves a aparecer por allá, ¡me aseguraré de que lo lamentes!

—No estás siendo razonable. Tenemos que regresar a casa. ¿Qué pensará mi madre si regresas sin mí?

—¡Ella va a pensar en la verdad porque yo se la contaré! ¡Le diré todo sobre su bebé y la puta mentirosa que es!

Comenzó a alejarse y, cuando intenté tomarlo por la manga, se dio la vuelta y me golpeó en la cara. Caí al piso, pero no estaba dispuesta a darme por vencida. Agarré su pantalón pero él siguió caminando, arrastrándome por el concreto hasta que tuve que soltarlo.

—¡¡¡¡¡*JASON, NOOOOOO!!!!! ¡No puedo vivir sin ti!*

Me miró, y nunca olvidaré lo que me dijo.

—¡Es una lástima porque a partir de este momento estás muerta para mí! ¡Muerta! De hecho, ¿por qué no le haces un favor a todos los involucrados y vas y te mueres?

Me levanté. Él siguió alejándose de mí y comprendí que tenía razón. Merecía morir por lo que le había hecho.

—Jason, ¿quieres que muera?

Había oscurecido y la hora pico ya había pasado; el tráfico había retornado a la normalidad. Lo repetí porque quería que él viera lo que iba a hacer. Quería que viera cuánto lo amaba realmente, cuánto significaba para mí y que mi vida sin él no tenía sentido.

—Jason, ¿quieres que muera? —Giró sobre sus pies y me miró—. ¡Esto es por ti, amor!

Con eso, caminé hasta la mitad de la calle y esperé. Los autos comenzaron a frenar en seco. Yo sólo veía luces enceguecedoras. Escuché a Jason gritar *¡NOOOO!* y lo vi correr hacia mí tan rápido como podía. *¡Me amaba! ¡Sí le importaba!* Estaba a punto de correr a sus brazos cuando por el rabillo del ojo vi las luces. El tipo que conducía la camioneta de una floristería intentó detenerse y evitarme, pero la camioneta se deslizó hacia mí. Miré por última vez a Jason, que estaba a menos de cinco yardas y seguía acercándose. Sentí el golpe y luego todo fue oscuridad.

Lo primero que escuché al despertar fue el goteo de los líquidos intravenosos. Mis ojos se adaptaron a la luz fluorescente del techo de mi habitación del hospital. Inicialmente pensé que estaba paralizada porque no podía mover el cuello, pero al volver a intentarlo se movió un poco. Comprendí que simplemente estaba agarrotado.

—Zoe, no intentes moverte. Llamaré al doctor de turno. —Inmediatamente reconocí la voz de Marcella Spencer, a pesar de que no podía moverme suficiente para verla. Escuché sus tacones golpear contra el piso cuando corrió al pasillo para buscar a alguien que me examinara.

En segundos, comenzaron a empujarme y manosearme por todas partes. La enfermera me tomó la temperatura y la presión arterial mientras el doctor, que debía ser el residente porque parecía un adolescente, me examinaba con su estetoscopio y revisaba mis oídos, nariz y ojos. Cuando llegó a la boca, la tenía tan seca que a duras penas pude abrirla.

—Tranquila, señora Reynard. Revisaré su garganta

más tarde. Llevamos una semana alimentándola por vía intravenosa, así que es totalmente normal que tenga la boca seca.

A pesar del dolor, necesitaba hablar.

—¿Una semana?

—Sí, usted ha estado en el Hospital Universitario desde el viernes pasado. La noche del accidente. ¿Recuerda algo de lo que pasó?

Parpadeé y mire a Marcella, que estaba sentada en la silla de las visitas.

—Recuerdo todo.

La enfermera regresó con una jarra de agua y un vaso de papel. Tomé el agua, agradecida. La aguja intravenosa me produjo dolor en el brazo cuando me llevé el vaso a la boca. El doctor se disponía a bombardearme con preguntas. Le dije que estaba demasiado cansada y que necesitaba descansar. Aceptó.

—Hablaremos más tarde. Es medianoche y tal vez sea mejor que el doctor Ferguson, su médico, hable con usted. Estará acá a primera hora de la mañana.

—Gracias.

Todos, menos Marcella, abandonaron la habitación.

—¿Cómo supiste que estaba aquí?

—Tu esposo me llamó la noche del accidente.

—¿Jason te llamó? —Estaba muy ronca.

—Sí, lo hizo. Me contó lo que había sucedido y que tú le habías contado que te había estado tratando. —Acercó la silla a la cama—. Debo reconocer que me sorprendió que le hubieras hablado de la terapia. Parecías muy avergonzada de buscar ayuda para controlar tu adicción. Me impactó más el hecho de que te hayas parado en la mitad de la calle e intentado suicidarte.

Una lágrima rodó por mi mejilla.

—En ese momento, Marcella, pensé que no tenía ningún motivo para vivir. —Me apretó la mano—. De hecho, no estoy segura de tenerlo.

—Tienes muchos motivos para vivir. Han sucedido muchas cosas de las que debemos hablar.

—¡Tyson le contó a Jason de nuestra relación y ahora él me odia!

—No, Jason no te odia. Te ama mucho. Él y yo hemos conversado bastante esta semana y ahora entiendo por qué lo adoras. Es un hombre muy especial.

—Sí, lo es. —De repente caí en cuenta de que Jason no estaba en la habitación. Me pregunté por qué no estaba a mi lado si realmente me amaba—. ¿Dónde está?

—Ha estado acá todo el tiempo, Zoe. Tu madre se ha encargado de los niños la mayor parte del tiempo, pero Jason ahora contrató una niñera para que ella también pueda venir a verte. Conocí a tu madre. Es encantadora.

—¿Mi madre está enterada? ¿Sabe todo? —Me sentía muy avergonzada.

—Sí, lo sabe y ahora te ama más que nunca. —Marcella siguió con mi mano entre la suya y con la otra me acarició el brazo—. No te preocupes, Zoe. Todo se arreglará. Jason quiere trabajar para resolver sus problemas matrimoniales.

—¿En serio?

¿Era posible que mis plegarías hubieran sido escuchadas?

—Así es. Lo convencí de irse a casa y pasar un rato con los niños ya que tú estabas en coma. Le dije que yo pasaría la noche contigo. Siendo doctora, el hospital me permite permanecer acá a cualquier hora.

—Veo. Marcella, muchas gracias por todo.

—No tienes que agradecerme, Zoe. Para mí, has llegado a ser mucho más que una paciente. Me gustaría saber que somos amigas.

Logré sonreír débilmente.

—Me gustaría que fuéramos amigas. Me gustaría mucho.

—Ya somos amigas y seguiremos siéndolo. Ahora duerme un rato; yo estaré acá por si se te ofrece algo. Jason regresará temprano. Estoy segura que verte con los ojos abiertos será una gran bendición para él.

Me dispuse a conciliar el sueño y, por primera vez en mucho tiempo, me quedé dormida sin temer lo que sucedería cuando el sol volviera a salir. Marcella había dicho que Jason me amaba y que quería salvar nuestro matrimonio. Gracias a Dios mi accidente no había sido fatal; gracias a Dios tendría una segunda oportunidad con el amor de mi vida.

Dormí como un bebé el resto de la noche. Tal como Marcella había prometido, Jason estaba allí cuando desperté a la mañana siguiente. Qué felicidad verlo. Estaba acostada de lado y él estaba a mis espaldas en la cama, también dormido y con sus brazos alrededor de mi cintura.

Quería dejarlo dormir, pero necesitaba hablar con él. Tener su brazo a mi alrededor era muy reconfortante. Al menos sabía que tocarme no le producía asco.

—Jason. —Intenté voltearme para quedar cara a cara, pero maniobrar con todos esos cables no era fácil. Mis movimientos lo despertaron. Abrió los ojos. Yo había conseguido quedar de espaldas para poder verlo—. Oye, Jason —murmuré.

—Hola, amor. —Eché una mirada a la habitación y noté un cambio drástico con respecto a la noche anterior. Había globos, tarjetas y flores y, atado a la baranda de la cama, estaba un inmenso globo rojo con la leyenda *SIEM-PRE TE AMARÉ.*

Me sonrojé.

—Jason, ¿hiciste todo esto mientras dormía?

Pasó una mano por mi mejilla.

—Sí. Marcella me llamó para contarme que habías salido del coma y vine corriendo. Ella me recomendó esperar hasta la mañana, pero no podía hacerlo así que, mientras dormías, arrasé con la farmacia de 24 horas de la esquina. El almacén de regalos del hospital estaba cerrado.

—¡Eres muy tierno! ¡Gracias!

—No, gracias a ti por estar viva y por volver a mí. Temí que murieras cuando vi esa camioneta golpearte. No alcancé a llegar para salvarte. Estabas en medio de la calle por culpa mía.

—Jason, nada de esto es culpa tuya. Yo fui la que se desvió del camino, tal como lo dijiste. Me cuesta creer que estés aquí conmigo después de todo lo que hice. Merezco perder todo y entenderé si quieres acabar nuestro matrimonio. No quiero que te quedes únicamente por los niños.

Me tomó la mano, abrió mis dedos y los besó uno a uno.

—Zoe, quiero que me escuches con atención y no me interrumpas, ¿de acuerdo? Porque podría perder el valor y nunca decir lo que debo decirte.

Me volví un poco más hacia él para poder apoyar mi mano en su muslo.

—Está bien, te escucho.

—Antes de que nacieran los niños, antes de tener una casa o un negocio, éramos tú y yo. A pesar de lo mucho que nos odiamos la primera vez que nos vimos (y que conste que aún juro que exageras cuando hablas de esa paliza) —ambos reímos—, sin importar cuánto desprecio sentimos el uno por el otro esa primera vez, lo que surgió de ahí fue amor, *amor verdadero*, el tipo de amor que nunca muere.

Me mordí el labio inferior para asegurarme de que no estaba soñando. Sabía que si me dolía, sería porque no estaba imaginando sus palabras. El labio *sí* me dolió y agradecí por ello.

—Te amo, Zoe. Por eso me dolió tanto cuando Tyson irrumpió en mi oficina diciendo no sólo cosas sobre ti que yo desconocía sino también cosas que jamás habría imaginado que harías.

Las lágrimas comenzaron a descender por mis mejillas y quise decirle que nunca había querido herirlo. Quería decirle tantas cosas, pero él me había pedido que no lo interrumpiera, así que seguí escuchándolo.

—Mirando atrás ahora, las señales estaban allí. Tú sí intentaste hablar conmigo numerosas veces y yo siempre te respondí con un ladrido. Ahora lo veo. La doctora Spencer me contó que le relataste todo sobre la forma en que nos conocimos, cómo nos enamoramos y cómo se fueron complicando las cosas. Incluso, me contó que te parecía muy sexy cuando conducía sin camisa la máquina cortacéspedes de mi papá. Nunca lo supe.

Me hizo reír nuevamente, y escuchar al Jason de siempre era muy reconfortante, por decir lo menos.

—Mira, siempre he visto solamente mi lado de la historia. Nunca conocí la tuya. Nunca supe las cosas que pasaban por tu cabeza. Hasta ahora.

—En algún momento del camino perdimos algo... creo que ese algo es la comunicación. Te prometo que nunca más tendrás que buscar amor y atención en otra parte. Jamás. Puedes hablarme de cualquier cosa y no te ladraré. No diré que es inmoral o asqueroso. ¡Lo prometo!

Comenzó a acariciar suavemente mi estómago con la mano.

—En cuanto a las aventuras que tuviste, estaba muy molesto y decepcionado. Tengo que ser honesto contigo y decirte que probablemente me tomará un tiempo superarlo totalmente, pero lo voy a superar. Podemos superarlo porque sé que no lo hiciste para hacerme daño, que no lo hiciste porque no me amaras, y *sé* que nunca los amaste a ellos. Esa noche, cuando me dijiste que estabas enferma, no te creí. Ahora, después de hablar con la doctora, estoy convencido de que hiciste todo eso por motivos que no podías controlar.

Jason me besó suavemente en la boca.

—Vamos a salir de esta y vamos a salvar nuestro matrimonio, sin importar lo que tengamos que hacer ni cuánto tiempo nos tome. La doctora Spencer nos va a ayudar y ella tiene un amigo en Florida que está dispuesto a venir y ayudarnos a resolver nuestros problemas sexuales. Te amo, Zoe, y es para siempre.

Guardó silencio, así que añadí:

—¡Siempre ha sido así! ¡Siempre lo será!

Permanecimos acostados, abrazándonos en silencio, y algo que él había mencionado comenzó a preocuparme.

—¿Jason?

—Dime, amor.

—¿Qué quieres decir cuando dices que la doctora Spencer y su amigo nos ayudarán a resolver nuestros problemas sexuales?

—¿Humm? —Había una expresión de perplejidad en su rostro.

—Dijiste nuestros problemas, no los míos.

Me miró fijamente y los ojos se le llenaron de lágrimas.

—Sí, eso dije.

—¿Qué quieres decir? —Mi corazón galopaba en mi pecho.

—Hay otras cosas que tengo que contarte, Zoe. Hay motivos por los que siempre me ha costado trabajo hacer el amor contigo. Ten la seguridad de que el motivo jamás fuiste tú. Nada que ver con tu apariencia, como creo que pensaste. Para mí, siempre has sido y serás la mujer más hermosa y fascinante del universo.

Quise enderezarme apoyándome en los codos, pero estaba demasiado débil.

—¿Me estás diciendo que también me fuiste infiel, Jason?

—No, te dije que nunca te había sido infiel y así es. Ni siquiera lo he pensado. Eso te lo prometo.

—Entonces, ¿qué es? —Quería que me lo explicara porque comenzaba a sentir miedo.

—Zoe, por ahora descansemos. Estoy muerto del cansancio. Correr a cada rato hasta el hospital y tratar de mantener todo lo demás funcionando me ha dejado exhausto. Simplemente estoy feliz de que no hayas muerto. Cuando hayamos descansado y los médicos lleguen, aclararemos todo esto de una vez por todas.

No dijo más y no lo molesté. Lo dejé dormir con la cabeza en mi pecho. Quería saber a qué se refería, pero decidí esperar a que llegaran los médicos, como él quería. Yo llevaba todos esos años pensando que era la única que tenía problemas sexuales. Aunque sabía que Jason no estaba dispuesto a hacer experimentos en la cama, nunca se me ocurrió pensar que tuviera otros problemas *reales*, aparte de la falta de creatividad. Obviamente estaba equivocada y el camino a la recuperación iba a tener más curvas y cuestas de lo que había imaginado. Sin embargo, nos amábamos y nuestro amor era muy fuerte. Si podía sobrevivir a todos mis errores, podría sobrevivir a cualquier problema que tuviera Jason. A punto de quedarme dormida, susurré para nadie en particular:

—¡Sobreviví a mi infidelidad. Sobreviví a ser atropellada por una maldita camioneta y también sobreviviré a esto!

capítulo
veintisiete

El doctor Leonard Graham era un hombre mayor y muy apuesto. Estaba lleno de energía, incluso después de su vuelo desde Florida y de abrirse camino entre las multitudes y la congestión del aeropuerto. Medía aproximadamente seis pies y tenía una leve barriga, nada que un par de semanas en la Stairmaster no resolviera. Su piel era color caramelo, tenía unos sinceros ojos marrón oscuro y sus dientes perfectos le daban carácter. En resumen, me agradó desde el primer momento. Me pareció que a Jason también le agradaba. Eso nos facilitaría mucho hablar con él. Si en lugar de él, se hubiese presentado algún tipo arribista de los que creen que lo saben todo, habría tenido que decirle a Marcella que no gracias, sin importar si era su amigo.

Habían pasado un par de días desde que salí del coma. Los pasé intentando recuperarme de mis heridas que, afortunadamente, no eran mucho más que unas costillas maltratadas y un gran chichón en la cabeza. Hay mucho que decir de estar fuera de circulación durante toda una semana. Por no estar consciente, me evité gran parte del dolor y, cuando desperté, las drogas que me inyectaban vía intravenosa me mantenían también a salvo. Sin importar los dolores que no sentí, estoy segura de que eran menos fuertes que los de un parto. Jason tuvo el atrevimiento de sugerir que tuviésemos otro bebé. Le dije que más le valía estar bromeando: si tenía un parto más, los dos saldríamos de la sala de partos en camilla.

Jason pasaba el día allí, dejándome sólo para ir a casa a tomar una ducha y cambiarse de ropa. El doctor Ferguson, mi médico, no permitió que los niños me visitaran, pero Jason les tomaba fotografías todos los días para que yo viera sus rostros sonrientes. ¡Qué estúpida intentar suicidarme y abandonarlos! Los socios de Jason estaban a cargo de la firma y, en mi caso, los mismos ejecutivos que me habían cubierto durante mi ausencia tras la muerte de Brina se hicieron cargo nuevamente del negocio. Me propuse darles un aumento de sueldo y más tiempo de vacaciones cuando todo regresara a la normalidad. Realmente se lo merecían.

Jason y yo no volvimos a hablar de lo que acechaba su pasado. Decidimos que lo mejor sería hacerlo en las sesiones de terapia. Yo estaba feliz de que me amara, y comencé a entender los motivos por los cuales no me zurró ni abandonó. De alguna forma, se sentía identificado con mi enfermedad y todo saldría a relucir en el tratamiento. Los pollos siempre regresan a casa.

Bueno, finalmente había llegado el momento. El doctor Leonard Graham, nuestro salvador, vestido informalmente y luciendo un peluquín, había llegado para arreglar la situación. Marcella estaba en mi habitación, al igual que Jason y mi madre. El doctor Graham sólo podría quedarse un día, así que acordamos que, sin importar cuántas horas tomara, todo —y quiero decir *todo*— saldría a la luz.

Yo sabía que podría hacerlo. Después de enfrentar a todos mis amantes, a Marcella y a Jason, y ser atropellada por una camioneta, todo en un solo día, permanecer quieta en una cama el día entero iba a ser un descanso. Sin embargo, Jason me preocupaba. Parecía sentirse terriblemente incómodo y realmente no podía culparlo. La mayor parte de la conversación versaría sobre mis escapadas con otras personas y los motivos que me llevaron a ello. Yo no quería que mi madre estuviera presente, pero ella insistió y, aunque soy adulta, ir contra sus deseos no era una opción.

Así que ahí estábamos... todos en mi habitación. El doctor Ferguson llegó y me examinó para asegurarse de que estuviera en condiciones de lidiar con el estrés, y una de las enfermeras trajo algunas sillas extra, un par de jarras de café y una jarra de agua helada. Me sentía como una prisionera en la enfermería de la cárcel, a punto de dar una declaración sobre un caso de asesinato de la mafia. Tan sólo faltaba el taquígrafo de la corte y alguien vestido con una toga de juez. Los doctores tenían varias libretas y grabadoras. Cuando vi la pila de libretas, me pregunté quién diablos contaría suficientes mierdas para llenarlas.

El doctor Graham tomó la iniciativa.

—Ya que estamos todos reunidos, ¿les parece bien que comencemos?

Pensé que diría: "¿Les parece que recemos?". Me recordaba a un evangelista que solía encontrarme en un canal local y que afirmaba que podía curar a las personas. Una vez la persona recién curada soltaba las muletas o anunciaba que podía ver, él pasaba rápidamente la bandeja de las colectas.

Jason estaba sentado a mi lado en la cama para darnos mutuo apoyo moral. Era muy probable que ambos necesitáramos apoyarnos en el otro a lo largo de esa prueba. Me tomó la mano, me dio un beso en la mejilla e intentó tranquilizarme.

—Todo va a salir bien, amor. ¡Te lo prometo!

—Zoe. —El doctor Graham pronunció mi nombre y, de repente, sentí todos los ojos en mí—. Marcella me ha informado la mayor parte de los detalles de tu caso. También he escuchado sus grabaciones y leído sus notas. Además, hemos hablado telefónicamente varias veces sobre el tema. Ella envió copia de todo a mi consultorio en Florida para que estuviera bien informado al llegar.

Lancé una mirada a mi madre, quien daba la sensación de que necesitaría una camisa de fuerza antes del final del día. Sus manos temblaban y tenía unas terribles ojeras que probablemente se debían a muchas noches de insomnio preocupada por mí. Notó que la observaba y logró sonreír levemente; le sonreí en respuesta.

—No obstante, hay algunas cosas que sólo tú puedes aclararme Zoe. Como Marcella seguramente te ha dicho, tengo bastante experiencia en el tema de la adicción sexual y, si me lo permites, es casi seguro que te puedo ser de gran ayuda.

—Le quedaría muy agradecida, doctor Graham.

Jason secundó mi posición.

—Ambos le quedaríamos muy agradecidos doctor.

—Zoe, eres una persona con mucha suerte en muchos sentidos. Tu intento de suicidio fracasó, tú madre te ama, tus hijos te aman y tu esposo te ama. Espero que pienses en todos ellos si alguna vez vuelves a tener pensamientos suicidas.

Lo interrumpí porque quería que todos supieran algo.

—Eso no volverá a suceder. Sin importar lo que suceda, estoy comprometida con esto a largo plazo. No volveré a buscar la salida cobarde.

—Eso es bueno, Zoe. Muy bueno.

Marcella estaba sentada en una silla a su lado y parecía una estudiante intentando estar a la altura del profesor. Tomaba notas. Supongo que pretendía aprender sobre un área de conocimiento que desconocía: la adicción sexual. Ya éramos dos.

El doctor Graham tomó un sorbo de su café y se aclaró la garganta.

—Zoe, hay algo de todo esto que me ha estado molestando.

—¿Qué? —pregunté a pesar de que a mí me molestaba toda la situación.

—Le hablaste a la doctora Spencer sobre una gran cantidad de cosas de tu infancia, entre ella deseos sexuales y masturbación cuando eras muy joven.

Bajé la mirada a las sábanas que cubrían mis piernas. Estaba totalmente avergonzada.

—Ahora entiendo que eso no era normal.

—No, no lo era, pero lo que me preocupa es *por qué* sucedió. ¿Tienes alguna idea al respecto?

—No, ninguna. Tal vez nací así.

—Todo es posible, Zoe, pero realmente no creo que ese sea el caso. Creo que en la infancia te sucedió algo que desencadenó esto.

Comencé a reír; no podía estar más equivocado.

—Eso es ridículo. ¿Algo como qué?

—Tal vez algo traumático. Tal vez algo relacionado con el sexo. Algo...

Me anticipé al resto de su comentario.

—Humm, doctor Graham, sin intención de criticarlo, pero nunca me sucedió algo así. Tuve una infancia muy normal, una infancia que recuerdo con mucho gusto.

—Zoe, ¿estás absolutamente segura de eso?

—¡*Totalmente*! Lo más traumático que me sucedió

cuando era joven fue la muerte de mi padre. Estaba comenzando la secundaria y lo recuerdo como si hubiese sido ayer. —Jason me apretó la mano; sabía que hablar de la muerte de mi padre era muy doloroso para mí.

—Humm, veo. Pero puede haber sucedido algo que ni siquiera recuerdas. Eso puede suceder.

—No a mí doctor. Nada sucedió y, si hubiera sucedido, definitivamente lo recordaría. —Me estaba sintiendo muy ofendida. Él estaba sugiriendo que era demasiado estúpida para recordar mi infancia. Además, no me gustaba lo que insinuaba. Me pregunté si intentaba decir que mis padres habían abusado de mí o algo por el estilo y esperé que no fuera así. No me habría gustado tener que levantarme de la cama de hospital para darle una zurra.

Luego, Marcella intervino.

—Zoe, ¿estás realmente segura?

—¡Estoy *muy* segura! ¿Qué diablos es esto? ¿Qué tratan de insinuar ustedes dos?

—Zoe, para serte honesta, yo también tenía esa idea antes de que Leonard la sugiriera. ¿Por qué crees que estabas tan obsesionada con el sexo a tan temprana edad? —respondió Marcella.

—¡Al diablo si lo sé!

Jason percibió que estaba a punto de perder el control.

—Zoe, cálmate amor. Todo está bien y todo se arreglará.—Apreté los dientes y escuché a mi esposo.

El doctor Graham retomó la conversación.

—Zoe, ¿alguna vez has contemplado la posibilidad de que te hipnoticen?

Fue entonces cuando comencé a reír histéricamente. Dejé de hacerlo cuando comprendí que nadie más lo consideraba divertido.

—No, nunca lo he pensado y jamás haría algo tan tonto. ¡No tiene sentido porque *nada sucedió*!

Mi madre comenzó a moverse en su silla y levantó la mano como si necesitara permiso para hablar.

—Mamá, no tienes que levantar la mano. ¿Qué quieres?

Todos concentramos la atención en ella.

—Doctores, ¿están diciendo que todo lo que mi bebé ha hecho puede ser atribuido a algo horrible que le sucedió en la infancia?

No les permití responder.

—Mamá, eso es lo que están diciendo, pero es falso. Tú y yo sabemos que nunca me sucedió nada que pueda ser considerado sexualmente traumático.

Marcella se levantó y fue a sentarse en el brazo de madera de la silla de mi mamá.

—¿Está Zoe en lo cierto? ¿Estuvo su infancia a salvo de dichos incidentes?

Mi madre me miró y susurró:

—No exactamente. —Las lágrimas comenzaron a rodar por sus mejillas.

Nunca en mi vida había sido grosera con mi madre, pero... siempre hay una primera vez.

—Mamá, ¿qué putas estás diciendo?

Ella sólo lloraba y Marcella le frotaba la espalda, así que miré a Jason.

—Jason, ¿de qué demonios está hablando? —Jason estaba igualmente atónito.

—Amor, ¡no tengo ni idea!

Quería que alguien, *quien fuera*, me explicara lo que acababa de oír. La confusión se convirtió en terror cuando comencé a imaginar todo tipo de porquerías. ¿Había abusado de mí mi padre cuando era un bebé? ¿Algún otro pariente?

—¿Qué demonios está sucediendo? —pregunté.

El doctor Graham actuó rápidamente al entender que perdería el control de la situación antes de que se resolviera algo. Se acercó a la cama por el lado opuesto al que ocupaba Jason y me dio golpecitos en el hombro.

—Cálmate Zoe. Tan sólo tranquilízate, respira profundamente y relájate. Todo va a estar bien.

Con la mano que tenía libre quité la suya de mi hombro.

—¡No, no va a estar bien porque no entiendo lo que sucede! ¡Esto no tiene sentido! ¿Cómo es posible que algo me haya sucedido y yo no lo recuerde?

—Zoe, tal vez si me permites hipnotizarte podamos encontrar las respuestas.

Me volví hacia Jason, que parecía más perdido que yo.

—Jason, tengo miedo. —Él soltó mi mano, me pasó un brazo por los hombros y me abrazó.

Marcella estaba inclinada sobre mi madre, susurrando en su oído, y no me cayó bien ese secretismo. ¡Estaba harta de los secretos y mentiras!

—¿Mamá?

La habitación quedó en silencio y escuché a Marcella susurrarle:

—Díselo.

—¡Sí mamá, dímelo! —Parte de mí quería saber, la otra mitad quería arrastrarse a un agujero y poner tapones en mis oídos para no enterarme de nada. Lo que quiera que fuera, mi mamá lloraba y a mí no me iba a gustar.

Ella se levantó de la silla y se acercó a la cama. Le tomé la mano. Se sentó en el borde de la cama con sus caderas tocando las mías.

—Zoe, sí sucedió algo cuando eras muy joven. No conozco todos los detalles porque nunca me los contaste. Ni a mí ni a papá. Lo único que sé es que sucedió. —Me acarició la mano como una madre que intenta transmitir calor a su bebé en medio del invierno.

—¿Qué detalles, mamá? ¡No entiendo! ¡Estoy totalmente perdida!

—Lo sé, querida. Algo pasó y, de alguna manera, lograste sepultarlo en el fondo de ti misma. Pero fue el motivo por el cual nos trasladamos de Dallas a Atlanta.

—Mamá, no estás siendo coherente. —Pasaba mi mirada de ella a Jason, con la esperanza de que alguien me lanzara un salvavidas.

—¿Recuerdas que nos trasladamos a mitad de año y que ingresaste a la escuela por transferencia?

—Sí, desde luego que lo recuerdo. Papá consiguió un empleo en Atlanta y teníamos que trasladarnos de inmediato.

—De hecho, tu papá aceptó el trabajo porque *necesitábamos* trasladarnos inmediatamente. *Teníamos* que salir de Dallas —dijo, comenzando a llorar nuevamente, pero yo no podía llorar. Estaba petrificada.

—Mamá, ¿qué me sucedió en Dallas? —Me enderecé en la cama, solté su mano y comencé a sacudirla. No porque estuviera furiosa con ella, sino porque quería que me contara la maldita verdad—. Mamá, mírame. ¿Qué me sucedió en Dallas?

Jason y los dos doctores guardaban silencio, y supongo que en realidad no tenían nada que decir. Estaban tan confundidos como yo.

—Zoe, mi bebé, no sé exactamente qué pasó, pero...

—¿Sí? —Solté sus hombros y le tomé la mano. Comencé a acariciársela como si ella fuera un bebé—. ¡Sigue, por favor, mamá!

—Un día, como al mes de que comenzaras el quinto grado, entraste corriendo y llorando a la casa... tus ropas estaban rasgadas. —Los ojos se me salían de las órbitas y Jason me pasó los brazos alrededor de la cintura, como protegiéndome de lo que se avecinaba—. Llegaste más tarde de lo normal de la escuela y yo estaba preocupada. Llamé a tu padre al trabajo, pero él me dijo que me tranquilizara. Pensó que como regresabas a pie todos los días, te habrías quedado un rato en casa de alguna amiga y habrías perdido la noción del tiempo y olvidado de llamar para avisar.

Yo no recordaba nada de lo que ella estaba relatando y eso me asustó aún más.

—¿Qué me sucedió camino a casa, mamá?

Ella me tomó por las mejillas con sus frágiles manos y me levantó la cabeza hasta que nuestras narices se tocaron. Sus lágrimas rodaban por nuestras mejillas.

—¡No lo sé, mi amor! Nunca quisiste contarme. Ni a tu papá ni a nadie más. Lo único que sé es que me sentí muy mal por no haber llamado a la policía o salido a buscarte, incluso si sólo te retrasaste una hora. Debí saber que tú no te quedarías por ahí sin llamar a avisar. Debí haber sabido que algo andaba mal y he vivido con esta culpa desde entonces.

La abracé y casi me arranco la aguja del brazo.

—¡No es tu culpa, mamá! ¡No es culpa tuya!

Jason nos abrazó a ambas.

—Todo va a salir bien.

Comencé a llorar y dudé seriamente de que alguna vez dejara de hacerlo. Nunca en mi vida había estado tan confundida. Pensaba que toda la situación con Quinton, Tyson y Diamond era enfermiza. Ahora descubría que algo que me sucedió cuando era tan sólo una niña era la causa de todo ello.

—Debí decirte algo... ¿qué te dije?

Ella comenzó a menear la cabeza y Marcella le trajo un pañuelo para que se sonara la nariz. Después de hacerlo y de que se limpió algunas lágrimas de la cara, me respondió:

—Zoe, lo único que nos dijiste fue: "¿Por qué me hicieron daño?".

—¿Quién me hizo daño?

—¡NO LO SÉ! —gritó y el doctor Ferguson ingresó a la habitación corriendo para asegurarse de que todo estuviera bajo control. El doctor Graham le señaló cortésmente la puerta y lo tranquilizó. Ferguson salió de mala gana.

—Llegaste a casa llorando, con la ropa rasgada, y yo llamé a tu padre inmediatamente. Le pedí que corriera a casa. Tú no dejabas de preguntar: "¿Por qué me hicieron daño?", una y otra vez, pero no decías nada más. Era como si estuvieras en trance o algo así. Mi primer pensamiento fue que te habían violado, pero ni siquiera me permitiste tocarte allá abajo. Cada vez que lo intenté me retiraste con violencia las manos, así que te llevamos a la sala de emergencias. Tuvieron que atarte para poder examinarte. Peleaste como una pantera, pateando y gritando y...

—¿Y? ¿Me habían violado? —Cerré con fuerza los ojos y esperé la respuesta, esperanzada de que fuera algo con lo que pudiera seguir viviendo. A esas alturas, Jason también lloraba, pero en silencio. Ningún sonido salía de él.

—Según los doctores, *no* fuiste violada. Dijeron que tenías moretones allí pero que no te habían penetrado. Fueron muy claros sobre eso.

El doctor Graham intervino.

—Entonces, ¿Zoe fue víctima de algún tipo de trauma sexual que no constituyó violación?

—Sí, doctor, así es. —Durante los siguientes minutos, mi madre y yo nos mantuvimos fuertemente abrazadas y llorando descontroladamente. Todos esos años se había culpado por algo que no dependía de ella.

—Doctor, quisiera ser de más ayuda, pero después de un par de semanas Zoe comenzó a comportarse de forma realmente extraña. Actuaba como si no hubiera sucedido nada y cuando mi esposo y yo tocábamos el tema, nos daba la impresión de que ella no sabía de qué estábamos hablando. Decidimos que lo mejor era alejarnos y olvidarlo... especialmente dado que nunca supimos quién le había hecho daño. Pensamos que podrían hacerlo otra vez. Después de eso, no confiábamos en nadie. Todo el mundo era sospechoso.

Jason, que ama a mi mamá casi tanto como a mí y quería consolarla, intervino.

—No fue culpa tuya. Zoe va a superarlo. Todos vamos a superarlo juntos.

Mi madre miró a Jason.

—Ella casi te pierde por esto. Casi lo pierde todo. Mi bebé incluso intentó matarse y yo pasé todos estos años convencida de que simulaba no recordarlo. Pensé que pretendía no saber nada para no tener que hablar sobre ello. Cuando se enamoró de ti enloquecí de felicidad porque temía que nunca tendría una vida normal ni encontraría a alguien que realmente la amara.

—Amo a Zoe. Lo sabes mejor que nadie.

—Sí, Jason, lo sé, y por eso vivo agradecida.

Yo estaba totalmente perturbada.

—Por mi vida, no recuerdo nada de eso.

Marcella se acercó aún más a la cama, luciendo más cansada que nunca. Supongo que todos estábamos agotados emocionalmente.

—Hay una forma de recuperarlo, Zoe. Hay una forma de descubrir lo que realmente te sucedió ese día. Permite que Leonard te hipnotice. Todos estaremos acá contigo y, cuando despiertes, esta pesadilla habrá terminado.

—¿Habrá terminado o será peor? —me pregunté en voz alta.

—Deja que lo haga, Zoe —intervino mi madre—. Quisiera poder armar todo el rompecabezas, pero no puedo. Tienes que hacerlo tú misma.

Finalmente, miré a Jason para saber su opinión. Me besó en la frente y susurró en mi oído:

—Te amo y es por siempre.

El doctor Graham estaba de pie junto al extremo de la cama, esperando mi decisión.

—Bueno, doc, supongo que si quiero que esto termine algún día, no tengo muchas opciones. Así que proceda.

Todo sucedió muy rápidamente. Recuerdo su reloj de bolsillo oscilando en su mano como un péndulo, y recuerdo que me hablaba suavemente. No dijo nada de las cosas ridículas que yo esperaba, como: "¡Sientes mucho, mucho sueño!".

Lo que sea que dijo, funcionó como un encanto porque no recuerdo nada más.

capítulo
veintinueve

No tengo ni idea de cuánto tiempo duró el trance hipnótico, pero cuando desperté y revisé la expresión de todos los rostros, quise que me volvieran a dejar inconsciente. El doctor Graham parecía acabar de recibir un enema. Marcella lucía como si acabara de descubrir que tenía fibromas del tamaño de uvas. Mi madre parecía haber aterrizado en el infierno y el pobre Jason parecía como si hubieran acabado de caparlo. Todos estaban boquiabiertos y, si hubiera habido un abejorro en la habitación, podría haberlos picado a todos en la lengua sin que se enteraran.

No lograba decidir a cuál de ellos preguntarle, así que me dirigí al amor de mi vida:

—Jason, ¿es tan terrible?

Salió de su propio trance hipnótico, colocó su pulgar bajo mi barbilla y me besó en los labios.

—Zoe, es malo, pero nada que no podamos superar.

No dije más. Hasta que el doctor Graham rompió el silencio, se habría escuchado un alfiler caer al piso.

—Humm, Zoe, la razón por la que todos estamos estupefactos es porque en la hipnosis descubrimos que no fue un solo incidente. Fueron dos.

—*¿Dos? ¿Cómo diablos?* —Miré a mi madre, pero no estaba en condiciones de ayudarme. Estaba demasiado ocupada luchando contra sus propios demonios, convencida de que yo había mentido todos esos años pretendiendo que nada había sucedido cuando, para mí, nunca había sucedido. Todo ello había sido reprimido en lo más recóndito de mi mente.

Finalmente, Marcella habló.

—Zoe, la mejor manera de aclarar esto es dejarte oír tus propias palabras. —Presionó el botón de rebobinado en su mini grabadora y me preguntó—: ¿Lista?

Jason aún me tenía rodeada con sus brazos y yo apoyé la cabeza en su pecho, rezando para que me quedara algo de cordura cuando terminara de escuchar la grabación.

—Lista.

Al principio, la grabación era más o menos lo que yo había esperado. El doctor Graham me hacía una serie de preguntas sobre mi vida, retrocediendo gradualmente hasta mi infancia. Llegamos al punto en que nos trasladamos a Atlanta, a la casa de enfrente a la de Jason, y obviamente yo mencioné la zurra que le di. Era uno de mis momentos más brillantes.

Luego me preguntó sobre Dallas y con la sola mención del nombre de la ciudad, mi voz cambió tanto que me habría costado mucho reconocerla si no hubiera sabido que era yo. Como adultos, si grabamos nuestra voz y luego la escuchamos, es probable que nos preguntemos si realmente somos nosotros.

Ese fue el caso. Era yo, la versión más joven de Zoe, que había desaparecido con la pubertad. Yo no había escuchado esa voz en casi dos décadas. Mi madre y Jason reconocieron la voz de mi juventud.

Escuché a mi madre intervenir muy angustiada en la grabación: "¿Zoe? Doctor, ¿qué está sucediendo? ¡Así era su voz cuando era una niña pequeña!".

El doctor Graham le respondió: "Estoy seguro de que es así, pero por favor cálmese. Esa es la Zoe con la que necesitamos hablar".

Luego Jason intervino, gritando con todas sus fuerzas: "¡Doctor Graham, si esto es algo que dañará a mi esposa en alguna forma, quiero que termine con esta mierda ya mismo!".

"Jason, no le hará daño. Le ayudará. Ella tiene que sacar sus secretos o la destruirán, como casi sucede en este último año".

Jason bajó la voz, pero yo podía escuchar su pesada respiración y sentir su miedo.

"Está bien, doctor. Siempre y cuando tenga claro que no quiero que nada malo le suceda a mi esposa".

"Lo entiendo Jason y te prometo que eso no sucederá".

Todos quedaron en silencio y el doctor Graham continuó. Me hizo varias preguntas sobre mi primera infancia. Me sorprendió, al escuchar la grabación, que yo supiera la respuesta a ellas. Allí sentados, escuchamos a la pequeña Zoe describir su primer día en el jardín infantil y la forma en que ganó el concurso de sonrisas; cómo la mayoría de los otros niños habían llorado cuando sus madres los dejaron allá y ella no, motivo por el cual se ganó una paleta. Luego, la pequeña Zoe habló de lo mucho que le gustaba pintar con los dedos y jugar, de las diversas muñecas que tenía, incluyendo la Barbie negra que aún guardaba en el ático para dársela a Kayla Michelle cuando tuviera la edad para apreciarla. Contó que solía hacerle vestidos nuevos de retazos de tela que encontraba en casa y que siempre quiso ser miembro oficial del Club Mickey Mouse. Habló de los paseos a caballito en la espalda de su padre y cómo él solía sentarla en su regazo y leerle libros del Dr. Seuss. La pequeña Zoe habló de lo mucho que odiaba las zanahorias y de cómo se las pasaba a escondidas a Spot, su perro, por debajo de la mesa. También narró la vez en que fue atropellada por un auto cuando estaba en tercer grado.

Luego, el primer incidente salió a la luz. Dado que la narración parecía seguir un orden cronológico a partir del jardín infantil, concluí que ese incidente sucedió en algún momento en tercer grado, un incidente del que mis padres jamás se enteraron, uno que precedió al de quinto grado, el que llevó a mis padres a trasladarse a otro estado.

Yo seguía con la cabeza apoyada en el pecho de Jason. Procuraba que los latidos de su corazón me consolaran mientras escuchaba a la pequeña Zoe recordar la historia:

"Era un día festivo. No estoy segura cuál, pero era uno en que todo el mundo hacía picnics y reuniones en la casa de alguien para que los niños jugaran. Papá y mamá me llevaron a la casa de una de las amigas de universidad de mamá. Su nombre era Lisa o Laura o algo con *L*".

Escuché a mi madre intervenir.

"¡Era Laura! Oh, dios mío, ¿Laura le hizo algo?".

Marcella le pidió guardar silencio.

La pequeña Zoe continuó:

"Todos los niños estaban afuera en la calle, jugando, cuando la amiga de mamá salió y le pidió a su hija que fuera al final de la calle a llamar a su hermano, que estaba donde su novia, porque era hora de comer. Le dijo a su hija que me llevara con ella a caminar, pues éramos más o menos de la misma edad".

Mi madre volvió a interrumpir:

"Laura tenía dos hijos. Una hija, Monique que era un año mayor que Zoe, y un hijo adolescente".

El doctor Graham pidió a mi mamá que se calmara.

"Es mejor que la deje terminar y luego complemente la información, ¿de acuerdo? ¡Tenemos que permitir que ella cuente la historia a su manera!".

"Cuando llegamos a la otra casa, había un grupo de adolescentes afuera. Cuando entramos para llamarlo, había gente en todas partes, y música. Creo que no había ningún adulto en casa y ellos estaban de fiesta. La niña con la que fui allá preguntó por su hermano, y un niño le dijo que estaba arriba en la habitación.

"Me llevó de la mano al segundo piso. En el corredor había otro grupo de adolescentes. Una de las puertas estaba abierta y todos estaban allí, riendo y diciendo cosas que yo sabía que no deberían decir porque eran *muy malas*. Entramos a la habitación y su hermano estaba en la cama haciendo todo tipo de cosas con esa niña. Supongo que era su novia".

Escuché a mi madre gritar en la grabación: "*¡Oh Dios, no!*". Marcella le preguntó si quería abandonar la habitación y esperar en el vestíbulo, pero ella se rehusó y guardó silencio para que yo pudiera continuar.

"Ambos estaban desnudos y él tenía su boca en uno de sus pechosos. —Meneé la cabeza ante lo que estaba escuchando, pero no podía ser más realista. Cuando era pequeña, pronunciaba mal varias palabras, y *pechos* era una de ellas. Recordaba que por mucho tiempo los llamé *pechosos*—. Él estaba encima de ella y tenía su pene dentro de ella. Cuando su hermana le dijo que dejara de hacerlo, él se rehusó. Nos gritó que nos fuéramos. Todos comenzaron a reír y a darnos empujones".

En la cinta se escuchó que respiré profundamente,

como tomando fuerzas. Pareció como si temiera lo que me disponía a contar.

"Salí corriendo de la habitación y dejé allí a la niña con la que había ido, pero cuando llegué al primer piso me encontré a un muchacho mayor que olía a alcohol. No me permitió pasar y luego me empujó en las escaleras y comenzó a manosearme. Estaba muy asustada...".

El llanto de mi madre era fácilmente reconocible en la grabación, pero ella no dijo nada.

"Él metió la mano bajo mi camiseta y comenzó a darme apretones dolorosos. Intentó quitarme los shorts, pero yo comencé a patear y gritar tal como papá me había dicho que hiciera si alguien trataba de hacerme algo. Todos los demás chicos estaban allí, de pie, riendo, pero luego uno de ellos me ayudó. Me quitó al chico malo de encima y lo golpeó.

"Comenzaron a pelear allí, en la sala, y todo el mundo les gritaba. Corrí hasta la puerta del frente y por la calle en busca de papá y mamá. Llegué a la otra casa y, cuando mamá me preguntó por qué lloraba, le dije una mentira porque no quería contarle las cosas malas que había hecho. Le dije que la niña había sido antipática conmigo y me había mandado de vuelta porque no quería jugar más conmigo".

Mi madre volvió a hablar en ese momento, contenta porque finalmente podía ser de alguna utilidad.

"¡Era el día de los Caídos! Laura y su esposo organizaron un picnic y ella las mandó a llamar a su hijo porque la comida estaba lista. Cuando Zoe regresó sola, llorando, no me contó lo que realmente había sucedido. Pensé que ella y la otra niña habrían tenido alguna discusión insignificante debido a que ninguna de ellas había dormido la siesta y ya era tarde. Los otros niños regresaron unos quince minutos después de Zoe, pero nadie dijo nada.

Todos se comportaron normalmente, y Zoe y la niña volvieron a jugar juntas".

El doctor Graham agradeció a mi mamá su ayuda y luego le dijo que seguirían adelante.

"Zoe, adelantémonos un poco. ¿Recuerdas cuando estabas en quinto grado? A principio de año, cuando aún vivías en Dallas".

"¡Sí, lo recuerdo! —Mi voz cambió instantáneamente. Seguía siendo juvenil, pero de alguna forma, más madura que la anterior. También parecía más tensa e inquieta que la de la narración anterior—. Recuerdo todo, incluso el día en que me hicieron daño".

"¿Quién te hizo daño?" —gritó Jason.

"Jason, cálmate. Sé que esto es difícil para ti" —intervino Marcella.

"¡Diablos, difícil para mí! ¡Abusaron de mi esposa y todos ustedes están acá sentados, comportándose como si ella estuviera narrando una presentación de baile o algo así!".

"Jason, todos queremos llegar al fondo de esto, pero no lo lograremos si sobreactúas a lo largo del proceso. ¿Quieres abandonar la habitación? Te acompañaré".

"¡Diablos no, no voy a salir de aquí! ¡Me quedo aquí, en esta cama, con mis brazos en torno a mi esposa!".

"Está bien, Jason, ese es tu privilegio".

"¡Definitivamente!".

Mi madre le pidió que se calmara y el doctor Graham retomó su diálogo conmigo.

"¿Qué sucedió el día que te hicieron daño? ¿Qué sucedió cuando regresabas a casa?".

"Se suponía que regresaría caminando a casa con Dena y Kelly, pero tuve que quedarme unos minutos más para terminar una tarea de ciencias que había olvidado hacer la noche anterior. Cuando la Señora Thompson finalmente me dejó ir, Dena y Kelly ya no estaban... no había nadie. El patio de la escuela estaba desierto, así que me encaminé sola a casa. Estaba furiosa con ellas por no esperarme, pero sabía que ellas querían llegar rápidamente a casa para ver *El gordo Alberto y la pandilla Cosby*, nuestros dibujos animados favoritos. Además, no era culpa de ellas que yo no hubiera hecho la tarea.

"Llegué al sendero peatonal que rodeaba la zona de juegos y que llevaba a la calle, y noté a un grupo de chicos de pie en el otro extremo. El sendero estaba rodeado por un bosque y me dio miedo caminar por allí porque uno de los chicos, Chucky, había estado burlándose de mí ese día en la escuela. Dijo que tenía grandes pechosos para una niña de mi edad y me preguntó si podía tocarlos. Le dije que no.

"La única otra forma de llegar a casa era dando una larga vuelta y yo sabía que mamá se preocuparía porque ya era tarde. Caminé por el sendero y, cuando me acerqué a ellos, todos comenzaron a susurrar y reír. Eran Chucky y su hermano menor, Steven, y otros chicos que había visto en la escuela, pero no sabía sus nombres.

"Comenzaron a darme empujones e insultarme. De repente, Chucky y Steven me arrastraron hasta el bosque. Mi bolsa de libros cayó en el sendero e intenté gritar, pero uno de ellos, no recuerdo cuál, me tapó la boca con su mano. Dijeron que matarían a papá y mamá si no hacía lo que me ordenaran.

"Me hicieron cosas muy malas. Me quitaron los pantis y me cubrieron la cara con mi blusa. Luego Chucky se bajó los pantalones y comenzó a frotar su parte privada contra mí. Me dolió y también me dolían las piedras y ramas que tenía debajo. Sentí su lengua en mi pecho y me mordió los pechosos. ¡Fue muy doloroso!

"Chucky se puso furioso conmigo por algo. No hacía

más que gritar: "¡No puedo meterlo!". Cogió un palo y comenzó a golpearme como si todo fuera culpa mía. Me golpeó en las partes privadas y comencé a gritar. En ese momento, escuché la voz de una mujer: "¿Quién está ahí?".

"Chucky y Steven dieron un brinco y huyeron. Los otros chicos también. Logré ponerme de pie. Lloraba y estaba cubierta de su saliva y sudor. Me bajé la blusa y me puse los pantis. Tenía moretones y cortadas en todo el cuerpo. La mujer entró corriendo al bosque. Nunca antes la había visto. Me preguntó si estaba bien. Yo salí corriendo. Recuperé la bolsa de los libros y corrí a casa, a donde mamá, pero no podía contarle lo que había pasado. Pensé que era culpa mía. Después de todo, había hecho algo malo al no hacer mi tarea".

Hubo un breve silencio y luego comencé a dar alaridos.

"¿Por qué me hicieron daño? ¿Mamá, por qué me hicieron daño? ¿Por qué me hicieron daño?".

En ese momento, el doctor Graham aplaudió y me despertó del trance. Fue cuando los vi a todos allí sentados, boquiabiertos. Tras escuchar la grabación, la boquiabierta era yo y estaba lista para que el abejorro imaginario me picara.

—¡Doctor Graham, no recuerdo nada de eso! ¡Absolutamente nada! ¿Fue real?

—Sí Zoe, fue muy real. Esa eras tú, bueno una versión más joven de ti, narrando los hechos.

Sabía que él decía la verdad, pero seguía rehusándome a enfrentar la realidad. Apoyé nuevamente la cabeza en el pecho de Jason y deseé que nada de esto estuviera sucediendo. Marcella estaba llena de energía y parecía haber recuperado las fuerzas.

—¡Es un excelente principio, Zoe! ¡Al menos ahora

sabemos cuáles son las razones subyacentes de tu comportamiento y actitud hacia el sexo!

La miré, incrédula.

—¿Perdiste la cabeza? ¿Qué diablos tiene que ver todo eso con que yo le ponga los cuernos a Jason?

Me sentí mal en el instante en que las palabras abandonaron mi boca. Ya era suficientemente malo que todos los presentes supieran que le había sido infiel; no era necesario anunciarlo públicamente.

—Tiene todo que ver. El doctor Graham y yo te lo explicaremos más tarde. Pero primero...

—¿Primero qué? —Noté que no me miraba; sus ojos estaban posados en Jason.

—Jason, después de escuchar a Zoe en nuestras sesiones de terapia, descubrir tu aparente miedo a la apertura sexual me ha preocupado mucho. Lo hemos discutido con el doctor Graham y él tiende a estar de acuerdo conmigo. —El doctor estaba allí, de pie, asintiendo con la cabeza—. ¿Crees que hipnotizándote podamos descubrir los motivos?—continuó Marcella.

Jason se sobresaltó y yo me enderecé para mirarlo a los ojos. Me miró con sus bellos ojos almendrados, antes de responder en un susurro.

—Eso no será necesario, Marcella. Yo sé el motivo.

capítulo
treinta

———

—¿Podrían dejarnos a Zoe y a mí a solas un momento? —Jason estaba a punto de derrumbarse y yo con él. Yo ya no estaba segura de poder manejar todo en un solo día. Habría preferido vivir otro día de enfrentamientos con todos y ser atropellada por una camioneta.

—Jason... —Marcella parecía tan preocupada como yo—. Realmente sería mejor si todo esto sale a la luz estando el doctor y yo presentes.

—¡NO! —ladró Jason—. Necesito hablar con Zoe a solas. Por lo menos al principio; luego podrán entrar ustedes otra vez. ¡Una vez ella sepa todo, no me importa quién más se entere!

Los convencí de ir a comer algo pues ya era más de medio día. Si Jason no quería que estuvieran ahí, así se haría. Salieron de la habitación con la intención de ver qué horrible pero nutritivo plato ofrecía la cafetería del hospital ese día. Mi madre, indulgente como siempre, nos preguntó si queríamos que nos trajera algo de comer.

Ambos rechazamos la oferta. Lo último que necesitábamos era que nos dieran agrieras o un ataque de gases.

Jason y yo quedamos a solas en la habitación. Yo no estaba dispuesta a presionarlo o apresurarlo para que dijera lo que me tenía que decir, así que pasé mis dedos por su cabello y esperé.

—Zoe.

—Dime, amor.

—Déjame aclarar que esto no tiene nada que ver con infidelidades. Ya te he dicho que jamás te sería infiel y no lo he hecho.

—Sé que no lo harías, amor. Te creo.— Le di un beso en la frente y luego me llevé su mano a los labios y la besé también. Luego le pregunté lo que, con toda seguridad, todos teníamos en mente—. ¿Abusaron sexualmente de ti cuando éramos niños?

Dio un salto y abandonó la cama.

—¡No, cielos no! ¡Jamás abusaron o me acosaron sexualmente!

Me volteé de lado para darle la cara mientras él permanecía al lado de la ventana, mirando al exterior.

—¿Entonces qué es, amor? Sabes que puedes contarme cualquier cosa.

—Zoe, no sé cómo decir esto, así que simplemente voy a escupirlo todo de una vez. Willard y Lorraine Reynard no son mis verdaderos padres.

Seguía mirando por la ventana y yo comencé a ansiar tomar un Prozac o algo por el estilo.

—Humm, Jason, ¿qué quieres decir con que no son tus verdaderos padres?

Me lanzó una mirada y luego se acercó a la cama. No se volvió a recostar a mi lado sino que acercó una de las sillas y se sentó.

—Debí contarte esto hace mucho tiempo. Tienes derecho a saberlo. Al fin y al cabo, eres mi esposa, Zoe.

—¿Tengo derecho a saberlo?

Respiró profundamente.

—Voy a resumirte una larga historia. Fui adoptado cuando tenía seis años. Antes de eso, vivía en un orfanato, bajo custodia del estado.

No podía pronunciar palabra, así que tomé su mano y la apreté.

—Mi madre, la verdadera, era una prostituta. La recuerdo con claridad. Me dejó en las escaleras del orfanato cuando yo tenía cuatro años, diciéndome que ya no podía hacerse cargo de mí y que tenía que irse.

Jason comenzó a llorar. Busqué en la mesa metálica al lado de la cama uno de los pañuelos ordinarios provistos por el hospital. Le sequé las lágrimas.

—Jason, ¿te sucedió algo en el orfanato?

—¡No, Zoe! De hecho, las monjas del orfanato eran muy buenas. Es por eso que creo en el catolicismo, aunque no vayamos a la iglesia con mucha frecuencia. —Hice una nota mental para comenzar a llevar a los niños a la iglesia: todos necesitamos una religión—. No soy experto en orfanatos, pero he escuchado historias horribles sobre algunos. En el que yo viví no sucedían esas cosas.

—Está bien. Te creo. ¿Los Reynard te hicieron algo? —Yo estaba allí, sentada, refiriéndome a mis suegros como "los Reynard" como si fueran unos desconocidos. Todo se complicaba con cada minuto que pasaba—. ¿Te hicieron daño, amor?

—¡No! Obviamente, a veces se molestaban conmigo y me lo echaban en cara. Decían que debía estar agradecido de que me hubieran recogido en lugar de dejarme allí. Pero en realidad no lo sentían así. Tan sólo lo decían a causa del malgenio y la frustración.

¡Me estaba perdiendo de algo!

—Amor, si nadie abusó de ti y nada sucedió en el orfanato, ¿por qué temes tanto tocarme?

Él vaciló y por unos minutos reinó el silencio en la habitación.

—Como te dije, mi madre era prostituta. Su nombre era Delilah o, al menos, eso decía.

—¿Delilah te hizo daño?

—¡Físicamente no!

—¿Entonces?

—Solía dejarme solo horas enteras en una oscura y asquerosa habitación de hotel. Una vez me dejó allí varios días. Después del quinto día, perdí la cuenta y temí que nunca regresaría.

Jason lloraba descontroladamente. Lo hice subir a la cama, a mi lado, aunque no quisiera. Apoyé su cabeza en mi pecho con la esperanza de que los latidos de mi corazón le sirvieran de consuelo.

—Ella salía a vender su cuerpo para pagarse su adicción a la heroína. Gastaba todo el dinero en drogas y rara vez me compraba algo de comer. Era tan flacucho y frágil que me sobresalían las costillas y tenía las mejillas chupadas.

"No tenía más opción que observar cómo se inyectaba el veneno en el brazo o la pierna. Algunas veces, cuando no tenía dónde llevarlos, traía a los hombres al hotelucho. Me hacía sentar en una esquina y observarlos... le parecía divertido. Otras veces me mandaba a dormir en la tina mientras estaba con los tipos.

—¡Ay amor, lo siento! —Seguía dándole besos en la frente porque no sabía qué más hacer.

—Hoy en día, entiendo que Delilah me hizo un favor al abandonarme en la puerta del orfanato. Yo estaba muy enfermo cuando las monjas me encontraron. Tenía neumonía y una fiebre muy alta. Aunque me dolió mucho que mi madre me abandonara así, de hecho me salvó la vida porque estaba realmente al borde de la muerte. Las monjas me llevaron a la sala de emergencias y allí me empacaron en hielo y lograron bajarme la fiebre antes de que sufriera un ataque.

Se deslizó un poco en la cama hasta quedar cara a cara conmigo y me besó suavemente en los labios.

—Además, si ella no me hubiera dejado ahí, Willard y Lorraine no habrían podido adoptarme y ¡yo nunca te habría conocido!

—Bueno, pues me encontraste. De alguna forma, en este caótico mundo, nos encontramos el uno al otro.

—¡Sí, así es, amor!

—Esto estaba predestinado, Jason, y vamos a superar todo esto. ¡Juntos!

Me sonrió.

capítulo
treinta y uno

Aproximadamente una hora después, Marcella, el doctor Graham y mi mamá regresaron a la habitación. Era imposible que hubiesen demorado tanto tiempo comiendo la horrible comida del hospital. Me los imaginé sentados en torno a una mesa de la cafetería, bebiendo café como si fuera agua y preocupados por lo que Jason y yo pudiéramos estar conversando arriba. Me alegré de que se demoraran porque eso me dio tiempo de tranquilizar un poco a Jason.

Tuvo problemas para narrarles todos los detalles de su pasado, así que yo lo hice por él. Fue como la segunda parte de una terapia de choque: una vez más todos estaban allí sentados y boquiabiertos. Cuando terminé, hice mi propio comentario sobre la situación, intentando ponerle algo de humor.

—Increíble, ¿no? Dos estúpidos traumatizados terminan casados y con hijos... ¿No les parece que podrían hacer una comedia en televisión sobre nosotros? *Los dos chiflados* o algo así.

—¡Zoe, no es gracioso! —Evidentemente, mi madre no estaba de muy buen humor.

El doctor Graham llegó a la conclusión de que era imposible resolver la situación en un solo día y salió de la habitación para llamar a su consultorio. Cuando regresó, nos informó que se quedaría tres días más. Marcella quedó más contenta que nadie con la noticia. Había temido que la dejara sola para tratar todo este lío.

—Doctor Graham, Jason está cansado y yo también. Ya que se va a quedar, ¿podríamos continuar mañana? —Miré a Jason, que estaba casi dormido—. ¡Ambos estamos emocionalmente agotados y sería maravilloso que pudiéramos comenzar en la mañana después de descansar!

Para mi sorpresa, aceptó.

—Yo también estoy algo agotado emocionalmente. Creo que todos lo estamos y, además, Marcella y yo necesitamos sentarnos a pensar en cuál será el mejor tratamiento.

—¡Eso suena perfecto, doc!

Me despedí del doctor y de Marcella, quienes se fueron a devanarse los sesos con nuestro caso.

—Mamá, ¿podrías llevar a Jason a casa?

Jason se sentó, haciéndose el ofendido por mi sugerencia.

—Zoe, no me voy a ir. No iré a ninguna parte.

—Sí, sí irás. Vas a ir a casa, les vas a dar un beso de buenas noches a nuestros hijos y les vas a tomar fotografías para añadir mañana a mi colección.

—Pero tu mamá puede encargarse de los niños. Además, la niñera está allá.

—Ese no es el punto. —Jason estaba cansado y estresado, y yo no quería que pasara la noche en el hospital conmigo. Sabía que los chicos tendrían más posibilidades de levantarle el ánimo y yo realmente necesitaba pasar un tiempo a solas para digerir todos los secretos revelados, tanto de mi pasado como del de él—. Hazlo por mí, amor. ¡Por favor!

Tras hacer una pataleta, finalmente aceptó irse con mi madre, no sin antes hacerme prometer que me dormiría inmediatamente. Le aseguré que cumplir esa promesa no sería ningún problema.

Como era de esperarse, caí profundamente dormida, y habría seguido así si no hubiera sentido a alguien a mi lado. Me desperté y, cuando abrí los ojos, vi a Diamond inclinada sobre mí con una almohada en sus manos.

Me tomó totalmente por sorpresa.

—¿Qué demonios haces?

Dejó la almohada a los pies de la cama.

—Dormías muy plácidamente. Tan sólo iba a ponerte otra almohada bajo la cabeza porque me pareció que tenías el cuello torcido.

—¡Oh! —Me froté los ojos. Aún no estaba del todo despierta y me ardían de tanto llorar—. Diamond, ¿Qué haces aquí?

Se dejó caer en una de las sillas.

—Llamé a tu oficina y le dije a tu secretaria que era una antigua amiga tuya de la universidad. Tras insistir un poco, logré que me contara del accidente y en qué hospital estabas.

Puse en blanco los ojos; no podía creer que Shane fuera tan estúpida como para soltar la información así nada más. Ni para qué mencionar que jamás asistí a la universidad. Debería ser más discreta.

—Bueno, ¿qué quieres?

—Quería verte y asegurarme de que estás bien. ¿Qué más? Ahhh, no le dije a Quinton que estás hospitalizada. Me habría hecho una cantidad de preguntas para saber cómo me enteré. Pensé que no te gustaría. —Aspiró por entre los dientes, aprovechando que podía echarme algo en cara. Aunque Jason sabía que yo había experimentado con una mujer, me habría avergonzado terriblemente que Quinton descubriera mi relación con Diamond... y ella lo sabía.

—¡Pensaste bien! —Me estaba sacando de quicio y comenzaba a notárseme en la voz.

—¿Por qué te estás portando tan mal conmigo? —Estaba a punto de hacerme una escena, una escena que yo no tenía intención de aguantar.

—Por nada. Lo siento. —No lo sentía, pero quería que se largara.

—Vine a verte por pura bondad y, ¿es así como me recibes?

¡Suficiente!

—Mira, no te pedí que vinieras a verme. Nunca te pedí ni mierda y te agradecería mucho que te largaras y me dejaras descansar.

—¡No decías eso cuando te mamaba la pucha! —Sonrió, sabiendo que esa afirmación me enfurecería.

—¡Tampoco te pedí que hicieras eso! ¡Tú insististe y nunca te devolví el favor!

Se levantó de la silla, iracunda.

—¡Tienes razón! ¡Yo insistí, si lo quieres poner así, pero el hecho es que me permitiste hacerlo y, probablemente, me dejarías hacerlo nuevamente!

—¡No te sobreestimes, pendeja! ¡Te dejé hacerlo porque, en ese momento, me importaba un culo quién me la chupara siempre y cuando me la chuparan! ¡No te quiero! ¡No me atraes! ¡Ni siquiera me gustas!

—¡Eres una perra!

—¡Uy, eso sí dolió! Perra es mi segundo nombre, ¿no sabías? ¡Me han llamado así tantas veces últimamente, que oírlo de ti me importa un comino!

—¡Bueno, pues no es posible que todos estén equivocados! ¡Tal vez deberías pensar en por qué todos te llaman así, Zoe!

—¡Y tal vez tú deberías esfumarte! ¡De todas maneras eres un desperdicio de oxígeno!

—Debí... —Diamond desvió la mirada hacia la almohada a los pies de la cama.

—¿Debiste qué? —No respondió y busqué con la mirada algo con qué golpearla. Levanté el pesado teléfono de metal y lo lancé contra ella. Ella alcanzó a agacharse, pero no antes de que la golpeara en el omoplato. Gritó de dolor y la enfermera llegó corriendo.

—¿Qué está sucediendo aquí? Señora Reynard, ¿está bien?

—Estoy bien, pero ¿podría llamar a seguridad y pedirles que saquen a esta mujerzuela de mi habitación?

—¡No te preocupes, perra, ya me voy! —Se dirigió a la puerta.

Diamond salió y la enfermera quedó con expresión de idiota.

—Humm, ¿podría alcanzarme el teléfono, por favor?

Ella lo recogió, me lo entregó y mascullo:

—Claro.

—Gracias. —Seguía ahí de pie y no parecía estar interesada en abandonar la habitación—. Si no le importa, me gustaría descansar.

—Está bien. Dígame si necesita algo. —Sonrió hipócritamente y salió, probablemente con la esperanza de que la perra chiflada de la habitación 301 se curara pronto y se largara.

Antes de caer dormida nuevamente, observé la arrugada almohada a los pies de la cama y me pregunté si Diamond estaría lo suficientemente loca para intentar asfixiarme. En mi mente resonó la respuesta: "¡Nooo!".

Tal como habían prometido, el doctor Graham y Marcella se dedicaron a trabajar. Durante los siguientes días, se reunieron con Jason y conmigo juntos y por separado. Nos hicieron leer varios libros. Por momentos me sentí como si estuviera nuevamente en la secundaria —con tareas y todo— pero valió la pena.

Jason y yo pasamos horas hablando de todo lo que había sucedido en nuestros años juntos: lo que había funcionado bien y lo que no, y hacia dónde queríamos que fuera nuestro matrimonio en el futuro.

Jason aprendió a convivir con la prostitución de su madre y las cosas que tuvo que ver y sufrir a tan temprana y vulnerable edad. Marcella nos hizo hacer experimentos que llevaron a Jason a entender que hacerle sexo oral a su propia esposa no era asqueroso ni vulgar. Él confesó que siempre había querido ensayarlo pero nunca se sintió capaz de permitírmelo. Al final resultó ser que, mientras yo escondía juguetes sexuales por toda la casa, Jason estaba escondiendo películas porno que veía cuando no había nadie más. Dijo que casi siempre las veía en su estudio y, muchas de las veces en que di por hecho que se estaba devanando los sesos sobre algún plano, él estaba viendo las películas y masturbándose. Quedé estupefacta: no podía imaginar a Jason masturbándose. Me pregunté si sería más hábil que yo porque Dios sabe que yo era una profesional.

Su principal miedo de relajar el control sexual era que yo asumiera el control de la situación. Lo discutimos y le prometí que jamás haría nada que lo hiciera sentir incómodo. Podíamos hacerlo a su ritmo, agregando gradualmente nuevas cosas y posiciones con el paso del tiempo.

En mi caso, la historia era totalmente diferente. El doctor Graham me pidió que planeara una visita de dos semanas a su clínica en Florida. Le dije que lo haría, pero no inmediatamente. Ya había estado lejos de casa y de mis hijos demasiado tiempo. En ese momento, la mejor terapia para mí era regresar a casa. Marcella aceptó trabajar conmigo tres veces a la semana. Les dije que el hecho de saber lo que me había sucedido en la infancia me había ayudado muchísimo. En todo este tiempo, nunca había sabido por qué había estado tan obsesionada con el sexo desde tan joven. Sentía que podía dejar atrás esos incidentes y seguir adelante. Mientras tuviera a Jason, podría mover montañas.

Jason y yo no nos recuperaríamos de todo esto de la noche a la mañana porque no había sucedido de la noche a la mañana. Nos comprometimos a hacer juntos lo que fuera necesario y durante todo el tiempo necesario para salir con éxito de la situación. Todo el mundo parecía estar satisfecho con los resultados de los primeros tres días de terapia y el doctor Graham regresó a Florida después de asegurarse de que Jason y yo tuviéramos los números telefónicos de su consultorio y casa.

Esa noche, llamé al doctor Ferguson a su casa. Busqué su número en el directorio y le dije que si no me dejaba salir del hospital al día siguiente, me convertiría en una paciente infernal, gritando día y noche hasta enloquecer a los demás pacientes. Se rio, aun cuando no creo que le haya causado gracia mi invasión de su tiempo libre, y aceptó darme de alta al día siguiente.

capítulo
treinta y dos

Al día siguiente, en la tarde, el doctor Ferguson finalmente me dio de alta del hospital. Estaba tan emocionada de regresar a casa que no sabía qué quería hacer primero al volver. Bueno, segundo, porque besar y abrazar a mis hijos era, sin duda, mi primer compromiso en la agenda. En segundo lugar, empatados, iban: tomar un largo y caliente baño en la tina y atracar la nevera en busca de algo de comida decente.

Jason llegó por mí a las dos en punto. Mientras me bajaban en silla de ruedas a la oficina donde me entregarían los documentos de salida, me pareció muy sospechosa la sonrisa fija de Jason, así que le pedí una explicación.

Soltó una carcajada.

—¡Por nada! Tan sólo estoy contento de que mi amor vuelva a casa. Las cosas no han sido iguales sin ti.

Levanté un pie del apoyo de la silla de ruedas y le di una suave patada en la barbilla.

—Más vale que las cosas no sean iguales. No soy fácilmente reemplazable, ¿sabes?

Se arrodilló y me besó.

—Nunca podría reemplazarte.

Ya en el auto, de camino a casa, hablamos sobre lo que los chicos sabían e ignoraban sobre los eventos recientes. Los mellizos eran demasiado jóvenes para entender nada más allá del hecho de que yo había estado ausente durante dos semanas. Por otra parte, Peter era otra historia. Jason me tranquilizó y aseguró que Peter no sabía nada aparte de que había sufrido un accidente de tránsito y había tenido que permanecer en el hospital hasta estar mejor.

Me tranquilicé. Jason sostuvo mi mano todo el camino, hablándome de todas las cosas maravillosas que había planeado para nuestro futuro, incluyendo la compra de un terreno en las montañas y el diseño y construcción de una casa de verano. Eso me hizo sonreír; siempre había soñado con tener una casa de verano. No era que no tuviéramos el dinero para tenerla; lo que había evitado que la tuviéramos había sido la falta de tiempo libre. Jason me aseguró que estaba dispuesto a hablar con sus socios y sacar ese tiempo libre si yo estaba dispuesta a hacer lo mismo.

—No hay problema, amor. Ha llegado el momento de hacer todo lo que hemos soñado en la vida. La vida es demasiado corta para dejarla pasar —respondí inmediatamente.

Cuando ingresamos a la casa, me sorprendí al ver el cartel que decía *Bienvenida*, las flores y los globos por todas partes. Mi mamá estaba de pie en medio del salón y rodeada por los tres niños vestidos con jeans desteñidos y camisetas rojas. Kayla tenía muchas cintas rojas en el cabello y me recordó una foto de mí misma a su edad.

Peter estaba arrodillado en el suelo y en sus brazos tenía un cachorro dálmata con una inmensa cinta roja en el cuello:

—¡Mamá, este es Spot! ¡Papá lo compró para ti!

Corrí y abracé a todos mis hijos... también al perro. Jason se había tomado el trabajo de salir a buscarme un perro igual al que de niña solía darle mis verduras debajo de la mesa y que había muerto atropellado por un auto. Obviamente, mi madre le había ayudado: el cachorro era igualito al Spot original y podría ser su nieto.

Peter ayudó a Jason a encender la parrilla de gas mientras yo jugaba con los mellizos. También me mostraron algunos de los juguetes que les había comprado la abuela durante mi ausencia. A mi mamá le encantaba consentir a sus nietos y, en mi ausencia, se dedicó a hacerlo sabiendo que yo no podría oponerme.

Timbró el teléfono.

—¡Yo contesto! —grité a Jason. Tomé el inalámbrico. Nadie habló, pero podía escuchar una respiración pesada al otro lado de la línea.

—¿Hola? ¿Quién llama? —Sentí la respiración un segundo más y luego cortaron la comunicación.

Jason entró a la casa para buscar la carne y el pollo.

—¿Quién era, amor?

Alcé los hombros y susurré:

—Supongo que número equivocado.

Hicimos un delicioso picnic en el porche. Luego, mi mamá se fue a su casa a ver a su esposo, que debía estar sintiéndose totalmente abandonado. Jason decidió que la niñera siguiera con nosotros un tiempo más: la contrató por otras dos semanas, pensando que ese plazo sería suficiente para que yo me volviera a adaptar a la vida familiar.

Su nombre era Angelique y era estudiante universitaria de administración de empresas. Vivía en los dormitorios del campus, pero aceptó feliz el trabajo de interna cuando vio el anuncio en la asociación de estudiantes. Era una niña dulce y, cuando llegaba después de sus clases, conversaba conmigo durante horas. Me contó sobre su infancia en Maryland y que escogió asistir a la universidad en Atlanta porque quería un cambio de ritmo y distanciarse algo de sus autoritarios padres.

Alrededor de las siete, le pedí a Angelique que preparara a los chicos para acostarlos. Subí y me sumergí en la tina... lo único que me quedaba por hacer después de abrazar a mis hijos y atiborrarme de comida decente.

Jason se reunió conmigo unos minutos después. Cerró la puerta de la habitación y puso jazz antes de desnudarse y meterse en la tina. Algo en la forma en que me abrazó, confirmó mis esperanzas. Las sesiones de terapia estaban funcionando y las cosas serían diferentes a partir de ahora.

Se sentó detrás de mí en la tina y besó mis orejas y cuello mientras me pasaba una jabonosa esponja por los hombros y pechos. Dejó la esponja y tomó mis pechos, uno en cada mano, acariciando mis pezones erectos con sus pulgares.

Me volteé hasta quedar sentada sobre su muslo, en lugar de entre sus piernas, y comenzamos a besarnos. Me tomó por la nuca y acercó mi boca para que su lengua pudiera penetrar más profundamente en ella. Interrumpí el beso el tiempo necesario para acabar de voltearme y pasar mis piernas sobre sus muslos. Amarré mis brazos en torno a su cuello y el beso continuó un largo rato.

Jason acariciaba mis nalgas, una en cada mano, y yo comencé a frotar mi pucha contra su pene entre el agua caliente, frotándola con mis muslos. Me soltó una nalga y tomó uno de mis pechos con la mano, llevándolo hasta su boca y chupando el pezón. Sumergí una mano en el agua y sostuve su miembro para poder montarme sobre ella. Me senté lentamente. Mis costillas aún dolían un poco tras el accidente, pero no había manera de que dejara pasar la ocasión de hacer *realmente* el amor a Jason. Quería hacerlo hacía tanto tiempo, él al fin era receptivo a mis avances y yo me sentía en el paraíso.

Jason me permitió galopar su pene. Por primera vez, me permitió estar en la posición de control —lo que él más había temido durante todos esos años— y, por lo que pude ver y las cosas cariñosas que me susurró al oído, a él también le encantó. Permanecimos en la tina hasta que el agua estuvo casi helada y luego él salió a buscar toallas. Nos secamos el uno al otro y él me llevó en brazos hasta la cama, donde volvimos a hacer el amor... otra novedad. En todos los años que llevábamos juntos, Jason nunca había estado íntimamente conmigo más de una vez en la noche. Y ya no era un eyaculador precoz. De hecho, me hizo el amor durante más tiempo y más fuertemente que nadie. Casi me mata de la sorpresa cuando me pidió que me volteara y luego me penetró desde atrás. Alcanzamos el clímax y él se vino dentro de mí.

—¡Caray, Jason, espero que no me hayas dejado embarazada! —lo reprendí.

Se rio.

—No te preocupes, si así fuera, aún tengo la máscara de árbitro en el garaje.

Estábamos a punto de caer dormidos, sonrientes, cuando timbró el teléfono. Miré el reloj y vi que era pasada la medianoche. Tomé el teléfono, dado que estaba de mi lado.

—Hola. —Nada—. ¡Hola!

Lo único que respondieron fue una palabra. La voz del otro lado estaba distorsionada por un trapo o algo que cubría el auricular: "¡Perra!". Colgaron. Jason se sentó en la cama.

—¿Quién llamaba tan tarde?

—No lo sé amor. Vamos a dormir. —Volvió a acostarse

y yo busqué consuelo apoyando la cabeza en su pecho y escuchando los latidos de su corazón, como hacía siempre que estaba asustada. Me costó trabajo quedarme dormida. Me preguntaba quién diablos sería y si sería la misma persona que había llamado más temprano, la que respiraba pesadamente. Llegué a la conclusión de que sólo podía ser una de dos personas: Dempsey o Tyson. Ninguno de ellos había sido ubicado. Me propuse hacer una parada al día siguiente cuando volviera a casa después de la oficina. Me compraría una pistola.

Tal como había planeado, regresé al trabajo el día después de salir del hospital. Para mí era muy importante retomar todos los aspectos de mi vida y seguir adelante. Lo último que Marcella me dijo antes de salir del hospital fue: "Recuerda siempre que el pasado es sólo un guía y no un obstáculo. Debes aprender de tus errores y seguir la vida".

Tenía razón y eso era exactamente lo que yo pretendía hacer. Al regresar a la oficina, todos se portaron extremadamente amables conmigo y la mayoría tuvo el suficiente sentido común y decencia para no fisgonear en mi vida privada. Un par de los chismosos de cafetería intentaron meterse conmigo pero me deshice de ellos rápidamente. Les recordé descaradamente que yo era la presidenta de la compañía y que ellos eran empleados que nunca debían olvidar quién les daba de comer. Después de eso, no tuvieron nada más que decir y regresaron velozmente a sus puestos de trabajo.

Llamé a Jason a la oficina para preguntarle si le gustaría almorzar conmigo. Su secretaria, Allison, se puso pesada conmigo en el teléfono. Se había portado bien hasta el día en que me llamó mujerzuela, y yo no tenía intención de olvidar eso. Quería que la despidieran y sabía que, tras una conversación con Jason, ese sería el resultado aunque no fuera más que para darme gusto. Ella era probablemente una de las mujeres que habían estado haciéndole propuestas. La zorra tendría que largarse, sin peros ni condiciones. Yo no iba a soportar su actitud cada vez que llamara o pasara por la oficina de mi esposo.

Me sentí decepcionada cuando Jason me dijo que no podía almorzar conmigo porque tenía una reunión de trabajo, pero lo entendí. Había estado ausente mucho tiempo del trabajo y tenía que ponerse al día. Compré un sándwich, unas papas fritas y un refresco, y terminé almorzando en una banca frente al mural de Quinton en la estación de MARTA. Extrañaba a Quinton, pero no sexualmente. Él siempre había sido cariñoso conmigo y me hacía falta su amistad: una amistad que nunca podríamos tener a causa de la naturaleza sexual de nuestra relación. Su apartamento estaba exactamente al otro lado de la calle. Levanté un par de veces la mirada hacia allí mientras comía con desgana mi almuerzo. Acabé dando la mayor parte a los pájaros que se reunieron a mi alrededor una vez sintieron el olor de la pechuga de pavo y el queso de mi recién horneado sándwich.

Cuando me levanté para regresar a la oficina, casi me desvío hacia su edificio, pero me controlé. No quería correr el riesgo de encontrarme con Diamond, la larguirucha anoréxica que había tenido la audacia de presentarse en la habitación del hospital con su melodrama. Además, aún sin contar con Diamond, tampoco podía ver a Quinton. Ni ahora ni nunca. Quinton ya había tenido que vivir con demasiados abandonos en su vida. Como tenía claro que no podría regresar a su vida para quedarme, decidí que era mejor dejarlo en paz. Ya sabía que tendría que inventar al menos una mentira más cuando se inaugurara el centro cívico. Era impensable asistir, aunque Jason fuera el arquitecto principal del proyecto. A pesar de que

Jason sabía de mis aventuras, no sabía que Quinton había sido una de ellas y yo prefería que eso siguiera siendo así. No había manera de que le faltara al respeto a Jason así, dejando que descubriera que había ido a almorzar con mi amante. Ya era suficiente que hubiese tenido que enfrentar a Tyson; no necesitaba tener un altercado con Quinton. En otra vida, Quinton y yo habríamos podido ser excelentes amigos, pero en esta era imposible.

Irónicamente, ahora entendía por qué la madre de Quinton se había suicidado. Tuve que llegar a intentarlo para comprenderla. Cuando pensé que había perdido a Jason, mi vida terminó y yo no quise seguir adelante. Supongo que ella se sintió así cuando su esposo los abandonó a ella y a sus hijos para irse con una mujer blanca. Afortunadamente, mi intento fracasó y yo tenía una segunda oportunidad. No la iba a desperdiciar. Mi amor por la vida se había renovado y ahora tenía a un nuevo Jason.

—¡Hasta mañana, todos! ¡Descansen! —Pasé rápidamente por las oficinas exteriores y presioné el botón del ascensor para bajar al garaje. Tenía prisa, pues esperaba alcanzar a llegar al almacén de armas que quedaba a unas diez manzanas, antes de que cerraran.

No le conté a Jason que la noche anterior me habían llamado perra por el teléfono. Estaba resuelta a no permitir que nada interfiriera en la felicidad de nuestro hogar. Tampoco quería involucrar a la policía pues, aparte de buscar a Tyson y Dempsey como ya estaban haciendo, era poco lo que podrían hacer. Por otra parte, yo tampoco era absolutamente estúpida. Tenía claro que conseguir un arma no era mala idea, sólo por si acaso. Tendría que ser muy cuidadosa y jamás dejarla donde los niños pudieran encontrarla.

Cuando salí del ascensor, vi mi Mercedes —dos veces

vandalizado pero aún conmigo— estacionado en el sitio de siempre al final de la línea. Había un guardia de seguridad veinticuatro horas al día en el estacionamiento, pero no lo vi, cosa que no era de sorprender ya que había un solo hombre para patrullar los tres pisos del estacionamiento.

Había caminado aproximadamente la mitad de la distancia hasta mi auto cuando escuché pasos en algún lugar del garaje; no supe exactamente de dónde venían. No sé qué me hizo gritar —era casi hora pico y no tenía nada de raro que otros ocupantes del edificio se dirigieran a sus autos—. No obstante, me sentí inquieta:

—¿Quién anda ahí?

No hubo respuesta y, de repente, noté que me había detenido; estaba allí, de pie, paralizada. Si de hecho había un delincuente acechando, lo último que debía hacer era detenerme a esperar que me atacara. Corrí hasta mi auto, buscando las llaves en mi bolso. Había visto muchos informativos de seguridad y, a pesar de ello, no había tenido la precaución de sacar las llaves antes del llegar al estacionamiento. Supongo que es verdad aquello que dicen de que nadie aprende con la experiencia de otros.

Llegué al auto y seguía sin encontrar las malditas llaves entre el desorden de mi bolso. Dejé mi maletín en el suelo y puse el bolso en el techo para poder ver su contenido. Finalmente las encontré, abrí la puerta y lancé el bolso al asiento del pasajero. Me volví para recoger el maletín, que estaba a mis espaldas en el suelo, y me encontré cara a cara con Dempsey.

—¿Buscas esto, perra? —Tenía mi maletín en la mano. Antes de que alcanzara a reaccionar, me golpeó en la cara con el maletín, lanzándome de espaldas contra la puerta abierta del auto. La puerta me dio en las costillas y me doblé de dolor. Dejó caer el maletín—. ¿Qué tienes que decir perra? ¿Dónde está tu navaja?

Me dio un puñetazo en la cara y vi la sangre manchar mi traje gris claro. El lado izquierdo del rostro se me adormeció. Quería gritar, pero de mi boca no salía ningún sonido.

—¡Le hablaste a la policía de mí y ahora lo pagarás!

Dempsey me tomó del cuello y, en ese momento, decidí defenderme. Recordé la forma en que Tyson había intentado asfixiarme y supe que si no reaccionaba rápidamente, me quedaría sin aire y no tendría tiempo ni de rezar. Reuní todas mis fuerzas y le di un rodillazo en la ingle. Gritó de dolor y me soltó el cuello para agarrarse sus partes privadas.

Mi primer instinto fue subir al auto y arrancar, pasar por encima de él si era necesario; luego recordé que las llaves habían caído en algún momento del enfrentamiento. Eché una rápida mirada y nos las vi; debían haber caído debajo de mi auto o del que estaba a su lado. Antes de que Dempsey se recuperara del todo, mientras seguía inclinado, tomé su cabeza entre mis manos y le di un rodillazo. Había visto cómo se hacía en las películas de karatecas y debí haberlo hecho bien porque comenzó a gemir como un perro.

Huí y mis cuerdas vocales finalmente reaccionaron a medida que el contaminado aire de la ciudad comenzó a bombear mis pulmones. Ya había perdido un zapato y me detuve el tiempo suficiente para quitarme el otro. Corrí hacia arriba, al siguiente nivel del estacionamiento que era el de entrada, con la esperanza de ubicar al guardia en su caseta. Podía escuchar a Dempsey gritando a mis espaldas, pero no parecía estar alcanzándome, cosa que me alegró muchísimo. Llegué a la caseta del guardia gritando: "¡Ayúdenme!".

Quedé consternada al ver que estaba vacía. Me volví, lista para seguir corriendo en dirección a la concurrida calle donde podría pedir ayuda a alguno de los desconocidos que transitaban por la acera. En lugar de eso, me estrellé con el guardia, que salía del pequeño y probablemente sucio baño escondido tras una puerta de acero marcada con un letrero que decía: "Sólo empleados". Se estaba subiendo la cremallera de los pantalones cuando le grité que llamara a la policía. Inmediatamente se comunicó por radio, pero para cuando llegó la policía y selló el edificio, Dempsey ya no apareció.

capítulo
treinta y tres

Para cuando Jason llegó, mis nervios estaban destrozados. No podía creer que, después de toda la mierda por la que había pasado, ahora me tocaría soportar la persecución de Dempsey. Comencé a preguntarme si toda esta locura terminaría algún día. Los detectives de homicidios asignados al caso de Brina fueron llamados y finalmente descubrí sus nombres: Wilson y Reed. Obviamente me habían dado sus nombres y sus tarjetas la noche del asesinato, pero yo estaba demasiado conmocionada para notarlo.

Les informé sobre las dos llamadas del día anterior. Jason me miró incrédulo al descubrir que, una vez más, le había ocultado la verdad. Le expliqué que no había querido arruinar mi primer día en casa después del hospital y mi primera noche con él desde que comenzamos las terapias, y le conté que en el momento del incidente me dirigía al almacén de armas. No pareció quedar satisfecho con mi explicación, pero no dijo más. Estaba contento de que estuviera aún con vida, y punto.

La policía ya había emitido un boletín sobre Dempsey a todos los medios, así que no había mucho más que pudieran hacer excepto ofrecerme protección veinticuatro horas al día. Después de dos experiencias de intento de estrangulación, una de Tyson y otra de Dempsey, acepté agradecida la oferta. Tenía los labios y un ojo hinchados por los golpes recibidos con el maletín y el puño de Dempsey. Me rehusé a ir al hospital: acababa de salir de ese hueco y no había manera de que regresara. Me dieron algunas drogas para el dolor, revisaron mis costillas e informaron a Jason que podía llevarme a casa siempre y cuando yo prometiera descansar mucho y no hacer ningún tipo de esfuerzo.

Esa noche le conté a Jason sobre el intento de asesinato de Tyson. Dijo que los médicos del hospital le habían hecho preguntas sobre unas marcas en mi cuello, pero él había asumido que eran consecuencia del accidente. Acordamos mutuamente no volver a hablar de cosas negativas. Al frente de la casa había dos policías en una patrulla y la alarma estaba activada, así que me sentía totalmente segura.

Quería volver a hacer el amor más que nada en el mundo, pero Jason me informó escuetamente:

—Eso se considera un verdadero esfuerzo.

Tenía la esperanza de que él no se volviera a encerrar en su caparazón tras la maravillosa noche de sexo el día anterior. No estaba dispuesta a permitir que eso sucediera... así estuviera golpeada y llena de moretones. Él me sacó de dudas rápidamente.

—Hacer el amor sería *definitivamente* un esfuerzo físico excesivo. No obstante, hay algo que te puedo hacer y no entra en esa categoría, a pesar de producir más o menos el mismo resultado.

Comencé a reír y las costillas me dolieron.

—Jason, ¿a qué diablos te refieres?

—Hummm, será más fácil mostrártelo que explicarlo. —Y eso fue exactamente lo que hizo. Mi tímido y reprimido esposo se levantó de la cama, echó cerrojo a la puerta aunque los niños llevaban horas dormidos, y no desperdició tiempo al quitarme los pantis negros.

—Amor, acabas de decirme que no podemos tener sexo.

—No vamos a tener sexo. O, mejor, no vamos a hacer el amor. —Sonrió y yo seguí tan perdida como una virgen en un burdel... hasta que me abrió las piernas y comenzó a chuparme la chocha. Casi me desmayo. Jason estaba mamando mi sexo y no pude controlar mi sorpresa.

—¡Jason, estás mamándomela!

—¡Uh-humm, sí, te la estoy mamando y se siente muy bien!

Comenzó a chuparla con más y más intensidad. Creo que la sola idea de lo que estaba haciendo me hizo venir las dos o tres primeras veces, pero no terminó allí. Mi amor trabajaba en mí como si yo fuera un bufé ilimitado y yo alcancé el clímax una y otra vez. Creo que él intentaba recuperar el tiempo perdido. En un momento dado, tuve que agarrarme de la cabecera de la cama para soportar la sensación que me producía su lengua.

Yo quería mamarlo pero él me dijo que eso no habría sido problema si no tuviera los labios tan hinchados y adoloridos. Me enfurecí más con Dempsey por impedirme darle una mamada a Jason que por intentar asesinarme. Nos dormimos alrededor de la una de la mañana, pero un par de horas después me despertó un ruido. Al principio pensé que tal vez era Angelique estudiando hasta tarde para algún examen. Decidí ir sobre seguro y me acerqué a la ventana a confirmar que los policías siguieran allí. Ahí estaban.

Dado que ya me había levantado, opté por bajar y hacerme una taza de té de mora, otra de las cosas que había extrañado durante mi estadía en el hospital. Me encantaba hacer una jarra de té, llevarla al porche y escuchar los pájaros y otros animales moverse en los alrededores. Hice el té y me dirigí al porche. Tan pronto abrí la puerta del patio, sentí el olor de algo cocinándose y me pregunté quién diablos estaría lo suficientemente loco para estar asando algo a esa hora de la noche.

Entonces noté humo escapando por las salidas de aire de nuestra parrilla de gas. *¡Algo estaba siendo asado en mi propio jardín!* Fue una estupidez no ir en busca de los policías o llamar a Jason, pero quería averiguarlo yo misma. Una vez abrí la puerta que llevaba del porche al jardín, noté que Spot no estaba en su casa. Corrí descalza por el patio adoquinado y levanté la tapa del asador. Dos segundos después, mis alaridos despertaron a todo el vecindario.

¡Ese desgraciado lo hizo! Le pedí a mi mamá que viniera por los niños y los llevara a su casa. También le pedí a Angelique que fuera con ella para ayudar a mi mamá y a Aubrey. Era un encanto y aceptó inmediatamente. Además, no creo que le emocionara mucho la idea de quedarse en una casa en la que alguien entraba ilegalmente al jardín y asaba a la mascota de la familia.

Jason y yo nos rehusamos a abandonar la casa... no por culpa de un cerdo como Dempsey. Le pedí a uno de los policías que me escoltara hasta el almacén de armas y compré una pistola calibre .45. Realmente no podían oponerse dado que los policías apostados frente a mi casa no habían hecho absolutamente nada para evitar lo que sucedió a Spot.

Los días siguientes permanecimos en la casa la mayor parte del tiempo. Como Jason tenía su estudio, no tuvo problema para mantenerse al día en su trabajo. Allison fue a la casa para que él le firmara algunos documentos y tuvo el atrevimiento de portarse mal conmigo incluso en mi propia casa. Mientras ella esperaba a que Jason bajara a la sala, le dejé perfectamente claro que toda la conmoción no tenía nada que ver con una aventura sino con el asesinato de mi mejor amiga. Me miró, volteó los ojos y susurró:

—¡Oh!

Monté en cólera.

—¿Sabe qué? ¡En primer lugar, no tengo por qué darle explicaciones, así que limítese a hacer su trabajo, obtenga las firmas de Jason y lárguese de mi casa!

—Muy bien. ¡Eso haré! —Yo no pretendía decir nada más, pero ella continuó—: ¡Uno de estos días, él entrará en razón y se conseguirá una mujer *verdadera*!

—¡Al carajo! —grité—. ¡Aclaremos algo! ¡He estado con Jason desde que estábamos en octavo grado y lo conozco desde mucho antes! ¡Él no se conseguirá a nadie! ¿No me cree? ¡Pregúntele!

Nunca tuvo la oportunidad porque él alcanzó a escuchar el final de nuestra conversación y lo confirmó.

—¡Definitivamente! ¡Jamás lo haré!

Llegó a la base de la escalera, pasó su brazo alrededor de mi cintura y me besó apasionadamente. A pesar de todas las cosas que nos tenían estresados, nos comportábamos nuevamente como recién casados.

—Allison, ¿cuáles son los documentos que tengo que firmar?

—Aquí —respondió ella, entregándole un sobre de manila. Él los tomó, los firmó y se los devolvió. Cuando salía, ella murmuró:

—Adiós.

—Otra cosa, Allison. —Estaba casi en la puerta cuando

se volteó para escuchar a Jason—. Jamás le vuelva a hablar así a mi esposa o tendrá que buscar empleo en otro lado. —Hizo una pausa y decidió ser aún más claro—. Sin una recomendación mía, obviamente. Dirigirse a Zoe de esa manera no es profesional y no lo toleraré. ¿Queda claro?

—Sí, señor, entiendo. —Parecía a punto de llorar cuando salió de la casa. Reí encantada; era lo que esa estúpida se merecía.

Le pedí a mi secretaria que llevara a casa todos los documentos importantes que no pudieran esperar. Afortunadamente, entre Shane y yo no había problemas, así que sus visitas eran agradables. Tal vez se preocupaba demasiado por mi salud y bienestar. Se lo agradecí y le di una bonificación por trabajar horas extra y hacer los viajes de la oficina hasta la casa.

¡El sexo entre Jason y yo era algo espectacular! Los niños no estaban, estábamos permanentemente juntos en la casa y no desperdiciábamos el tiempo. Una vez mi boca estuvo menos hinchada, me apresuré a poner mis labios en su miembro y trabajar en él. De hecho, se podría decir que me obsesioné un poco. Jason tuvo que establecer horarios para el sexo, o no habría podido trabajar nunca.

Sin embargo, él disfrutaba del sexo oral tanto como yo. Se volvió un poco *demasiado* atento a la exploración de mi sexo con su boca. ¡Pero era maravilloso! Aprovechábamos cualquier momento disponible. Hicimos el amor por toda la casa, como adolescentes. Hicimos todo lo que no habíamos sido capaces de hacer cuando jóvenes. Nos valimos de todo: su mesa de dibujo, el mostrador de la cocina, el hogar de la chimenea e, incluso, la lavadora durante el ciclo de enjuague.

Aproximadamente una semana después del ataque de Dempsey, me encontraba acostada en el sofá entre las piernas de Jason, mamándosela mientras él veía el último noticiero del día, cuando el reporte de las principales noticias me llamó la atención. Escuché al presentador mencionar un tiroteo en un club nocturno llamado Zoo. Dejé de mamar a Jason para poner atención a la noticia. Aparentemente, una pelea por una mujer había terminado en balacera.

—¡Jason, ese es el club donde Brina conoció a Dempsey! —exclamé.

—¿En serio? —susurró e intentó empujar mi cabeza de regreso a su pene para que terminara lo que había comenzado. Los tiroteos eran tan comunes que no le impresionó la noticia.

Volví a mamárselo y recuperé el ritmo, pero sin dejar de escuchar el noticiario. El reportero que cubría la escena en directo informó que la policía había confirmado la muerte de tres personas y siete heridos. Pensé que tal vez uno de los muertos fuera Dempsey, pero concluí que no era probable tener tanta suerte; él no sería tan estúpido para regresar allí después de que yo le había informado a la policía que solía visitar ese club.

Jason acababa de venirse en mi boca cuando timbró el teléfono. Respondió y repitió numerosas veces "¡Sí!". Lo miré, con sus jugos aún rodando por mi barbilla e intenté adivinar el motivo de la llamada por la expresión de su rostro. Colgó el teléfono.

—Era el detective Wilson. —Cerré los ojos y recé para que Jason estuviera a punto de decir lo que finalmente dijo—: ¡Zoe, se acabó! ¡Dempsey está muerto!

Fue un gran alivio que todo quedara atrás. No soy una persona que le desee la muerte a otros, pero tengo que reconocer que no lamenté en lo más mínimo que Dempsey fuera asesinado en Zoo. Personalmente, me pareció que una muerte rápida, aunque violenta, era demasiado buena para él después de lo que le hizo a Brina. Lo único que lamenté fue que otras dos personas murieran con él y la suerte de una chica demasiado joven para estar en el club, una inocente que pasaba por allí, que recibió un tiro en la columna vertebral y nunca más volvería a caminar. El detective Wilson me dio su nombre y el del hospital al que la habían llevado. Fui a visitarla ya que podía volver a moverme libremente. Me habían retirado la protección de la policía y era maravilloso poder salir, incluso si eso significaba reducir mis horarios de trabajo en el pene de Jason.

Llevé a la niña, llamada Octavia, una docena de rosas y una tarjeta. Con ella estaba su hermana y las tres nos sentamos a conversar como viejas amigas durante casi

una hora antes de que yo mencionara el motivo por el que
había ido. Esperaba que no lo tomara a mal.

—Octavia, sé que tu seguro de salud cubre todos tus
gastos médicos, pero pensé que tal vez quieras hablar con
alguien que te ayude a manejar tu incapacidad.

Su voz era muy débil y tenía la piel flácida y pálida.

—¿Alguien como quién?

—Tengo una amiga. Su nombre es Marcella Spencer
y es una excelente psiquiatra. Creo que te podría ayudar
mucho.

Su hermana intervino. Noté que tenía un acento su-
reño.

—No podemos darnos el lujo de pagar un psiquiatra.

—Yo estoy dispuesta a pagarlo. —Ambas quedaron ató-
nitas y boquiabiertas. Supongo que los buenos samaritanos
usaban pantalones de campana y afro.

Octavia carraspeó.

—¿Por qué haría algo así por mí? Ni siquiera me conoce.

—El hombre que te hirió... al menos uno de ellos, también me hizo daño a mí y a mi mejor amiga. De hecho,
asesinó a mi amiga e intentó asesinarme a mí. —Las chicas
quedaron mudas—. Ayudarte a ti me ayudaría a sentir que
he deshecho algunas de las maldades que él hizo. ¿Te parece coherente? Tal vez no.

Yo estaba a punto de llorar. Habían sucedido tantas
cosas en los últimos meses que llorar se había vuelto parte
de mí.

—Señora, sí me parece coherente y se lo agradezco.

—Mi nombre es Zoe. Zoe Reynard y gracias por aceptar mi ayuda. La doctora Spencer me ayudó una vez a superar algo muy serio, y aún lo hace. Estoy segura de que
a ti también te ayudará. —Cuando salía, me volteé bre-

vemente para echar otra mirada a la niña que nunca volvería a caminar, correr, bailar, conducir un auto o hacer el amor—. Pediré a la doctora Spencer que pase por acá mañana para definir los horarios de terapia contigo.

Me sonrió y yo me dirigí a mi oficina para ponerme al día.

Durante los siguientes dos meses todo funcionó de maravilla en mi matrimonio, mi negocio y mi relación con los niños y mi madre. Las cosas jamás habían funcionado tan bien. Mi negocio creció bastante, probablemente porque la cabeza de la empresa finalmente estaba satisfecha con su vida y en capacidad de administrar todo de forma más amable y eficiente.

Angelique regresó a su dormitorio en la universidad, pero siguió encargándose de los niños dos veces a la semana, cuando Jason y yo salíamos. Nos habíamos prometido hacerlo así y mantuvimos la promesa. Pasábamos dos noches románticas a la semana juntos, sin los niños, fuera de casa. Fue durante una de esas noches románticas cuando Jason me sorprendió con su plan.

Estábamos cenando en un restaurante afroamericano cuando me contó que había arrendado una cabaña en las montañas para que pasáramos el fin de semana. Sugirió que nos fuéramos el viernes, tres días después, y aprovecháramos el sábado para mirar propiedades en venta para construir nuestra casa de verano. Acepté y me puse de pie, me senté en su regazo y lo besé apasionadamente. La dueña del restaurante se acercó y nos pidió que dejáramos de hacerlo porque había niños presentes. Pedí disculpas y ella se tranquilizó cuando regresé a mi asiento.

El viernes por la tarde dejé a los niños en casa de mi mamá. Cuando regresé a casa, Jason ya tenía el

Land Rover listo y el equipaje empacado. Teníamos un largo viaje por delante. Nos tomó unas dos horas llegar a la cabaña y me enamoré de ella instantáneamente. Estaba ubicada en el corazón del bosque y tenía dos niveles con tres habitaciones y dos baños. Lo que más me gustó fue la inmensa chimenea. Jason salió a recoger leña para que a la hora de la cena el fuego ya estuviera ardiendo.

Teníamos gran cantidad de provisiones. La noche anterior había ido de compras y adquirido todo lo que podríamos necesitar durante nuestro romántico fin de semana. Para la cena, hice pechugas de pollo al horno y arroz, habichuelas verdes y panecillos. Comimos sentados en una piel de oso al lado de la chimenea. Después de lavar los platos, regresamos a la piel e hicimos el amor el resto de la noche.

Jason se levantó antes que yo y preparó un gigantesco desayuno. Yo ni siquiera sabía que sabía cocinar. ¡Mi amor estaba lleno de sorpresas! Primero, mamándome el sexo un día sí y otro también, y ahora cocinando.

Pasamos casi todo el día siguiente viajando en un Jeep Wrangler con Roscoe Carter, el único agente inmobiliario local. Nos mostró todos los terrenos en venta en el condado. Cuando nos dejó nuevamente en la cabaña, Jason y yo estábamos extenuados. Intenté llamar a mi madre para saber de los niños, pero me respondió el contestador, así que le dejé nuestro número por si lo había perdido. Imaginé que Aubrey y ella habrían decidido llevar a los niños al cine o a comer pizza.

—¡Buuu! —Jason se acercó a mi espalda y me tomó por la cintura.

—¡Jason, me asustaste! ¡Ya tengo los nervios suficientemente arruinados! —Pretendí estar molesta, pero me encantaba que me tocara.

—Oh, vamos Zoe, estamos solos. ¿Quién más te iba a agarrar?

—¡Ese no es el punto! —Comencé a alejarme pero me agarró y se dejó caer en el sofá, arrastrándome.

—Sigues estando nerviosa, ¿verdad? —Comenzó a besar y chupar mi cuello.

—Sí, sigo algo perturbada por todo lo sucedido.

—Pues déjalo ya —dijo mientras me desabotonaba la blusa—. Ahora estamos seguros y los chicos también. ¡Ya pasó, amor!

—Si tú lo dices...

—Yo lo digo, sí. ¡Ahora dame mis niñas!

Comencé a reír mientras él me quitaba el brasier y se metía un pecho en la boca. Tras unos pocos momentos de juegos previos, todos mis temores desaparecieron y fueron reemplazados por el deseo sexual.

Estábamos en la cama aunque no eran más de las diez, cuando escuchamos golpear fuertemente en la puerta. Jason se puso una bata y bajó a ver qué sucedía.

—¿Quién es?

—El alguacil del condado. ¿Señor Reynard?

Jason abrió la puerta. Yo estaba en la parte alta de las escaleras, llevaba sólo una camiseta de Jason y los pantis. El alguacil entró a la sala seguido de cerca por uno de sus ayudantes.

—¿Qué sucede señor alguacil? ¿Algo anda mal?

—Señor Reynard, intentamos comunicarnos por teléfono, pero parece que su teléfono está descolgado. —Eché una mirada y vi que el teléfono de la mesa al lado del sofá estaba tirado en el piso. Probablemente lo había tumbado accidentalmente con un pie cuando Jason me tomó en brazos y me llevó hasta la cama.

—Ha habido problemas en Atlanta y un detective... —Extrajo del bolsillo una pequeña libreta y la abrió—.

El detective Wilson me pidió que viniera y le informara lo que sucedió.

Bajé la escalera en pánico.

—¿Qué sucedió? ¿Les pasó algo a los niños? ¿A mi madre? ¿Hubo un accidente?

—No, señora. Nada de eso. De hecho me pidió que les dijera que su madre, padrastro y los niños están bajo custodia y han sido trasladados a un refugio. Su madre fue quien nos informó cómo encontrarlos.

—¿Un *refugio*? —gritó Jason antes de que yo también lo hiciera.

—Sí, señor. ¿Conoce a una tal Allison Morton?

—Sí, conozco a Allison. Es mi secretaria personal en mi firma de arquitectos.

—Bueno... —El alguacil se quitó la gorra, se rascó la cabeza y volvió a ponérsela—. Ya no.

El alguacil rodeó el sofá, enderezó el teléfono y se aseguró de que estuviera funcionando.

—¿Qué quiere decir con eso?

—Fue encontrada muerta, asesinada, hace un par de horas en su apartamento en el sudoeste de Atlanta.

—¿Asesinada? —Corrí hacia él. Yo había insultado a Allison, la había echado de mi casa, la había amenazado con convencer a Jason de que la despidiera y ahora estaba muerta. Una cosa era segura: de alguna manera me atribuían su muerte, de otra forma el alguacil no estaría ahí y mis hijos no estarían bajo custodia—. ¿Qué le sucedió?

—Señora, por lo que sé, fue severamente mutilada. Tenga, este es el número de la casa en Atlanta. —Arrancó un pedazo de papel de su libreta y me lo entregó—. Lo mejor sería que llame al detective Wilson. Él está esperando una llamada de ustedes o mía. Puede aclararles todo esto mejor que yo.

Era evidente que el alguacil no quería visitantes tan malvados en su condado. Parecía ser de los que se sienten más cómodos con un par de amigotes conduciendo ebrios o una inofensiva pelea de bar. Incluso, *hablar* de asesinatos hacía que el pobre hombre se despeluzara.

Llamé al detective Wilson. Contestó al primer timbre cuando pasaron la llamada a su escritorio.

—Señora Reynard, le tengo noticias extremadamente alarmantes.

Jason estaba sentado a mi lado en el sofá y sostenía mi mano mientras el alguacil y su ayudante caminaban de un lado a otro, aparentemente más nerviosos que nosotros.

—Eso me dijeron, detective. ¿Qué le sucedió exactamente a Allison y qué relación tiene conmigo?

—La señorita Morton fue encontrada por su novio hace unas horas. Cuando ella no se presentó a la cita que tenían, él fue hasta allí y entró con su llave. La encontró colgando de las tuberías en su apartamento del sótano. —Hizo una pausa antes de añadir—: La descuartizaron como a un cerdo.

—¿*QUÉ*? —Comencé a temblar y Jason no dejaba de preguntarme qué decía el detective. Le dije que le contaría todo cuando colgara—. Detective, eso es horrible, pero tal vez su muerte no tenga nada que ver conmigo. Recuerde que Dempsey está muerto...

—Sí, lo recuerdo. Yo mismo identifiqué el cuerpo de ese bastardo en la escena del crimen.

—Entonces, ¿qué lo hace pensar que yo esté involucrada? —Estaba sentada en el borde del sofá, esperando ansiosamente su respuesta.

—Hummm, supongo que puedo decir que la escritura en la pared la delata.

—¿Qué escritura en la pared? —Hubo un silencio al otro lado de la línea—. ¿Detective?

—Estaba escrito con la sangre de la señorita Morton en la pared de su habitación.

—¿Qué?

—¡Zoe es perra muerta!

capítulo
treinta y cinco

Dejé caer el teléfono en el regazo de Jason y quedé paralizada.

—Zoe, ¿qué te sucede? ¡Estás más pálida que un fantasma!

¡No le iba a responder! ¡No podía responderle! ¡Estaba a punto de sufrir un ataque cardiaco!

—Detective Wilson, soy Jason Reynard. ¿Qué le sucedió a mi secretaria?

Jason escuchó atentamente mientras el detective repetía todo lo que acababa de decirme y agregaba que el móvil más probable era buscar información sobre nuestro paradero. Aparentemente, quien asesinó a Allison la torturó primero y no la dejó en paz hasta que les dijo lo que querían saber. Eso explicaba muchas cosas y multiplicó mi sentido de culpa por cien. Alguien estaba tras de mí, y la pobre Allison había muerto por ello. Fue torturada porque intentó protegernos a Jason y a mí. La responsabilidad en su muerte sería algo que me torturaría durante años... si es que vivía tanto.

Estuve en trance hasta que escuché a Jason, todavía en el teléfono, exclamando:

—¿Un arete de oro? ¿Y qué?

Le quité el teléfono.

—Detective, ¿qué hay con un arete de oro?

—Simplemente parece fuera de lugar. Lo encontraron sobre las sábanas, en su cama, pero ella no llevaba el compañero. No pudimos encontrar el otro en su joyero ni en ningún otro lugar en el apartamento. Es posible que aparezca cuando los forenses revisen más cuidadosamente, pero por la posición en que estaba el que encontraron, pienso que el asesino puede haberlo perdido en el forcejeo. —Hizo una pausa y añadió—: Probablemente no es nada. Tan sólo una corazonada.

Podría haberle preguntado qué tipo de arete era, pero decidí seguir mi propia corazonada.

—Detective, ¿el arete es una cruz de oro?

Escuché su respiración acelerarse en el teléfono.

—¿Cómo sabe que es una cruz de oro? —No le respondí. Estaba concentrada en una serie de recuerdos—. ¿Señora Reynard?

—¡Tyson usa una cruz de oro en su oreja izquierda!

¡Era jodidamente increíble! ¿Cómo era posible que todas las personas que habían cruzado mi camino en la vida resultaran ser lunáticas? Dempsey, Diamond, Tyson... todos chiflados. Comencé a preguntarme si el viejo dicho "Eres lo que atraes" había sido escrito específicamente para mí. Tal vez la loca era yo y los demás tan sólo seguían mi ejemplo.

Durante todo ese tiempo la policía había asumido que Tyson había huido a otro estado para evitar pagar la condena por su violación de la libertad bajo palabra, y yo había pensado eso mismo. Cuando intentó estrangularme ese día en el vestíbulo del apartamento de Quinton, pensé que era tan sólo un episodio causado por un momento de furia. El incidente con Jason lo atribuí a los mismos motivos. Jamás pensé que Tyson sería capaz de semejante locura.

El alguacil nos informó que teníamos dos opciones: dado que no existía un lugar para que nos quedáramos en ese condado a esa hora de la noche, podríamos permanecer donde estábamos y él y su ayudante vigilarían el exterior, o podíamos ir a escondernos en su oficina. Opté por la primera opción y Jason estuvo de acuerdo. No había manera de que yo pasara la noche en un catre duro en una celda.

Los dos oficiales, a los que afectuosamente bauticé Andy y Barney, asumieron su vigilancia frente a la cabaña alrededor de la medianoche. Llené sus termos con café caliente y, por turnos, entraron al baño del primer piso antes de salir a la fresca noche de marzo.

Jason y yo nos acostamos y, por primera vez desde que salí del hospital, no hubo sexo antes de quedarnos dormidos. Ambos estábamos muy estresados y preocupados de que nuestros hijos estuvieran en un refugio que sonaba como un lugar para personas del programa de protección de testigos. No me gustaba nada de eso, y ansiaba desesperadamente que todo terminara. Muchas veces había creído que todo había terminado, pero cada vez que se resolvía un problema, otro aún peor parecía surgir. Ahora, Tyson intentaba asesinarme. ¡Qué desastre!

Me quedé dormida pensando en la pelea que tuve con Dusty ese día en el estacionamiento del sitio de trabajo de Tyson, y en el hecho de que ella le arrancara a Tyson el arete, haciéndolo sangrar, cuando él me la quitó de encima. El mismo arete que yo solía tomar en mi boca, junto con el lóbulo de la oreja, cuando él me hacía el amor en su apartamento; el mismo arete que habían encontrado en el apartamento de Allison después de que "la descuartizaron como a un cerdo", en palabras del detective Wilson.

Jason y yo estábamos profundamente dormidos cuando una ventana del primer piso estalló. Ambos quedamos sentados en la cama. Tomé el teléfono de la mesa de noche, pero la línea estaba muerta. Jason cubrió mi boca, sofocando mis gritos, y me susurró al oído.

—Zoe, no digas nada. Tan sólo escúchame y haz exactamente lo que te diga.

Asentí y lo escuché mientras me decía qué hacer. Jason me ayudó a salir por la ventana del segundo piso y me dejé caer al suelo. Mis costillas, aún maltratadas por el accidente y el golpe de Dempsey contra la puerta del auto, me dolieron terriblemente al aterrizar, pero en ese momento el dolor me tenía sin cuidado. Tenía que llegar al carro de la policía para avisarles que Tyson estaba en la casa.

Estaba a unas cinco yardas del auto del alguacil cuando comprendí que algo estaba terriblemente mal... mortalmente mal. El brazo del alguacil colgaba flácido por la ventana del conductor. Cuando me acerqué, vi sus ojos a la luz de la luna y supe sin duda que eran los ojos de un hombre muerto. Tenía un pequeño orificio de bala en la frente y su ayudante tenía la cabeza apoyada en el hombro de su jefe. Si no hubiera tenido motivos para pensar otra cosa, podría haber pensado que estaba echando una siesta. Andy y Barney estaban muertos y Jason estaba solo en la casa con Tyson... Tyson, que estaba armado y asesinando gente a su paso.

Abrí la puerta del conductor y el alguacil cayó del

auto. Pasé sobre él y halé la pieza del radio por la que uno habla. Fue demasiado fácil y, cuando la tuve en la mano, entendí por qué. El cable estaba cortado. Era imposible llamar por el radio para pedir ayuda. Busqué las pistolas que los dos oficiales llevaban en la cintura cuando hablaron con nosotros. No había rastro de ellas. Podían estar en cualquier parte: escondidas en los matorrales o en manos de Tyson. No tenía tiempo para buscarlas y de estúpida había dejado la mía en la oficina, convencida de que los problemas eran cosas del pasado. ¡Tenía que ayudar a Jason! ¡Tenía que salvarlo! Demasiadas personas habían pagado con la muerte y mi esposo no sería otra de ellas. Incluso si eso significaba entregar mi vida para salvarlo.

Me escurrí a hurtadillas hasta la parte trasera para mirar por las ventanas posteriores de la cabaña. Al principio no vi nada, pero luego vi a Jason tirado en el piso de la cocina, inconsciente. No había sangre, así que deduje que no le había disparado. Pero tenía que saberlo a ciencia cierta.

La puerta del patio estaba abierta y le faltaba un vidrio. Obviamente era el vidrio que habíamos oído romperse. Por una vez en mi vida no tenía miedo. Estaba harta de todo; si Tyson quería matarme, iba a tener que trabajar porque yo no estaba dispuesta a permitir que lo hiciera sin luchar. Entré y revisé la zona del salón. Estaba oscuro. No sentí ni escuché movimientos. Fui hasta donde estaba Jason e intenté sin éxito despertarlo. Tenía un golpe feo en la nuca y supuse que Tyson lo había golpeado con la culata del revólver. No lograba imaginar por qué no había asesinado a Jason, como a los policías, pero estaba dichosa de que no lo hubiera hecho.

De repente, escuché pasos descendiendo por la escalera. Apoyé suavemente la cabeza de Jason en el piso, antes de arrastrarme para esconderme en la oscuridad de la sala.

—¿Dónde está la perra de tu esposa? —Jason comenzaba a volver en sí. Una patada en su pecho lo despertó del todo—. ¿Dónde está?

Jason no respondió. Tan sólo lo miró desde el suelo con dolor y miedo reflejado en sus ojos.

—¡Ven acá, Zoe, mi amor! Preciosa, tengo algo para ti. ¡Un regalo!

—¿Eres...? —intentó preguntarle Jason.

—Sí, soy yo. También soy el hombre que se ha estado comiendo a tu mujer. Bueno, al menos uno de los hombres.

—Bastardo —murmuró Jason. En respuesta recibió otra violenta patada, esta vez en una pierna. Yo quería correr a su lado, pero tenía que pensar con claridad. Sencillamente no podía creer lo que estaba viendo.

—Zoe es una gran puta, Jason. ¿Lo sabes?

Jason escupió a los pies de su atacante y noté que escupía sangre.

—Estaba seguro de que la abandonarías. La sacarías a patadas de tu casa. De esa manera, ella podría haberse ido conmigo... podríamos haber estado juntos de por vida, Jason.

La ira comenzó a dominar a Jason.

—Si Zoe es tan puta como dices, ¿por qué querrías estar con ella?

—¡No te hagas el astuto conmigo, Jason! —Otra patada al pecho—. ¡*Jamás* me hables en ese tono! ¡El único motivo por el que aún respiras es porque te necesito para llegar a ella! ¡Sé que la mujerzuela no se dejará ver a menos de que sea para salvarte!

—¡Zoe me ama a mí y a nadie más! —exclamó Jason—. ¡Siempre ha sido así!

—¡Qué tierno! No que importe mucho en unos minutos.—Vi que se disponía a patear a Jason de nuevo y no pude contenerme un segundo más.

—¡Quinton!

Quinton volteó en dirección al salón. Vi que apretaba los ojos buscando mi sombra.

—¡Zoe, mi amor! —Estiró los brazos—. Ven donde papá, nena.

—¿Qué estás haciendo aquí, Quinton? —pregunté mientras salía del escondite. Jason me hacía señas frenéticamente para que me alejara, para que corriera. No había manera de que lo hiciera. Miré a Quinton a los ojos.

—Asesinaste a Allison, ¿verdad?

Quinton me sonrió como si la pregunta fuera divertida.

—¡Un hombre debe hacer lo que tiene que hacer!

Yo estaba aturdida y confundida. Una parte de mí aún se rehusaba a enfrentar lo que estaba sucediendo. Había estado preparada para enfrentar a Tyson, pero no a Quinton.

—Pero, pero... ¿por qué? —tartamudeé—. ¿Por qué estás haciendo esto?

Quinton levantó el arma y se rascó la sien con ella.

—Dios, no lo sé Zoe. Tal vez algo estalló en mí.

Noté que el arma tenía silenciador. Eso explicaba que Jason y yo no hubiéramos escuchado los tiros cuando asesinó a Andy y a Barney.

—Sí, eso es —continuó—. ¡Locura temporal causada por enamorarme de una insignificante perra!

Luché por encontrar algo que decir.

—Pero, pero nosotros pensamos que Tyson...

Me interrumpió antes de terminar la frase.

—Fue ingenioso, ¿no te parece? —alardeó, agitando el arma en el aire—. Dejar el arete y todo. Sabía que la policía se agarraría de ahí y, si ellos no lo deducían, tú lo harías.

Me lanzó una sonrisa demoniaca.

—Convertir a Tyson en el chivo expiatorio fue perfecto. ¡No que a él le importe!

—Cómo... —dudé, y recordé el enfrentamiento en el vestíbulo de su apartamento. Recordé claramente que Tyson no llevaba el arete porque Dusty se lo había arrancado en el estacionamiento—. El día que Tyson estuvo en tu casa no llevaba el arete.

—Vaya, vaya, vaya. —Quinton rió y meneó el dedo índice de su mano libre como si regañara a un niño—. ¡Corrección! La *primera* vez que fue a mi casa, no llevaba el arete.

—¿A qué te refieres? —Quinton ignoró la pregunta.

—Zoe, ahora que he tenido un par de meses para reflexionar, creo que debí dejarlo que te asesinara en ese momento. La mayor estupidez que he hecho en mi vida fue quitártelo de encima.

Empezaba a estar enojada. ¿Cómo se atrevía? Comprendí que tenía que mantener la calma porque Quinton estaba allí por un solo motivo: para asesinarme. No obstante, ante su última afirmación, mandé la prevención por la ventana. Me acerqué a él y le di una bofetada.

—¿Y por qué no lo hiciste? ¡Bastardo de mierda!

Quinton se frotó la mejilla. Comencé a buscar la forma de quitarle el arma, pero no quería arriesgarme a que le disparara a Jason. En ese momento no me importaba lo que me sucediera... de todas maneras, probablemente me lo merecía.

—Oye, Zoe —me amonestó Quinton—, no hay necesidad de ser groseros. No empeoremos la situación aún más. —Me tumbó en el suelo al lado de Jason—. ¿Por qué no te sientas ahí con tu hombre y te tranquilizas?

¡Quinton estaba realmente enfermo! Pensé en todas las apasionadas tardes y noches que habíamos pasado juntos. Era tan romántico, tan generoso. ¡Pensar que siempre había sido un sicópata!

—Como te estaba diciendo cuando me interrumpiste groseramente, Zoe, Tyson no tenía el arete de la cruz la primera vez, pero sí la segunda.

Lo miré con odio, tratando de entender lo que decía.

—¿La segunda?

—¿Puedes creerme que ese hijueputa regresó a golpear mi puerta y exigirme que me alejara de ti? —preguntó Quinton, enfurecido.

Comencé a sentir un mal presentimiento en la boca del estómago. Si Quinton estaba lo suficientemente loco para matar a Allison y a dos policías, ¿qué le impediría asesinar a Tyson?

—¿Y qué le dijiste?

—Humm, no mucho —respondió rápidamente—. Estuve ahí sentado unos minutos, escuchándolo declarar su amor eterno por ti. Le dije que realmente debería estar diciéndole todas esas estupideces a Jason. Me contestó que ya lo había hecho y me contó la pelea que tuvieron.

—¡Eres un pobre idiota! —le gritó Jason.

Antes de que pudiera detenerlo, Quinton pateó a Jason en la cabeza.

—Me reservo el derecho a discrepar, Jason. ¡Tú eres el idiota! ¡Tú te casaste con la reina puta y tuviste hijos con ella!

Apoyé la cabeza de Jason en mi regazo y eché una mirada alrededor buscando algo que me sirviera para defendernos. Estaba dispuesta a morir y le habría rogado a Quinton que me matara de una vez si Jason estaría a salvo. No podía permitir que Jason pagara el precio por mis pecados. No podía hacerlo. Nuestros hijos necesitaban que al menos uno de nosotros sobreviviera.

Quinton apuntaba a la cabeza de Jason. Necesitaba con urgencia cambiar el tema, así que le pregunté.

—¿Qué le hiciste a Tyson?

Quinton soltó una carcajada. Fue a la encimera y se apoyó en ella, casi histérico. Me alegré de que dejara de apuntar su arma.

—¿Quieres saber lo que le hice? Será un gusto contártelo. ¡Lo asesiné!

Recé para que la pesadilla terminara.

—¡Lo asesiné y lo enterré en el patio de trenes al lado de mi hermano, mi hermana y Diamond!

—¿El patio de trenes? ¿Diamond? —Tenía que estar imaginando cosas.

—Sí, Zoe. —Quinton se acercó y se arrodilló frente a nosotros—. Zoe, ¿recuerdas la primera vez que te comí? ¿En el patio de trenes? ¿Sabes qué? Lo hicimos exactamente encima de las tumbas que cavé hace quince años para mi hermano y mi hermana.

—¿Asesinaste a tus hermanos? —pregunté conmocionada.

—Entre otros —respondió tranquilamente—. En cuanto a Diamond, sé lo que hiciste con ella. —Desvié la mirada, avergonzada—. Sé lo que hiciste y ella también pagó tu pucha con su vida. Al igual que Tyson.

Me pasó los dedos por el cabello, tomó mi cara e intentó meter su lengua en mi boca. Lo rechacé y se puso de pie.

—Odió usar ese viejo cliché, pero... si yo no puedo tenerte, nadie te tendrá.

Jason intentó sin éxito levantarse del suelo. Sus párpados palpitaban y estaba casi inconsciente.

—¡Ya es suficiente! —exclamó Quinton—. ¡Ven a mí, Zoe!

Odiaba alejarme de Jason, pero tenía que intentar algo y en el suelo no había nada que pudiera ayudarme. Dejé la cabeza de Jason apoyada en el piso y me levanté lentamente.

—Quinton, tengo una idea. Si realmente quieres que estemos juntos, ¿por qué no nos vamos? Iré a donde tú quieras pero no le hagas daño a Jason. ¿De acuerdo?

—Qué admirable, Zoe. —Me miró de arriba a abajo como si analizara mi oferta—. Sin embargo, no creo una palabra de lo que dices.

—Estoy diciendo la verdad.

—¿La verdad? —preguntó, soltando otra carcajada—. Tú no conoces el significado de esa maldita palabra.

De repente, me agarró de un brazo y me empujó contra la encimera de la cocina. Grité de dolor cuando mis costillas recibieron el golpe. Él se me acercó y se adhirió a mi espalda.

—Oh, ¿te hice daño? —preguntó, retirando el cabello para poder verme la cara—. No quise hacerte daño, nena.

Le hice la pregunta más lógica:

—Si no quieres hacerme daño, ¿por qué estás aquí?

Suspiró.

—Porque estoy confundido, Zoe. Una parte de mi quiere retorcerte el cuello, pero la otra quiere llevarte conmigo a algún lugar y *obligarte* a amarme.

No contesté. Me quedé paralizada en el lugar, mientras él lamía la parte posterior de mi cuello.

—Tal vez si te jodo acá mismo, frente a Jason, sea capaz de encontrar la solución a mi problema. ¿Qué opinas?

—Estás enfermo —exclamé a la vez que buscaba algo para golpearlo. Dado que la cabaña era para arrendar, había pocas cosas sobre la encimera.

Me obligó a voltearme y darle la cara.

—¿Estoy enfermo? ¿Y tú qué?

—Es cierto, ambos estamos enfermos —admití rápidamente—. Pero Jason no tiene nada que ver en esto. Déjalo ir —le rogué—. Por mis hijos.

Por un breve segundo me pareció ver una lágrima formándose en el ojo izquierdo de Quinton.

—¡Por favor, Quinton! ¡Tú sabes lo que es crecer en un hogar sin padres! ¡Mira lo que te hizo a ti!

—¡Cállate, Zoe! —Me dio un puñetazo en la cara—. ¡Cállate la maldita boca!

Antes de que yo reaccionara al golpe, él comenzó a rasgar mi ropa. Me levantó sobre el mostrador y volvió a golpearme en la cara hasta que no tuve más opción que ceder a sus deseos.

Cerré los ojos porque no quería ver lo que sucedería a continuación. Escuché que se bajaba la cremallera de los pantalones y luego me penetró bruscamente. Permanecí allí quieta, muerta de miedo, mientras él hacía lo que quería. El simple hecho de que estuviera jodiéndome con Jason en la misma habitación, hizo que quisiera arrastrarme hasta un agujero y morir. Quería que todo terminara. Empecé a pensar en todas las cosas que nunca podría hacer, incluyendo ver a mis hijos crecer.

Abrí los ojos cuando Quinton dejó el arma en la encimera para poder tomarme de la cadera y penetrarme más profundamente. Intenté calcular si estaba a mi alcance y estiré los dedos en un esfuerzo inútil.

Quinton notó lo que estaba haciendo y se rio.

—¡Olvídalo! ¡No hay manera! ¡Tan sólo tira conmigo, Zoe!

Me rehusaba a mover las caderas y eso lo enfureció aún más.

—¡Tira, maldita!

Volví a cerrar los ojos y recé para que terminara. Entonces, oí el chasquido, como una nuez siendo abierta con un cascanueces.

Antes de que pudiera ver lo que estaba sucediendo, Quinton dejó de estar dentro de mí.

—¿Ahora, quién es el idiota? ¿Quién es el idiota, maldito bastardo? —gritó Jason, golpeando ferozmente a Quinton en la cabeza con la culata del arma.

Para cuando logré bajarme de la encimera, Jason estaba encima de Quinton, en el suelo, y seguía golpeándolo. Unos cuantos dientes de Quinton habían rodado por el suelo y su rostro estaba tan ensangrentado que era casi irreconocible.

Intenté quitarle a Jason de encima.

—¡Jason, ya es suficiente! —Siguió golpeándolo y temí que lo matara—. ¡Suficiente, Jason!—repetí, rogándole que no cometiera un asesinato—. ¡La muerte es demasiado buena para él! ¡Deja que la policía se encargue de él!

Jason finalmente dejó de golpearlo y lanzó el arma a un lado. Me arrodillé y lo abracé fuertemente. Él comenzó a llorar y me uní al llanto.

Lo besé en la cara.

—¡Te amo, Jason!

—Yo a ti, Zoe —susurró—. Esto es para siempre.

—¡Siempre lo ha sido! ¡Siempre lo será!

epílogo

Encontraron más de una docena de cadáveres sepultados en fosas superficiales en el patio de trenes donde Quinton pintó su primer mural: el mural de la familia perfecta que le gustaría haber tenido.

Junto a Tyson y Diamond, también identificaron los cuerpos de los hermanos de Quinton gracias a los registros dentales que obtuvieron con una orden judicial. Se cree que otros dos cuerpos eran de su padre y madrastra. Quinton admitió haberlos asesinado el día del primer aniversario del suicidio de su madre.

Quinton está recluido permanentemente en el pabellón de delincuentes psicóticos del Hospital de Santa Isabel. Las autoridades siguen intentando lograr que revele la identidad de sus otras víctimas, pero él se rehúsa. No obstante, se cree que todas las víctimas no identificadas eran mujeres jóvenes.

—¡Mi nombre es Zoe y soy adicta al sexo!

Asistía a mi primera reunión de adictos al sexo y decidí no perder tiempo y conté a todos los asistentes mi dilema. Marcella me había dicho que podría sentarme y observar tantas veces como quisiera hasta sentirme lo suficientemente cómoda para hablar. Pero me lancé de cabeza a dar mi testimonio. Esconder cosas y guardar secretos había causado suficientes daños en mi vida y nunca más permitiría que me dominaran.

Marcella había ubicado el grupo a través de un hospital local de Atlanta. Yo aún tenía la intención de pasar un par de semanas del verano en Florida con el doctor Graham, pero asistir a reuniones locales con otras personas que sufrían la misma enfermedad que yo era un comienzo. Al inspeccionar la habitación me sorprendió ver tantos rostros. Aún más extraño era que todos parecían ser gente normal. Eran personas de todas las profesiones, desde contadores hasta amas de casa, abogados y estudiantes de universidad. Aunque no me hizo feliz descubrir que tantos otros compartían el mismo problema, me alivió saber que no estaba sola.

Jason me esperaba con Marcella en la sala de espera. Quería entrar conmigo, pero le aseguré que yo podría manejarlo sola. Las cosas entre nosotros mejoraban día a día, y nuestra vida sexual era realmente maravillosa. Yo siempre había sabido que él era mi hombre, y mi amor por él nunca había sido y nunca podrá ser más profundo.

Me presenté ante el grupo. Les conté cómo mi vida había sufrido trágicamente debido a incidentes de mi infancia. Expliqué que nada ni nadie había sido lo que parecía. Les dije que mi vida se había convertido en una telaraña de mentiras y engaños, llena de personas que también tenían sus propios secretos y problemas mentales que resolver. Les describí la forma en que fui acechada y casi asesinada. Finalmente, expliqué que todo había tenido un terrible final, una semana antes en las montañas.

Soporté toda la sesión y escuché a algunos de los otros relatar sus deprimentes historias y reveladoras experiencias de recuperación. Luego salí al vestíbulo, me despedí de Marcella con un beso no sin antes prometerle que muy pronto tendríamos una salida de chicas —ir de compras o comprar la cena y ver una película, como solía hacer con Brina—. Jason me tomó de la mano y nos dirigimos a la salida del hospital, el primer paso de la reconstrucción de nuestra vida en común, lejos del caos y las mentiras.